城市文化丛书

最忆是金陵

蔡玉洗 主编

南京师范大学出版社

目　录

序

黄　裳

记得朱自清说过，逛南京像逛古董铺子。这话说得一点不错。在南京市上走，到处都会碰到古老的遗痕，虽然多半已经了无遗痕，只留得一个个名目在，却不妨过客凭吊，遐想，想到古昔，自然也摆脱不开目前的现实。大概这就是南京一地所以留下了数不清怀古诗文的原故。

作为一个匆匆的过客，我也曾先后写过一些有关南京的散文，自然脱不开“怀古”，不同的是，几次经过，都正处在“劫后”的时会。一九四二年过南京，那正是汪精卫开伪府于金陵的时候，在日寇铁蹄下的南京一片荒寒萧瑟，古城的一切都笼罩在悲凉沉重的气氛中。一九四六年我作为一名记者重游故地，那又是另一番“劫后”的风光。惨胜的国家在敌伪与“新贵”的劫后之余，满目疮痍、民生凋敝。在这里我目睹了英勇斗争与荒淫无耻强烈对比的现实。三十年后重来，又正在十年动乱之后，在经历了历史性的灾难之余，南京人民正在努力清理被破坏、蹂躏的基址，重建家园。那动人的光景我也一一看到了。

检查一下过去所写的多半是怀古的南京游记，不能不道一声惭愧。我还不曾仅仅是把读者拉回往古的废墟里去；虽常引古书说旧事，但也时时流露不逊的言语，这是我的一种坏脾气。在冬晨的白鹭洲上，我看见一群穿了短短红绿棉袄，露出生满冻疮的小手，在不成腔调地喊唱着京戏唱词。这就是训练产生“秦淮歌女”的地方。像这样的文字是不可能被选入《秦淮广记》里的。说到王安石，也不忘记他曾被打扮成响当当法家的“近事”。在“雅人”和“才子”们看来，这都是杀风景的。总之，凡有感动、凡有喟叹，都不应是“无端”的，因之所说虽是遗址文化、典籍文化，也还少有扑人的霉味。这是我在写游记时恪守的区区“秘方”。

阳曲傅青主《霜红龛集》有《金陵不怀古》诗：

甚是金陵古，诗人乱有怀。
自安三驾老，谁暇六朝哀。
曾道齐黄拙，终亏马阮才。
肉髀愁不鼓，伧父过秦淮。

青主是明遗民，这诗也写得十分诙诡、波俏。他的意思仿佛是说，不必乱写怀古诗文，忘却实际的奋斗，要不就是伧父。这正是对振古如斯、于今为烈的怀古诗人作者群的一声断喝。愿今天的作者和读者都记取三百年前老诗人辛辣而诚实的谆谆寄语。

二〇〇〇年六月于上海

南京在望

谢国桢

从繁华的上海，人声嘈杂中，来到安静的南京，这是一件可喜的事情。由天津乘船到上海，全是欧化的商埠，差不多没有什么分别；倒是由上海坐火车到南京去，一路上的风景，真是有天然江乡的风味，青翠的远山，碧油油的水，疏落的村庄，怎样的增人诗兴呀！十月一日下午五时到了南京，我几年不见的南京，于今重见了。自从南京建为首都，增加了平坦的中山大道，和几处洋式楼房，其余的也和以前差不了多少。下了火车，一直到龙蟠里国学图书馆，馆长柳翼谋先生到镇江去了。馆员钱和甫君引我到后院一间房子里居住，院内有一丛芭蕉和一棵梧桐，点缀着许多花草，朦胧的初月，看不清楚了。到夜晚来，虫声唧唧的叫，风吹梧桐作响，一盏孤灯照着，非常的清寂。吃过晚饭以后，手里随便拿一本书看，就睡着了。

第二天早晨起来，到馆外乌龙潭散步，潭后是清凉山，潭边有几棵柳树，对面山根下，是图书馆的藏书楼，在丛碧里面，煞是好看，倒是一个极好读书的所在呢。晚上柳翼谋先生回来了，一位面团团五六十岁的老者，很恳切地与我谈了许多话，并叙述到图书馆的历史，他说：本馆的地址，是清代陶文毅公澍所住的地方，后来办了个惜阴书院，薛慰农时雨曾在这个地方掌过院。到光绪末年，端陶斋尚书买到仁和丁氏八千卷楼的藏书，内中有不少的善本，而各县的方志也很完备。后来又收到五局的官书、范氏的藏书和宋教仁的藏书，还有不少的名人书札，都归拢一起，就成立了一个江南图书馆，请缪艺风先生荃荪主持其事。缪先生在北京创办京师图书馆，在南京又创办南京图书馆，实在有关吾国的文化。可是江南图书馆，公开阅览的时间极少，名称也改了许多，晚近才改名为国学图书馆。

至于图书馆的经费真少得可怜，在民国七八年间，是不公开的，每月只有二百元的保管费，后来公开阅览了，才加到四百九十元，到十六七年间，我（柳先生自称）到馆后，仿浙江图书馆的办法，经费始增加到每年两万二千元，善本书、普通书都公开阅览了，并且把馆中的善本影印了好几十种，一般民众才知道有国学图书馆。

柳先生这套话，说得很能动人，他特意在善本室为我辟了一个座位，于是白天在馆中看书，下午有时到夫子庙，重登奇芳阁，喝一杯茶，暮色苍然，始返馆中。接到张菊老来函托我校对《新唐书》。住在馆中，好像在深山里一样，晚来风急，灯火昏黄，读苏东坡的诗和宋人词，听着秋虫的凄鸣，如同鼓吹两部，这种幽静的境界，和上海老靶子路的夜半歌声，那是迥乎不同了。

有一天下午，刘衡如先生来馆找我，刘氏是北平图书馆的旧朋友，见着自然高兴，约我一同逛玄武湖。出了玄武门便看见一片的山色，雄壮而且秀丽，我们由水闸乘船到五洲公园，在公园的一角，觅了一个能看山景的地方，在那里喝茶，远看着青山和一带笔直的城墙，从山边上看着远来的火车蜿蜒的过去，可是火车被树遮着了，只看见天空的青烟，漫漫的散去。到了夕阳西下，人影散乱，衡如兄约我到秦淮河边老万全去吃饭，座中认下了胡小石、缪凤林、李小缘诸兄。又过了两天，是中秋节，柳先生约我在馆中午餐，下午李小缘兄约我在他家里过节。衡如兄先到馆中来，同登汉西门城楼，全城风景，历历在望，随便闲谈着，就到李小缘兄家里去，小缘兄藏目录学的书很多，谈到夜半，才回馆中，打算明天就去苏州。

（选自《瓜蒂庵文集》，辽宁教育出版社一九九六年版）

南京

朱自清

南京是值得留连的地方，虽然我只是来来去去，而且又都在夏天。也想夸说夸说，可惜知道的太少；现在所写的，只是一个旅行人的印象罢了。

逛南京像逛古董铺子，到处都有些时代侵蚀的遗痕。你可以摩挲，可以凭吊，可以悠然遐想；想到六朝的兴废，王谢的风流，秦淮的艳迹。这些也许只是老调子，不过经过自家一番体贴，便不同了。所以我劝你上鸡鸣寺去，最好选一个微雨天或月夜。在朦胧里，才酝酿着那一缕幽幽的古味。你坐在一排明窗的豁蒙楼上，吃一碗茶，看面前苍然蜿蜒着的台城。台城外明净荒寒的玄武湖就像大涤子的画。豁蒙楼一排窗子安排得最有心思，让你看得一点不多，一点不少。寺后有一口灌园的井，可不是那陈后主和张丽华躲在一堆儿的"胭脂井"。那口胭脂井不在路边，得破费点工夫寻觅。井栏也不在井上；要看，得老远地上明故宫遗址的古物保存所去。

从寺后的园地，拣着路上台城；没有垛子，真像平台一样。踏在茸茸的草上，说不出的静。夏天白昼有成群的黑蝴蝶，在微风里飞；这些黑蝴蝶上下旋转地飞，远看像一根粗的圆柱子。城上可以望南京的每一角。这时候若有个熟悉历代形势的人，给你指点，隋兵是从这角进来的，湘军是从那角进来的，你可以想像异样装束的队伍，打着异样的旗帜，拿着异样的武器，汹汹涌涌地进来，远远仿佛还有哭喊之声。假如你记得一些金陵怀古的诗词，趁这时候暗诵几回，也可印证印证，许更能领略作者当日的情思。

从前可以从台城爬出去，在玄武湖边；若是月夜，两三个人，两三个零落的影子，歪歪斜斜地挪移下去，够多好。现在可不成了，得出寺、下山，绕着大弯儿出城。七八年前，湖里几乎长满了苇子，一味地荒寒，虽有好月光，也不大能照到水上；船又窄，又小，又漏，教人逛着愁着。这几年大不同了，一出城，看见湖，就有烟水苍茫之意；船也大多了，有藤椅子可以躺着。水中岸上都光光的，亏得湖里有五个洲子点缀着，不然便一览无余了。这里的水是白的，又有波澜，俨然长江大河的气势，与西湖的静绿不同，最宜于看月，一片空濛，无边无界。若在微醺之后，迎着小风，似睡非睡地躺在藤椅上，听着船底汩汩的波响与不知何方来的箫声，真会教你忘却身在哪里。五个洲子似乎都局促无可看，但长堤宛转相通，却值得走走。湖上的樱桃最出名。据说樱桃熟时，游人在树下现买，现摘，现吃，谈着笑着，多热闹的。

清凉山在一个角落里，似乎人迹不多。扫叶楼的安排与豁蒙楼相仿佛，但窗外的景象不同。这里是滴绿的山环抱着，山下一片滴绿的树；那绿色真是扑到人眉宇上来。若许我再用画来比，这怕像王石谷的手笔了。在豁蒙楼上不容易坐得久，你至少要上台城去看看。在扫叶楼上却不想走；窗外的光景好像满为这座楼而设，一上楼便什么都有了。夏天去确有一股“清凉”味。这里与豁蒙楼全有素面吃，又可口，又贱。

莫愁湖在华严庵里。湖不大，又不能泛舟，夏天却有荷花荷叶。临湖一带屋子，凭栏眺望，也颇有远情。莫愁小像，在胜棋楼下，不知谁画的，大约不很古吧；但脸子开得秀逸之至，衣褶也柔活之至，大有“挥袖凌虚翔”的意思。若让我题，我将毫不踌躇地写上“仙乎仙乎”四字。另有石刻的画像，也在这里，想来许是那一幅画所从出；但生气反而差得多。这里虽也临湖，因为屋子深，显得阴暗些。可是古色古香，阴暗得好。诗文联语当然多，只记得王湘绮的半联云：“莫轻他北地胭脂，看艇子初来，江南儿女无颜色。”气概很不错。所谓胜棋楼，相传是明太祖与徐达下棋，徐达胜了，太祖便赐给他这一所屋子。太祖那样人，居然也会做出这种雅事来了。左手临湖的小阁却敞亮得多，也敞亮得好。有曾国藩画像，忘记是谁横题着“江天小阁坐人豪”一句。我喜欢这个题句，“江天”与“坐人豪”，景象阔大，使得这屋子更加开朗起来。

秦淮河我已另有记。但那文里所说的情形，现在已大变了。从前读《桃花扇》、《板桥杂记》一类书，颇有沧桑之感；现在想到自己十多年前身历的情形，怕也会有沧桑之感了。前年看见夫子庙前旧日的画舫，那样狼狈的样子，又在老万全酒栈看秦淮河水，差不多全黑了。加上巴掌大，透不出气的所谓秦淮小公园，简直有些厌恶，再别提做什么梦了。贡院原也在秦淮河上，现在早拆得只剩一点儿了。民国五年父亲带我去看过，已经荒凉不堪，号舍里草都长满了。父亲曾经办过江南闱差，熟悉考场的情形，说来头头是道。他说考生入场时，都有送场的，人很多，门口闹嚷嚷的。天不亮就点名，搜夹带。大家都归号。似乎直到晚上，头场题才出来，写在灯牌上，由号军扛着在各号里走。所谓“号”，就是一条狭长的胡同，两旁排列着号舍，口儿上写着什么天字号，地字号等等的。每一号舍之大，恰好容一个人坐着；从前人说是像轿子，真不错。几天里吃饭、睡觉、做文章，都在这轿子里；坐的伏的各有一块硬板，如是而已。官号稍好一些，是给达官贵人的子弟预备的，但得补褂朝珠地入场。那时是夏秋之交，天还热，也够受的。父亲又说，乡试时场外有兵巡逻，防备通关节。场内也竖起黑幡，叫鬼魂们有冤报冤，有仇报仇。我听到这里，有点毛骨悚然。现在贡院已变成碎石路；在路上走的人，怕很少想起这些事情的了吧？

明故宫只是一片瓦砾场，在斜阳里看，只感到李太白《忆秦娥》的“西风残照，汉家陵阙”二语的妙。午门还残存着，遥遥直对洪武门的城楼，有万千气象。古物保存所便在这里，可惜规模太小，陈列得也无甚次序。明孝陵道上的石人石马，虽然残缺零乱，还可见泱泱大风；亭殿并不巍峨，只陵下的隧道阴森袭人，夏天在里面呆着，凉风沁人肌骨。这陵大概是开国时草创的规模，所以简朴得很，比起长陵，差得真太远了。然而简朴得好。

雨花台的石子，人人皆知；但现在怕也捡不着什么了。那地方毫无可看。记得刘后村的诗云："昔年讲师何处在，高台犹以'雨花'名。有时宝向泥寻得，一片山无草敢生。"我所感的至多也只如此。还有，前些年南京枪决囚人都在雨花台下，所以洋车夫遇见别的车夫和他争先时，常说："忙什么！赶雨花台去！"这和从前北京车夫说"赶菜市口儿"一样。现在时移势异，这种话渐渐听不见了。

燕子矶在长江里看，一片绝壁，危亭翼然，的确惊心动魄。但到了上边，逼窄污秽，毫无可以盘桓之处。燕山十二洞，去过三个。只三台洞层层折折，由幽入明，别有匠心，可是也年久失修了。

南京的新名胜，不用说，首推中山陵。中山陵全用青白两色，以象征青天白日，

与帝王陵寝用红墙黄瓦的不同。假如红墙黄瓦有富贵气，那青琉璃瓦的享堂，青琉璃瓦的碑亭却有名贵气。从陵门上享堂，白石台阶不知多少级，但爬得够累的；然而你远看，决想不到会有这么多的台阶儿。这是设计的妙处。德国波慈达姆无愁宫前的石阶，也同此妙。享堂进去也不小；可是远处看，简直小得可以，和那白石的飞阶不相称，一点儿压不住，仿佛高个儿戴着小尖帽。近处山角里一座阵亡将士纪念塔，粗粗的，矮矮的，正当着一个青青的小山峰，让两边儿的山紧紧抱着，静极，稳极。——谭墓没去过，听说颇有点丘壑。中央运动场也在中山陵近处，全仿外洋的样子。全国运动会时，也不知有多少照相与描写登在报上；现在是时髦的游泳

明故宫午朝门
（一八八八）

的地方。

若要看旧书,可以上江苏省立图书馆去。这在汉西门龙蟠里,也是一个角落里。这原是江南图书馆,以丁丙的善本书室藏书为底子;词曲的书特别多。此外中央大学图书馆近年来也颇有不少书。中央大学是个散步的好地方,宽大、干净,有树木;黄昏时去兜一个或大或小的圈儿,最有意思。后面有个梅庵,是那会写字的清道人的遗迹。这里只是随意地用树枝搭成的小小的屋子。庵前有一株六朝松,但据说实在是六朝桧;桧阴遮住了小院子,真是不染一尘。

南京茶馆里干丝很为人所称道。但这些人必没有到过镇江、扬州,那儿的干丝比南京细得多,又从来不那么甜。我倒是觉得芝麻烧饼好,一种长圆的,刚出炉,既香,且酥,又白,大概各茶馆都有。咸板鸭才是南京的名产,要热吃,也是香得好;肉要肥要厚,才有咬嚼。但南京人都说盐水鸭更好,大约取其嫩,其鲜;那是冷吃的,我可不知怎样,老觉得不大得劲儿。

(选自《你我》,上海商务印书馆一九三六年版)

说南京

张慧剑

南京

可忆念哉，十五年前之南京学生生活也。

已不记为何岁，但知为一秋夜，匆集数学友作夜游。初至明故宫，稍向东北行，时有路向朝阳门，无多树，一望废墟，而旧时宫路，为妍月所炤，犹有天街如水之意。叩古物保存所之门，无应者，欲得茶也。其后似曾出城，戍卒何以应允，亦都不忆。但观城外风月，大异市廛。

钟山演迤于前，峰半受月，现酪白色，气象幽玄崇美，不可言状。其月力所不及处，蓊然内凹。峰极微秃，仰之弥高，而青苍压眉，意大愉适。彼时若已有天文台等建筑，必无此高纯之美。

一河循城垣北流，逐之行可至明孝陵。相携前进，得小塘一方，与河流接。塘角有大石，凸出水面寸许，水过作声如琴。天上之小云大月，倒映入水，淡秀如画。水光反射，清可沐发。此种意境，为定都后所不易再得者，盖辇资数十百万，修沥青路，造大宫室，力犹不能至此也。

回忆中南京之美，吾无俊笔，无能写之。顾三年之别，苦念不忘，虽无俊笔，亦岂能竟不写之哉？

静海寺

《中英南京条约》今年（一九四一年）恰满一百年，吾因之而颇有思。

《南京条约》签字地，为南京下关之静海寺。当一八四二年，满清政府代表耆英等，与英人画诺于此时，寺中正盛开菊花。当时历宇尚俊整，百年中，日见凌夷。入民国后，剩屋不多，设一警察所，嚣然不复成寺。

此寺尚有一古迹，即宋代民族英雄虞允文尝三宿于此寺后，三宿岩之名，即为纪念虞氏而留。在中华外侮史中，宁非一强烈之对照耶？

汪逆在南京，方欲借《南京条约》百年纪念之夜，策动大规模之反英宣传。吾人当提醒汪逆，试往静海寺一观之，该地现已沦为敌海军特务机关所在，日日缚人于此，榜掠呼谟之声不绝，倘稍有良知，亦当憬然于为人奴毒，无发言之资格矣。

郑孝胥与南京

取郑孝胥之《海藏楼诗集》，检视其七十年之生活过程，由寒士而巧幕，而诗人，而墨吏，而遗老，而国贼。一变再变，非无由也。盖出身寒微，贪得之念遂益强，青年期生活中已视骫法为常事矣，更何论其老来之人格哉！

诗集中，郑自述其与南京之关系甚详，最早住于马道街合肥试馆（似即后来之马道街小学校址），郑系结婚于此。次为教敷营，系内政部后一小巷，邻接南京著名之旧文化街“状元境”，此屋低湿阴陋，后辗转为友人某君所得，犹于夹壁中得郑手书饰窗之纸若干。三迁四条巷，仍为寄居性质，最后居于棉鞋营，始为自屋，即所谓“濠堂”者是也。十年前，曾出租与人，改为茶园。

观郑所居诸屋，皆低檐复室，阴暗且冷，无“高华”之象，颇可反映其精神生活，故世之识郑者，皆议其峭薄深险，不成端品，盖根性如此，无可如何也。

静海寺
(一九九九)

孝陵樱

“辇道飘香感废兴，髯翁风味走花塍，当时被发伊川痛，万树樱花种孝陵。”此刘成禺《忆江南》诗之一也。

战前数年，倭人日言亲善，而百出其计以凌我。某次，以彼国樱花数百本见赠，必欲种之陵园，使我圣地增此东洋风景。我不能拒，杂种于明孝陵隙地，而旅京倭人遂日挟肥女来此徘徊。予曾于其地两见须磨弥吉郎（驻京倭总领事），一次意携酒歌呼花下，为之悲愤无已。

今不知作何状矣，他日振旅还京，必尽删之，断不许此贱蕊，永污我雄陵也。

江南情调

冀野自西北劳军归，舟行过高家铺，成一诗：“路转峰回天未晚，高家老铺一停舟。崖间叫卖葵瓜子，错认烹茶得月楼。”得月楼，南京文德桥畔一茶肆，历史殆近六十年。矮阁邻水，甚饶风致。冀野居京时，常约友朋茗话于此，或有幼妇挈筐来卖葵瓜子，一铜元一掬。此纯粹之江南情调，已五年阔别矣。不意冀野乃于数千里外之巴蜀得而重温之，诗虽淡婉，而其意固甚楚也。

斗门桥

某地新自南京潜踪来，语予：“倭人正以种种方法为南京易容，北区多东洋风之建筑，鸭蛋式之纸灯尤为一时风尚；日本有若干小趣味之事物，为吾人平日所喜，承认其有欣赏上之价值者，此时充斥南京，一见即令人生‘文化主奴易位’之感。惟东城西城一带，仍保持百分之百的民族色彩，斗门桥已成为此区域重心，新开一乐肆，悬旧式厅堂之六角灯，以三五乐人吹唢呐打鼓为庆，不知何故，使人感味一种亲切，几至于下泪”云云。

斗门桥之影象，遂若霍然出现于眼前。

此桥在历史上曾担负一大耻辱，南唐李后主即迎降曹彬于此。予昔在京，家居西区，晨夕行经，每对之而挥发历史的感情，如见后主当日青衣小帽过桥光景。然后主之亡，不过为一王朝之起仆，非沦于外敌，犹非甚辱。千年后更目击汪兆铭辈之膝行，则此桥之大不幸也！

除夕

某年除夕，独往莫愁湖（南京）散步，黄仲则诗所谓“悄立市桥人不识，一星如月看多时”者，吾乃深切体味之。此境一生能几回得，吾今犹念之不已也。

尚忆湖巷人家多养鸭，又多媚神。是夜满地植烛，鸭作惊啼，一鸭破篱出走，众噪逐之，吾遥观以为趣。又见一寒鸟，掠湖水向对岸飞去，影一团，疾沉于墨绿色之夜景中。

吾念此种境象，将为吾毕生美秀之回忆，低徊歌啸者久之，此事去今亦十余年矣。

灵谷寺后

灵谷寺在民国十六年南京建都前，地既僻隘，访者甚稀。寺最后，志公塔，一僧居之，其面瘦小如婴，且作死灰色。吾合数友往游，此僧方饭，舍箸即起，视其所食为何？则豆渣一钵，搅以油盐少许，别一小器，置萝卜脯数片，僧恧然曰：“我辈苦人耳！”出至前殿，则两贼秃足恭向前，且曰：“公等烧香来耶？”一甚胖，一则瘦有髯，满面笑肉。灵谷佳地，着此恶物，我辈皆为太息。

未几，南京建都，灵谷渐成闹地。志公塔旧址，改植纪念塔。豆渣和尚为寺长所逐，遂流居山中，为制草鞋匠。见吾犹识，合十言曰：“我辈苦人耳！”后不知所终。

（选自《辰子说林》，岳麓书社一九八五年版）

江南乡试

陈独秀

江南乡试是当时社会上一件大事，虽然经过了甲午战败，大家仍旧在梦中。我那时所想像的灾难，还远不及后来在考场中所经验的那样厉害；并且我觉得这场灾难是免不了的，不如积极地用点功，考个举人以了母亲的心愿，以后好让我专心做点正经学问。所以在那一年中，虽然多病，也还着实准备了考试的功夫，好在经义和策问，我是觉得有点兴趣的，就是八股文也勉强研究了一番。至于写字，我喜欢临碑帖，大哥总劝我习馆阁体，我心里实在好笑，我已打定主意，只想考个举人了事，决不愿意再上进，习那讨厌的馆阁字做什么！我们弟兄感情极好，虽然意见上没有一件事不冲突，没有一件事依他的话做，而我始终总保持着温和态度，不肯在口头上反驳他，免得伤了手足的感情。

大概是光绪二十三年七月，我不得不初次离开母亲，初次出门到南京乡试了。同行的人们是大哥，大哥的先生，大哥的同学和先生的几位弟兄，大家都决计坐轮船去，因为轮船比民船快得多，那时到南京乡试的人很多愿意坐民船，这并非保存国粹，而是因为坐民船可以发一笔财，船头上扯起一条写着“奉旨江南乡试”几个大字的黄布旗，一路上的关卡，虽然明明知道舱上装满着私货，也不敢前来查问，比现在日本人走私或者还威风凛凛。我们一批人，居然不想发这笔横财，可算得是正人君子了！

我们这一批正人君子，除我以外，都到过南京乡试的，只有我初次出门，一到南京，看见仪凤门那样高大的城门，真是乡下佬上街，大开眼界，往日以为可以骄傲的省城——周围九里十三步的安庆城，此时在我的脑中，陡然变成一个山城小市了。我坐在驴子背上，一路幻想着，南京城内的房屋街市不知如何繁华美丽，又幻想着上海的城门更不知如何的高大，因为曾听人说上海比南京还要热闹多少倍。进城一看，使我失望了，城北几条大街道之平阔，诚然比起安庆来在天上，然而房屋却和安庆一样的矮小破烂，城北一带的荒凉，也和安庆是弟兄，南京所有的特色，只是一个“大”。可是房屋虽然破烂，好像人血堆起来的洋房还没有；城厢内外惟一的交通工具，只有小驴子，跑起路来，驴子头间一串铃铛的丁令当郎声，和四个小蹄子的得得声相应和着，坐在驴背上的人，似乎都有点诗意。那时南京用人拖的东洋车、马车还没有，现在广州人所讥讽的“市虎”，南京人所诅骂的“棺材”和公共汽车，更不用说，城南的街道和安庆一样窄小，在万人哭声中开辟的马路也还没有；因为甲午战后付了巨额的赔款，物价已日见高涨，乡试时南京的人口，临时又增加了一万多，米卖到七八十钱一升，猪肉卖到一百钱一斤，人们已经叫苦，现在回想起来，那时南京人的面容，还算是自由的，快活的，至少，人见着人，还不曾相互疑心对方是扒手，或是暗探；这难道是物质文明和革命的罪恶吗？不是，绝对不是，这是别有原因的。

我们这一批正人君子，到南京的头一夜，是睡在一家熟人屋里的楼板上，第二天一早起来，留下三个人看守行李，其余都出去分途找寓处。留下的三个人，第一个是大哥的先生，他是我们这一批正人君子的最高领袖，当然不便御驾亲征，失了尊严；第二个是我的大哥，因为他不善言辞；我这小小人自然更不胜任，就是留下看守行李的第三个。午后寓处找着了，立刻搬过去，一进屋，找房子的几个正人君子，全大睁着眼睛，你看看我，我看看你，异口同声的说：“这屋子又贵又坏，真上当！”我听了真莫明其妙，他们刚才亲自看好的房子，怎么忽然觉得上了当呢？过了三四天，在他们和同寓中别的考生谈话中间，才发见了上当的缘故，原来在我们之先搬来的几位正人君子，来找房子的时候，大家也明明看见房东家里有一位花枝招展大姐儿，坐在窗口做针线，等到一搬进来，那位仙女便化做一阵清风不知何处去了。后来听说这种美人计，乃是南京房东招揽考先生的惯伎，上当的并不止我们这几位正人君子，那些临时请来的仙女，有的是亲眷，有的是土娼。考先生上当的固然很多，房东上当也不是没有，如果他们家中真有年轻的妇女；如果他们不小心把咸鱼腊肉挂在厨房里或屋檐下，此时也会不翼而飞；好在考先生都有"读书人"这张体面的护符，奸淫窃盗的罪名，房东哪敢加在他们身上！他们到商店里买东西，有机会也要顺带一点藏在袖子里，店家就是看见了也不敢声张，因为他们开口便说："我们是奉着皇帝圣旨来乡试的，你们诬辱我们做贼，便是诬辱了皇帝！"天高皇帝远，他们这几句大话，未必真能吓倒商人；商人所最怕的还是他们人多，一句话得罪了他们，他们便要动野蛮，他们一和人打架，路过的考先生，无论认识不认识，都会上前动手帮助；商人知道他们上前帮着打架还不是真正目的，在人多手多的混乱中商人的损失可就更大了，就是闹到官，对于人多势大的考先生，官也没有办法。南京每逢乡试，临时增加一万多人，平均一人用五十元，市面上有五十万元的进账，临时商店遍城南到处都有，特别是状元境一带，商人们只要能够赚钱，受点气也就算不了什么。这班文武双全的考先生，惟有到钓鱼巷嫖妓时，却不动野蛮，只口口声声自称寒士，商请妓家减价而已，他们此时或者以为必须这样，才不失读书人的斯文气派！

我们寓处的房子，诚然又坏又贵，我跟着他们上当，这还是小事，使我最难受的要算是解大手的问题，现在回想起来还有点头痛。屋里没有茅厕，男人们又没有用惯马桶，大门外路旁空地便是解大小手的处所。我记得那时南京稍微偏僻一点的地方，差不多每个人家大门外两旁空地上，都有一堆一堆的小小金字塔，不仅我们的寓处是如此。不但我的大哥，就是我们那位老夫子，本来是个道学先生，开口孔孟，闭口程朱，这位博学的老夫子，不但读过几本宋儒的语录，并且还知道什么，男女有别、"男女授受不亲"的礼教，他也是天天那样在路旁空地上解大手，有时妇女在路上走过，只好当做没看见。同寓的有几个荒唐鬼，在高声朗诵那礼义廉耻正心修身的八股文章之余暇，时到门前探望，远远发见有年轻的妇女姗姗而来，他便扯下裤子蹲下去解大手，好像急于献宝似的，虽然他并无大手可解。我总是挨到天黑才敢出去解大手，因此有时踏了一脚屎回来，已经气闷，还要受别人的笑骂，骂我假正经，为什么白天不去解手，如今踏了一脚屎回来，弄得一屋子的臭气！“假正经”这句话，骂得我也许对，也许不对，我那时不但已解人事，而且自己戕贼得很厉害，如果有机会和女人睡觉，大约不会推辞，可是像那样冒冒失失地对一个陌生的女子当街献宝，我总认为是太无聊了。

到了八月初七日，我们要进场考试了。我背了考篮、书籍、文具、食粮、烧饭的锅炉和油布，已竭尽了生平的气力，若不是大哥代我领试卷，我便会在人群中挤死。一进考棚，三魂吓掉了二魂半，每条十多丈长的号筒，都有几十或上百个号舍，号舍的大小仿佛现时警察的岗棚，然而要低得多，长个子站在里面是要低头弯腰的，这就是那时科举出身的大老以尝过“矮屋”滋味自豪的“矮屋”。矮屋的三面七齐八不齐的砖墙，当然里外都不会用石灰泥过，里面蜘蛛网和灰尘是满满的。好容易打扫干净，坐进去拿一块板安放在面前，就算是写字台，睡起觉来，不用说就得坐在那里睡。一条号筒内，总有一两间空号，便是这一号筒的公共厕所，考场的特别名词叫做“屎号”；考过头场，如果没有冤鬼缠身，不会在考卷上写出自己缺德的事，或用墨盒泼污了试卷，被贴出来，二场进去，如果不幸座位编在“屎号”，三天饱尝异味，还要被人家议论是干了亏心事的果报。那一年南京的天气，到了八月中旬还是奇热，大家都把带来的油布挂起遮住太阳光，号门都紧对着高墙，中间是只能容一个半人来往的一条长巷，上面露着一线天，大家挂上油布之后，连这一线天也一线不露了，空气简直不通，每人都在对面墙上挂起烧饭的锅炉，大家烧起饭来，再加上赤日当空，那条长巷便成了火巷。煮饭做菜，我一窍不通，三场九天，总是吃那半生不熟或烂熟或团成的挂面。有一件事给我的印象最深：考头场时，看见一位徐州的大胖子，一条大辫子盘在头顶上，全身一丝不挂，脚踏一双破鞋，手里捧着试卷，在如火的长巷中走来走去，走着走着，上下大小脑袋左右摇晃着，拖长着怪声念他那得意的文章，念到最得意处，用力把大腿一拍，翘起大拇指道：“好！今科必中！”

江南贡院号舍鸟瞰
(一八八八)

这位“今科必中”的先生，使我看呆了一两个钟头。在这一两个钟头当中，我并非尽看他，乃是由他联想到所有的考生的怪现状；由那些怪现状联想到这班动物得了志，国家和人民要如何遭殃；因此又联想到所谓抡材大典，简直是隔几年把这班猴子狗熊搬出来开一次动物展览会；因此又联想到国家一切制度，恐怕都有如此这般的毛病；因此最后感觉到梁启超那班人们在时务报上说的话是有些道理呀！这便是我由选学妖孽转变到康梁派之最大动机。一两个钟头的冥想，决定了我个人往后十几年的行动。我此次乡试，本来很勉强，不料其结果却对于我意外有益！

（选自《陈独秀著作选》第三卷，上海人民出版社一九九三年版）

旅京随笔

黄　裳

鸡鸣寺

编者要我写一点南京的“文化”情形，这事真困难。南京有什么“文化”呢，干脆地说一句，我找不到什么。在这“劫”余的首都，民生凋敝，文物荡然。这里有大官的汽车，歌女的惨笑，可是绝对找不出什么文化来。夫子庙成了杂耍场，这已经是“古已如斯”的事了，状元境、三山街一带，几乎成了妓女的大本营；跑旧书铺的结果是空带了两手灰尘回来。风流歇绝，我想不仅是“有心人”才会叹息的罢？

我不是复古论者，但是在这种情景之下，如果不高兴去欣赏酒吧间里美国兵的疯狂的音乐与女人们的恶劣的舞姿，而且不认那是“文化”的，就只有一条路可走，去看看这六朝旧都的古迹似乎还有点意思。然而这也不免要时常遇到“煞风景”的事，譬如我现在还穿了身“军装”，——这也没有办法，我没有余钱去治装——走来走去，低徊于胜迹之侧，就不免为人所奇怪，这岂不是“雅”得有些“俗”了吗？

今天去蓝家庄去看了梁漱溟先生。他老先生的水晶眼镜，白布小褂，双梁布鞋，很使我佩服。我忽然觉得，南京的文化是在这里了。他老先生道貌岸然，使人敬畏，也许是看了我这一套 G. I. 有点与特殊人物相似罢，有些保留地不大肯多说话，这也是“煞风景”之又一端，没有办法的。

从蓝家庄出来，经过考试院，看了那金碧辉煌的建筑物，只有厌恶，不，南京的文化也绝不在这种“雅”得令人肌肤起栗的地方。

到了鸡鸣寺，看了“胭脂井”，旁边一位背了枪的“同志”警告我不可久留，因为这儿已经成为“军事重地”了，防空司令部在此办公。我只有用了两年来养成的习惯，说了一句：“God Damn it！”

走进鸡鸣寺中，一看“豁蒙楼”安放了几十张床铺，两只办公桌子，玻璃窗上写了“谢绝参观”的“美术字”，于是完结，这里不用英文，还是用国粹的“呜呼”罢！

只好在大殿里靠窗吃茶，有许多中学生在吃茶念书，预备升学考试，也有不少善男信女于清磬声中，膜拜求福。

凉风中望后湖的芰荷，荒芜的台城，心里平静得很。好像在脑子里开了一部电影，从孙吴开到现在，一部历史电影，还有配音，“玄武湖中玉漏催，鸡鸣埭口绣襦迴”……呀，南京的劫余的文化，其在是乎。于喧声笑语之中，我也哼了几句：

眢井空遗六代祠，
美人风雨泣燕支。
玉树歌残春似水，
景阳钟断梦成丝。
明珰留忆他生梦，
笺擘犹传绝妙词。
旧情更向何人说，
惆怅城头落照时。

好了好了，不再多作笺注，以免无聊，现在日光向瞑，满湖芰荷，别有一番零落芜秽之致，我真正十分惆怅，十分惆怅了。

九月四日鸡鸣寺

关于“泽存书库”

冶城的秋色已深，无情风雨，带来了新凉。在这已凉天气未寒时，似乎最宜于登临访胜。记者生涯是忙碌的，原无暇做此雅事，然而近来和平谈判已入牛角尖，一时恐怕也转不出来；与其整日为此无益之事多费时间，还不如来看看南京的文化，“点缀升平”来得有意思。

前天下午到宁海路十九号去看周逆佛海，吃了闭门羹，出来后就在山西路上闲溜，偶尔走进一家旧书店，买了两本端木子畴先生旧藏手题的词集，与老板闲谈，知道山西路口的中央图书馆北城阅览处，即是以前陈逆群的“泽存书库”的遗址。心里一动，遂即走去，投刺之后，被引入一间小巧玲珑的客厅里，里边布置楚楚，沙发古画，不染纤尘。窗外小池假山，居然颇有幽趣。一会，屈万里先生出见。这是一位山东鱼台的老乡，人极朴实，是负责中央图书馆特藏组的，这一组的任务是收藏整理善本、字画、边疆语文、档案违碍书等。现在他事实上负责“北城阅览处”的善本整理事宜，将来重庆的善本下运，日本的善本索回，存于沪港的善本再来，这个“北城阅览处”将成为中央图书馆的善本丛集之处，与北方的北平图书馆将为公藏的南北双璧了。

我提出了汉奸陈群的“泽存书库”的事问他，屈先生很详细地为我说了一下这个书库的历史，颇有趣味，大可加入“书林逸话”。陈群字人鹤，是伪府中的老汉奸之一，如果照系统说来，是应当属于“前汉”的。他当过伪内政部长，伪江苏省长，这都是肥缺，刮钱不少，他大都用来买书。当南京沦陷之初，满街都是旧书，没有人敢买，也没有人买得起，这些书大抵连造还魂纸都没人要，大多烧火而已。陈群这时开始收书，于是一般书贾才将这些“废物”收集起来，稍加整理，去拿给陈群去看。

照我们在那家旧书铺中听来，书店老板提起“陈部长”来，真好像是在说开元遗事的样子了。那时他们三五成群，挟了书到伪部里去，陈群常亲自接见，忙时也将书留下来。这样,他在伪内政部长、伪江苏省政府任内,买书不少;等后来作了伪考试院长以后,刮钱不易,逐渐不能买书。他的"泽存书库"共分三库,他在《自剖书》中自称一百万册,实际南京有四十万册,上海苏州两地有廿八万至卅万册。是他在临命之前昏迷了呢,还是后来有了走漏,不得而知,总之百万之数是远不到的。

最难得的是他家中(南京)还有十多万册,这大抵是最精善的本子,他仰药前亲自写了数百封遗书,都编了目,又督促家人亲自动手整理家中的书籍,编目送到这里,然后才仰药自尽。遗嘱中对"泽存书库"还念念不忘,嘱管事人照旧做事,据那个旧书店老板说还将心爱的古董每人分赠一件以为遗念。总之,这一切,在汉奸中,算是作风特殊的,也可以说是一个畸人。

这批书,胜利后经行政院批交中央图书馆接收。自本年四月廿三日起开始编目整理,至今大致粗毕,大约再有十数日,即可完事呈报了。现有的书目即已有一千多张。

我顺便又问屈先生关于汪逆精卫的遗书,他说在颐和路三十四号汪宅中共有七千册左右的书,大抵是平常的本子的词曲书,倒并无什么可观,至多也仅是明本而已。

我要求屈先生带我去看看书,我们走出客厅,穿出月亮门,一大间房子里,满地都是蒲包,里边满满的装了零乱的日文书,还没有整理完。

这整个的院子是圆形的,有两层楼,大约有大的藏书房廿余间,里边是一排排的木板架子,触手琳琅,缥缃满架。我们顺序开了门进去看。因为时间的关系,偶尔拿两部看看,就已经有不少善本,现在随便记一点:

一、徐乾学的《明史列传》的稿本(或是传抄本)六十五大册。

二、宋本《春秋集传》。

三、经厂本《诗经》大全,原装大册,明代的豪华装。蓝绫面依然存在。

四、宋绍圣四年福州东禅寺刻《正法念处经》,字画古拙,是北宋遗风,纸极厚重。

五、四雪草堂的《隋唐演义》。

六、弘治本(?)《琵琶记》。

七、《西厢记》(李卓吾评本,万历本,金谷园本。都有精图,还有一种满汉金碧精抄本,抄手工致之至。满文译的汉书,我还是第一次见到。)

八、万历本《三宝太监西洋记》(小说)。

陈群的收书大约很像陶阑泉的收开花纸书,即极意求好。他有殿本的《康熙字典》与《全唐文》,都是最初印本,触手若新,实在是书林尤物。此外我还看了几种高丽刊本与抄本,大册皮纸,非常可爱。因为书还没有归类,检查不便,我看了一下厚厚一叠的善本书目,宋本有:(一)《隋书》(建本,残),(二)《范文正公集》(残),(三)《苏集》,(四)《龙田水心二先生文粹》,(五)《黄帝内经素问》(杨守敬跋)。元本有:(一)《唐文粹》(全),(二)《群书钩玄》,(三)《荀子》,(四)《李太白诗》,(五)《续宋中兴编年资治通鉴》,(六)《黻藻文章百段锦》,(七)《中和集》,(八)《困学纪闻》,(九)《〈汉书·艺文志〉考证》等。

这只不过是匆匆过眼的结果,疏漏自所不免,而浅学又不能做像缪艺风所发明的那一套"黑口,双阑……"之类的提要,于学人或无用处,不过意在使大家知道在南京,还有这样一个看书的地方而已。

最后我想附说一句,陈群在收书之际,也正是上海我们教育部的委托人在收书的时候。照一些记载,这事不啻是一场争夺战;据说陈群又是不大讲究的,书送来好坏都要,然而他毕竟也收了这些。宋元本固无足观,明本倒的确是不少,而且陈群特别喜欢集部,所以别集类的秘藏尤多。屈先生告诉我说在日本的一部分中央图书馆的书中,明代史料独多,有些真是外面从未听到过的秘籍。听了这话,不禁使我为之怦然心动。真的什么时候才得生活安定,重有余暇来看书呢,在落日秋风之中,走出了"泽存书库",我心里还是这样的想着。

九月十九日深夜

访"盋山精舍"

在石头城的角落里,清凉山旁边,有一个清代留下的古老的书院,清道光年间两江总督陶澍为了纪念晋代在石头城与苏峻作战的陶侃——那个无事时搬砖的老头儿，说是要惜分阴的——建立了“惜阴书院”。咸丰年间遭乱，毁了一大部分，后来又重修，光绪二十七年改办学校。当时钱塘八千卷楼丁丙的藏书，有继陆氏皕宋楼售与静嘉堂之后更让给日本人之议。缪荃荪大声疾呼，以为不可以，以为这是国耻，得到了当时的两江总督端午桥（方）的帮助，用了七万两银子买下了。又用了三万多两银子造了四十间藏书楼。是为江南图书馆。丁家的书一起有十二万册，更加上了武昌范氏木樨香馆及宋教仁遗书，共有十六万册。这是民国十六年的数字。

这一次战事，这里的书不曾运出去（只有一小部分由柳馆长诒征运往江西），经过日本人的没收，运到朝天宫的故宫博物院里存藏。胜利以后清查，居然没有损失多少。其中的宋本都完全保存，元本损失了四十余种，听说是被一位小伪官拿去送礼了，陈群处也发现过一种，盋山图书馆自印的秘籍，现在只剩了三千余册（原有九万本）。所以我想去买一部阮大铖的《咏怀堂集》也没有成功。现在的志书有二三十架，三间大房子，在江南藏志者中可以算是巨擘了。还有一个特点，值得提出来的，这里的主持人倒还颇有一点古风。他们重视传抄的工作，如果你拿了丹铅砚笔，带了普通的本子想去借他们的宋本来对勘或抄录的话，他们是非常高兴的。不像北平图书馆那样重门深锁，将宋本书放在玻璃箱中，只有特种学者如胡适之之流才有看的福气。大家都在喊学问是公器，可是许多人都不肯拿出藏本来给人看，以免抢去了他的教授的金饭碗，这情形，只要一看那些专作冷门学问的教授中的情形，即可明了。因为这些东西，一向不为人所注意。他们搜到了一二稀见册籍，即可雄踞砧坛大加铺陈，据为私产，殊有专利之势。一旦要钱用时，还可以高价售与图书馆，不过这一着大抵是不大用的，因为这等于卖绝了自己的生路，其悲哀犹如李后主之失去南唐，盖可原谅也。

废话少说，因为主人的好意，我也有幸登楼看了一下好书。由两位老先生（他们服务本馆已经数十年了）引导，沿了已经要颓坏的木梯上楼，开了门进去。在这空洞洞的大楼中，放了几排木书架，没有玻璃，听说这些还是几经努力方向朱家骅要来的。一架架都满满的装了书，样子比“泽存书库”拥挤得多了。据说他们原有

江南图书馆
今南京图书馆特藏部
(一八九一)

的书橱,楠木制的旧橱,已经被当柴来烧掉了,现在还剩下一只,放在隔壁。算是纪念品。

秋阳从窗口照进来,长书桌边还放满了没有整理的书,用草绳拴着。我真为这批书痛心,用草绳拴的地方,那些宋纸都有些磨损了,这就是我们用来对待海内孤本的方法。这样一个图书馆,只有七个人负责理书,没有一部车子(车子都运兵运军火和装姨太太去了),馆方好容易从有关方面借了一部卡车,将积存他处的全部珍本扔上车去,运到龙蟠里,再卸下来,堆在地上。当天因为雇不到工人,于是这些宋元本就只能在潮湿地上睡一夜,幸而还不曾下雨。现在是用每天四千元的工资雇了工人来将这些书陆续运上楼,草绳作捆,掷在楼角,如果你去一翻的话,那全是《四库》底本,商务的《四部丛刊》、《古逸丛书》的底本,毛抄黄跋。……这简直是一种"传奇",可怜的不能使人相信的"传奇"。

居停主人殷勤地从书堆中找书来给我看。第一部找到了宋小字本《晋书》,这是商务曾经影印过的,版式甚小,厚纸,磁青面,初到手使你不觉得这就是如何可珍的册籍,可是你一看那铁划银钩的字迹,一笔不苟的刻法,你将叹诧这比了麻沙本的字体,比了黄善夫本《史记》的字体,更可爱。我又看了宋本汉书,这是有如黄善夫刊书的字体了,墨光如漆,薄纸上有如雪状的墨痕,有如看宋人墨迹,加于读书的兴趣之外。

关于小字本《晋书》,傅增湘说过:"盖北宋本也(按指自藏小字本《唐书》)字体秀劲,笔意在褚颜之间,断为闽中所刻,与宋建本之锋棱峭厉者迥然不同。盖北宋尚存古意,不似南宋以后专以精丽为长,此时代刀法之变迁,不仅缮工之有优劣也。余旧藏百衲本'通鉴',其小字十五六行者与此正同。他如日本官库所藏《初学记》,江南馆所藏《晋书》,其细行密楷,亦类此。"

我前面所写,意殊未尽,翻检藏记,偶得傅沅叔的一段话,抄了来说明正好。傅氏是老辈藏书家,凡老辈都喜欢考究避讳与白口黑口的一大套,而这里却能提出版刻的风气加以注意,难得之至。我虽然不能断定那本《晋书》即是北宋刻,然而它与南宋本的不同,则是不容漠识的事。

黄荛圃自称“词山曲海”，然而士礼居藏词曲为外间所见者绝少，近年来才少有发现。这里有一部元刻的《阳春白雪》，可以算是非常的珍品了。书是蝴蝶装，最可爱的是书前的一张柳如是的小像，作道家装，图作于清初，悬想当是曾经亲自看见过河东君的人物所写。三百年前秦淮河上的名妓，后人曾经为她作过“事辑”。她曾经追求过陈卧子，自称女弟，陈不敢接受；后来才转而看上了钱牧斋，在我闻室中为牧斋检书抄文，有如女秘书。《春浮园集》中有记云：“钱牧老语余言，每诗文成，举以示柳夫人，当得意处，夫人辄凝睇注视，‘赏咏终日’。”原书后面有黄跋，当时未细看，回来检士礼居藏书题跋又不见，不知曾否提到书的来历，也许这是绛云楼中故物，小像也是原写，那么就更有意义了。

此外有王菉友《〈说文解字〉句读》的稿本，丹铅满纸，可以窥见二三百年前人著书的遗风。宋乾道本《颐堂先生文集》是商务古逸丛书的底本。嘉祐本《唐书》，明活字本《鹤山大全集》，宋巾箱本《欧阳文粹》。宋本《医说》，与明嘉靖翻本对读，真是有趣的事，字体、行格全同，有如临摹古帖，然而风韵相差是不能掩饰的，这里可以看出明翻宋本的可珍，更可以看出宋本的风神，如此，庶几不会从书贾手中买到“宋本”的翻刊书了罢！

宋活字本《壁水群英待问会元》九十卷，明陈白阳藏。宋朝曾经有过胶泥活字，长沙叶德辉藏有《韦苏州集》，说就是胶泥活字；这一本后边有“牌子”，罗列“丽泽堂活版印行，姑苏胡昇缮写，章凤刻，赵昂印”，可以算是中国活字版史上的纪程碑了。

一部宋刻、宋纸、宋印的《云仙散录》，所用的是宋朝的公文纸，每张都盖有官印，并纪年代，有“开禧元年六月”，“嘉泰四年十二月”字样，都剜空衬纸，以便观览。

这时柳老先生翼谋进来了。戴了眼镜，穿了旧夹袍，六十八岁的高龄，说起话来还是精神贯注的。我有机缘与老先生坐谈，听他述说了九年来流离的经过，他说到激昂的时候，总是说，“非人力所能为”，看了这批书又重新被整理，放在书架上，他说：“书住在此楼三十余年了，八年中迁居流浪了一次，今天仍旧回来，真是神灵呵护……”这使我想起了藏书家在题跋中所常说的那一套神话，然而这却是极富于感情的。

柳老先生追述九年前逃到武汉与当局交涉运书，那时的江苏省教育厅长，柳先生说"就是周逆佛海"，给了他多少留难、漠视、规避……

胜利以后，他马上飞回来看书，与杭次长立武几次交涉，才在接收大员的机位中占了一个位子。他是非常感慨于南京接收时的紊乱的，曾几次说及。这里我想追述一件已经为图书馆界熟悉了的故事。山东陷敌时，济南的山东省立图书馆长王献唐作了呈文给韩复榘要求派车，韩在呈文上批了两个大字"不理"。

现在，柳先生几次请江苏省教育厅派人来馆看看，得到的结果还是"不理"。据说他们不愿来看，是不敢来，一看之下，书橱没有，人手不足，……在在都要增加经费，可是省府正在关注"苏北难民"，想请"上海小姐"们给弄一笔钱，又哪里管得这些连烧火都不燃的宋元本呢？

我陪了柳老先生缓步去看了他们的藏志，看工人在运书。走下了楼，穿过"陶风楼"，柳先生告诉我，这是纪念陶侃、陶澍与陶端斋(方)的。走过庭前，双梧高耸，旧时的庭宇依然，书房如旧，柳先生指点着这些，说俞理初、胡培翚都在这儿作过山长，这些旧房中也住过不少名人，如薛时雨的姻戚、袁爽秋，都是这儿出身的学生。……叩别出门，坐洋车回去，看看石头城上的一片落日，也真感到有些"古意"，也感到异常的黯然。

九月二十八日上海

附记：今年夏天，在来薰阁买到两册《阳春白雪》，即是那曾经柳如是校过的元本的抚刻本，黄跋也照样影刻了。可惜书中的校笔，与书前的河东君小像没有办法照样刊下来。

三十六年七月二日重校记

"美人肝"

南京是所谓六朝古都，秦汉以前不谈，仅自孙吴大帝黄龙元年(229年)建都开始，到现在已经是一千七百多年了。其间虽然经过多少次变革、兵火，到现在，总算仍旧是政府所在的地方。想看看南京的文化，极容易联想到古昔，事实上似乎也只有“古昔”还可看。要想找民国三十五年度的新文化，可以说并没有。除了中央研究院的房子还漂亮之外，似乎只有一二种仿效上海方型小报的豆腐干周刊了罢？说也难怪，胜利虽已一年，干戈却尚未化成玉帛，乒乓之声起于天末，又哪里有闲心逸致来讲求礼乐弦歌之事？因此，要在这方面找材料，就异常干枯，而且这仅余的一点“古昔”，也将为当局的“粉饰”而日益消亡。灵谷寺改为阵亡将士墓，豁蒙楼上住了防空的大员，“南朝四百八十寺”这一修饰会弄得古迹荡然。阮步兵的墓碑上刻了党徽，朋友说笑话，不料这位晋代的狂诗人千年之后却变成了“本党同志”，阮公地下有知，不知当怎样“咏怀”也。念郁达夫遗诗“唱破家山饰太平”，即使在多晴好的秋阳之下，也不免有些愤懑了。

提起文化，这应该是历史流传的结晶品。这中间自然包含了两种，其一是太平盛世，衣食丰足之余的余绪；另一种则是世纪末人们疯狂的享乐。前者可以举出曹雪芹的祖父曹寅。曹官江宁织造时，曾刻“楝亭十二种”，其中有“粥谱”等一二种，讲究吃而及于吃粥，可谓精致了；原书少见，读者大抵还都熟悉《红楼梦》上宝玉挨打以后吃莲叶羹的情形罢？至于后一种则可以举出较近的南明作例，一翻《板桥杂记》之类的书，总该惊异于那些“名士”、“美人”是怎样地在吃着，玩着，穿着。却说明朝的南京，与现在稍有不同，现在繁华中心的新街口一带，当时还是“大内”，商业集中处还在“聚宝门”（今改中华门）一带。如果想了解明代金陵的繁昌情形，我想是非在中华门内外一带多走走不可的罢？自中华门沿城西行，在现在已经十分荒落的西南隅里，正是当时的达官贵人们的园囿所在之地。仅举一例，阮大铖的“石巢园”即在此处，当时人称之为“裤子裆”，现在是“库司坊”。还有一湾小池，两片断石，正是当时咏怀堂遗址，上演“春灯”、“燕子”的所在。中华门外，过“长干桥”，经“雨花路”，两旁的店铺，古色古香，还都十足的带了“旧味”，我想当是太平军后的遗迹罢，自然，时代逐渐加上去的色彩也还是有的。在这里，在仅余一楹的大报恩寺的对过有一家十分不起眼的小店——“马祥兴”。

店虽小却十分有名，是一家清真教门馆子。以一味“美人肝”驰誉当世。听说当汪逆兆铭开伪府于金陵时，曾经时常深更半夜以荣宝斋小笺自书“汪公馆点菜，军警一律放行”，派汽车到这里来买菜回去。这事至今在南京的小报上还津津乐道，甲申三百年祭，金陵就更有了新的马阮，如果依照“历史循环论”讲来，也真是“并非偶然”的罢？

我与朋友也自然是想领略一下这名菜的。坐在暗黑的房子里边，踞了一张古老的座头，与堂倌商量。回答却是没有，原来所谓“美人肝”是一种鸭胰，每只鸭子只有一只胰脏，大小约一寸罢？如果要拼成一盘菜，似乎就非几十百只鸭子不办。店中经常派人在市场上面收，收得与否是没有一定的。

我们就另外请堂倌推荐两样拿手的，就又要了“凤尾虾”与“蛋烧卖”，要半斤黄酒。没有“美人肝”，究竟未免有些遗憾。

看看这家店，前面一间是柜台与锅灶所在地。后面一大间就是卖座的地方，上面搭了席棚，听说战前不是这样子，这是轰炸以后的遗址。里面用木板搭起来的一间，则是“雅座”了。与我们并排而坐的，正是一些“贩夫走卒”，短蓝衫，大肚皮，一杯一杯地喝着。再隔壁，就又有衣冠楚楚的“上流人物”，还带了“红襟翠袖”来，如果讲“民主”，这里却还有一点点。“上流人”的台面亦只不过加上一张白布单，因为他们是在请客。

一会，胖胖的老板用荷叶包了刚刚收到的一些鸭胰给我们看了，他的脸上充满了欣喜之情。“刚刚收到了这一些，就给你加一只美人肝罢。”我们自然欣然接受了。多美丽的质朴的“人情味”。

我的确觉得这是古昔的文化的所在了。我又想到北平的“沙锅居”与另外一家吃烧牛肉的地方。也是这么一个逼狭旧老的小房子，也是这样的三教九流拥挤一堂，一同欣赏他们的美味的方式。西欧与英国人似乎还可以欣赏这些，美国商人大抵绝对不能了解这个了。无论生意多好，“沙锅居”每天只卖半只猪，决不增加，宁愿让十一点来的顾客失望而去，明日请早。清朝的大臣们早朝退班后不及更衣，全副盛服，抬起一脚与贩夫走卒一起围炉烧牛肉吃，老板没有想到“雅座”，更不必说“女招待”了。这大约是中国人的一种特别想法罢。在南京也曾有过陈后主的“临春”、“结绮”，但是词人们总是慨叹于“眼看他起朱楼，眼看他宴宾客，眼看他楼坍了”。很自然地归结于“知足长乐”，“满招损，谦受益”。融合了道教分子的所谓儒家思想，就是这样。它的好坏与留给中国人民的影响不提，这是地道的中国文化的遗留的事，总是真确的罢？

看题目好像是要大谈其“食道”，不过这个我是不懂的。“美人肝”在我看来殊无异于炒鸡丝，虽然更多一点清淡味，而且它的名字又那么好。此外，我们的便饭实在只用了很少一点钱，比到什么“三六九”之类的地方还要便宜。

（选自《金陵五记》，金陵书画社一九八二年版）

白门买书记

纪果庵

益都李南涧、江阴缪荃孙前后作《琉璃厂肆书记》，今日读之，犹不胜低徊向往。然人事无常，缪氏为后记时，李氏所举数十家，固久已不存。辛亥后，缪氏自沪再抵旧京，则前所自记，亦复寥若晨星。三十年来，烽燧叠起，岂惟乾嘉之风流邈若山河，即同光之小康，亦等之梦幻！缪氏所记诸肆，惟来薰阁、松筠阁等巍然尚存，直隶书局、翰文斋则苟延残喘，后之视今，犹今之视昔，讵不重可念耶！

金陵非文物之区，自经丧乱，更精华消尽；徒见诗人咏讽六朝，绻怀风雅，实则秦淮污浊，清凉废墟，莫愁寥落，玄湖凋零！售书之肆，惟以旧货居奇，市侩结习，与五洋米面之肆将毋同。若南涧所亟亟称道之五柳老陶、延庆老韦、文粹老谢，徒供人憧憬耳。书肆旧多在状元境，白下琐言云：书坊皆在状元境，比屋而居，有二十余家，大牛皆江右人，虽通行坊本，然琳琅满架，亦殊可观，廿余年来，为浙人开设绸庄，书坊悉变市肆，不过一二存者，可见世之逐末者多矣！盖深致慨叹，顾甘君之书距今又五十年，状元之境，乃自绸庄沦为三四等旅舍，夜灯初明，鸠槃荼满街罗列，大有海上四马路之观，典籍每与脂粉并陈，岂名士果多风流乎！不过目下较具规模之坊肆，仍以发祥该“境”为伙，如朱雀路之保文，太平路之萃文，其佼佼者也。

余在秣陵买书，始于供职山西路某部时，冷官无事，以阅旧货摊为事。残缺不全之《雍熙乐府》，《任氏散曲丛刊》，皆以一元大洋得之，雨窗欹枕，大足排遣乡愁。及后友人告以书肆多在夫子庙贡院街，始知有问经堂诸肆，忆其时以七元买《〈渔洋精华录〉笺注》，二元买《瓯北诗话》，虽版非精好，而装订雅洁，颇不可厌，今日已非数十番金不能办，二三年间，物价鹘兔，一何可惊。厥后滥竽庠序，六十日郎曹生活告一段落，还我初服，乃得日与卷帙为伍。时校中命余代图书馆搜罗典籍，盖劫后各校书无一存者。书肆中人云，丁丑戊寅之际，书皆以担计，热水皂以之为薪，凡三阅月，祖龙一炬，殆不逾此。所幸近代印刷，一书化身亿万，此虽不存，彼尚有余，不致如汉初传经诸老之拮据，兹为大幸。余阅肆自朱雀路始，其地有桥有水，复有巷名乌衣，读刘禹锡诗，真若身入王谢堂前矣。路之北，东向，曰翰文斋，其榜书胡小石教授所为也，肆主扬州产，钱姓，昆季四人，以售书骎骎致富，然侩气殊浓，每有善本，秘不示人，实则今之所谓善本，即向之通行本而已，复印既难，遂以腐臭为神奇。余曾以三十金买初板《愙斋集古录》，友人皆曰甚廉。迩年坊市，皆以金石为最可宝，次则掌故方志，次则影印碑帖画册，若集部诸刊，冷僻者多，不易销售，然近顷欲觅一《艺风堂文集》，亦戛戛其难。昨见某友于市上大觅牧斋《有学集》，竟至不能得。就余所知，此书在旧京固触目而是，今如此，恐沪上以书为货，垄而有之之风已衍蔓至此，不觉扼腕三叹。翰文寄售影印初月楼、汲古阁各丛书，初价并不昂，如津逮、借月山房诸刊，才六七十，比已昂至四五百元一帙，可骇也。京中有“黑市”，丑寅间列货，莫愁路一带，百物骈陈，质明而散。相传明祖既贵，旧部濠泗强梁，既不能沐猴而冠，乃辟为此市，俾妙手空空，亦各得其所，姑妄听之。然变后斯市，固大有是风，书肆中人，往往怀金而往，争欲于此得奇珍，翰文亦其一。余于其店买《甲寅》周刊合订本两册，共三十期，较论移时，终预十五金始可，实则在黑市不过五元，然一念老虎部长之锋芒，觉亦尚值得，归而与《鲁迅全集》合参之，竟不觉如置身民国十五六年间思想界活跃非常之时期焉。

翰文稍南曰保文，初在状元境，廿五年后始移此。主人张姓，冀之衡水人。衡水荒僻小县，而多以书籍笔墨为业，今旧京琉璃厂诸肆，强半衡水也。故老云，厂肆在同光前，以豫贾西商为主，庚子后衡水渐多。松筠阁刘姓，始列肆于厂，今则目为门面，绵亘十数楹，巍峙于南新华街，卅年来，在书业中屈一指矣。保文总店设歇浦三马路，主人某，曾受业于旧东翰数之韩心源，韩则宝文斋徐苍崖之徒，颇为缪荃孙称道者，故某氏版本之学，独步一时，又与刘翰怡、刘晦之、董绶经诸公接，所见愈广，沪之市书者，每倩其鉴定。后经翁家刻及景印诸精本，坊间已不易睹者，求之该肆，往往而有；老而无子，南京分肆刚付诸其戚经营，即张姓也。其人尚精干，惟芙蓉癖，遂鲜振作；一徒彭姓者，忠戆人也，吾颇喜与之谈，道掌故娓娓如数家常，亦四十许矣。廿九年秋，出嘉靖《唐诗纪事》，行款疏落，字作松雪体，纸白如雪，索二百四十金，余以价昂却之，后闻归陈人鹤先生，陈氏南京收书，不惜高值，故所藏独多。自三十年春，北贾麇集白城，均以氏为对象，彼辈利用汇水南北不同，不惜重赀于苏杭宁绍各处搜刮劫后余灰，北宋之书，又非以联券折合不可，其值遂甚昂云。保文售予之巨帙，有《通志堂经解》(广东刊)，《知不足斋丛书》(最足本)，《适园丛书》，《清儒学案》(天津徐氏刊)，《四部备要》，《四部丛刊初二三编》，《百衲本廿四史碑》，《碑传集》及续补，《湖海诗传》，《湖海文传》等，皆学人之糗粮，典籍之管键，总计全价犹不及五千元，以云今日殆十之与一。惟去春曾购定中华书局本《图书集成》一部，价九百元，后不知何故，竟毁成约，于是翰文乘之，以《集成》局本原价八百元之全书，勒索至九百余元，不得已买之，当时殊引为憾，及今思之，只觉其太廉耳。今暑气候炎熇，为数十年所廑见，每于夕阳既下，徜徉朱雀道上，以散郁陶，则苦茶一瓯，与肆中人上下今古，亦得消闲之趣。一日，忽见上虞罗氏书甚多，询之则自大连寄至者，若《殷虚书契》前后编，《三代吉金文存》，《楚雨楼丛书》等，皆学人视为珍奇，不易弋获者，而其价动逾千百，亦非寒士所能问津。余于甲骨无趣味，而颇喜金石，到京以来，收得不多，惟有某君出售《周金文存》全书，索价每册只二元，诧为奇贱，亟以廿四番金市之，实来京一快事。《三代吉金》，印刷精美，断制谨严，较之刘氏《小校经阁金石文字》，《善斋吉金录》等有上下床之别。容希白氏《商周彝器通考》言之详矣，去岁尾予代某校托松筠阁自平寄一部，二十册，价八百金，北流陈柱尊先生见而欲得，又嫌其值之昂，今保文之书竟高至千二百金。予友余君，亦有金

春明书店
（一九三三）

受古书店
（一九三三）

石癖，既以重值买其《殷虚书契》以去，又取此书，玩赏数日而归之，盖囊中羞涩，力有不胜。余拟以分期缴款方式收买，甫生此议，已被某中丞捆载而去，悔无及矣。小品书籍之略可言者，《徐钒本事诗》，初印本也，有叶德辉收藏章，余以二十元得之；《天咫偶闻》，知堂老人所最喜也，以四金得之；《董刻梅村家藏稿》，二十八金，《影印〈西厢记〉》，二十金，罗氏《影印〈草窗诗集〉》十金，皆非甚昂，记以备忘。嘉业堂藏本及印行各书，余代某校收买者，则有《小校经阁金石文字》，《善斋吉金录》，《宋会要》（嘉业本，北平图书馆印），《雪桥诗话》等。

保文南有国粹书局，乱前颇有藏书，毁于兵燹，今虽复兴，而书价奇昂。余喜搜罗地方掌故之书，如《天咫偶闻》，《郎潜纪闻》，《日下旧闻》，《啸亭杂录》，《檐曝杂记》，《春冰室野乘》诸书，皆日常用以遣睡者。举目河山，不胜今昔，三千里外，尤绕梦魂，某晚于此店解《后旧都文物略》一帙，乃秦德纯长北平市时所辑，虽搜访未备，而印刷殊精，在今日已难能，不意索价至八十金，以爱不能释，终破悭囊付以七十五金，自是不甚过其肆。闻友人云，该肆总店在申，居积殊赢，京肆生涯初不措意，则无怪其拒人于国门之外也。与保文相对者，有艺文，乱后始设，凌杂不堪，主人以贩书南昌为事，初尚有盈，今则数月无耗。其肆无佳品，惟曾售余中华本《饮冰室全集》一部，乃任公集之最全本，按其价四十元八折，今商务中华之书，靡不增至十倍，此可谓奇遇。艺文之邻，有南京书馆，专售商务出版品，其主人前商务宁局伙友也。战后商务新刊不易抵京，赖此店及中央书报发行所为之支撑。余所购者，如《缀遗斋彝器考释》，原价三十五元，后改为七十，市售则加三倍，购时真有切齿腐心之思，然甫三月，余已有倍屣之利可图，今日之事，又岂人意所能逆料哉！他若《〈越缦堂日记〉续编》，《蹇斋集古录》连剩稿，影印《营造法式》，大典本《水经注》及各种法帖画册墨迹，罔不以加三加四之值购得，而与“缀遗”之事如出一辙云。

自朱雀路过白下路而北，旧名花牌楼（明蓝国公府大门，建筑富丽，后虽以罪毁，仍存是名）。今日太平路，乃战前新书业荟聚之区，中华商务之赭垣黔壁，触目生愁；自物资困窘，纸贵如金，营出版业者，谁复肯收买稿件，刊行新籍，且撰著者风流云散，即欲从事铅椠，亦有大雅不作之叹。职是之故，新刊图籍，价目日新月异，黠者咸划去书籍版权页之价目，而随意易以欲得之数，使购者参酌无从，啼笑皆非。太平路最南路东曰萃文，肇兴于状元境，亦老肆也，藏书颇有佳本，惜不甚示人；其陈于门面橱窗者，举为下乘，余买书于此店甚多，都不复记忆。去冬岁暮，天末游子，方有莼鲈之思，忽其主事者袁某人，曰有袁氏仿裴刻《文选》一部，精好如新，适余于数日前在莫愁路冷摊得同书首二卷残本两册，一存目录及李善表，一存卷一班赋，而书顶有广运之宝，方山（薛应旂），董其昌、王世贞诸印，既以常识审之，证为赝鼎，又以其不全也，置之尘封中而已。今闻有全书，不禁怦然心动，乃索至八百元，犹假岁尾需款为词，介之某校，出至六百，袁坚持非七百不可，北中某估，与余稔，曰，可市之，不吃亏也。余拼挡米盐度岁之资而强留之，始知为张氏爱日吟庐故物，凡三十一册，每册二卷，目录一卷，虽经装裱，纸墨尚新，因念明刊佳椠，近亦不可多得，如此书战前不过二百元，绝非可宝，今则诧为罕遘。后此书终以原价为平估窜去，至今惜之。他若明刻《文章正宗》之类，平平无奇，而索值极高，殊可恚恨。余曾入其内室，则见明覆宋小字本《御览》，商务初印《古逸》及《续古逸丛书》，皆精佳，惟一时无出手之意，遂不能与之谈。尤可笑者，某日天雪，以清末劣刊《金瓶梅》来，索至二百金，余察其离奇古怪之图画，讹夺百出之字体，咄而返之。昨读周越然先生在《中华日报》所记买此书之故实，不觉亦哑然有同感也。萃文之北曰庆福，肆尤古，主人深居不肯出，虽知藏书不少，而未能问津。今秋陈斠玄教授全部藏书出售，此肆独获其精者，秘不告人，留待善值，欺人孺子，诚恶侩矣。庆福对面曰文库，林姓，扬州产，乱后营此小肆，以出租小说糊口，亦稍稍买旧刊及西书，曾以三十元买《热河志》而以五百金粥之，堪称能手。余见其肆多有国立北平图书馆西文藏书，殆变中南徙流落于此者，滋可叹息！

状元境仅存之书坊，自东而西，曰幼海，曰文海，皆扬州籍。幼海索价，胡天胡地，莫测指归，又恒开恒闭，在存亡之间；文海地势较冲要，客岁余买其龙蟠里图书馆藏本不少；龙蟠里者，陶文毅公办惜阴书院之地，前临乌龙潭，右倚清凉山，管异之所记盋山即此，故又称盋山精舍，端午桥在两江任时，买丁氏八千卷楼旧藏，遂扩为江南图书馆；藏书为东南冠。商务印《四部丛刊》，佳本多取诸此，既成而隐其图记藏者，至今馆人诟焉。战前由柳诒徵翁主持，编刊目录，影印孤本，盛极一时，自经丧乱，悉付劫灰，尚不如中央研究院诸书，得假他人之手，略存尸骸。其善本或散入坊肆。余前曾得有伊墨卿《留春草堂诗钞》，小字明覆宋本《玉台新咏》，皆嘉惠堂故物。文海所售者，如明本《警语类抄》，字体精美，足资赏玩，《弇山堂别集》，有丁松亲笔校记，朱黑烂然，致足宝贵，皆怂恿某校存之，盖公家藏弃，终较闳之私人邸宅为佳也。此店又多太平史料之书，抄本更多，惟影印《忠王供辞》，余托其寻索，迄未报命。善文书店，在中间路南，主人殷姓，保文堂旧徒，乱后自营门市，余于廿八年秋，以三元贱值买广东刊巾箱本《七修类稿》于此，后更买其《清史稿》，当时为所给，价百五十金，其后始知市值不过百廿，然今则非五百不可，向恨矇瞳，今诧胜缘焉。又从其买英文书若干册，旧师郭彬龢所藏，估故不识，每册索一元，皆专研希罗古文学者。此等事盖可遇而不可求，非可以常理论者。善文西曰会文，韩姓，亦新设，其人谨愿，书价和平，余每月必买少许，而不甚易得之书，往往彼能求获，如《日下旧闻考》，为研旧京掌故必备之籍，燕估犹多难色，去冬韩由扬州买来，价不过二百八十金，为某校所买。清末名臣奏议及方志诸书，出于此者甚不少。余所得书之更可念者，如《越缦堂诗集》，陶濬宣旧藏也；《十驾斋养新录》，薛时雨故物也。书固不精，前贤手泽可贵耳。《越风》、《喻林一叶》两书，在故都价甚大，而此肆则不甚矜惜，得以微值收之。韩为人市侩气较小，亦使人乐就之一因。状元境旧肆，如天禄山房，聚文书店，今皆不存，惟集古一肆，伶俜路北，尘封黯壁，长日无人，徒增观感。萃古山房，原亦在此，且书板甚多，事变前龙蟠里所得段氏《说文》手稿信札等，皆此肆所售，乱后生活无着，书板多充薪炭，或以微值粥人，今其老店主每谈及此，辄欷歔不止。顷另设门市于贡院西街，门可罗雀，闻已应陈人鹤先生之召，为钉书工。余最喜听其谈南京书林故事，有开元宫女之思焉。贡院西街在夫子庙，书坊历历，惟问经堂最大，主人扬州陆姓，干练有为，贩书南北，结纳朱门，以乱前萃文书店之伙友，一变而为南京书业之巨擘。其人不计小利，而每于大处落墨，又中西新旧杂蓄，故门市最热闹。余买书甚多，不能详记。春间彼自江北返，得《越缦堂日记》全帙，向余索新币三百金，旧币四百五十金。余适有某刊稿费未用，力疾买之，而俄顷新旧之比已二与一，余则用新币也。虽然，不稍悔，盖余最喜阅读日记笔记，平日搜罗，不遗余力。《翁文恭日记》，曾有海上某友人转让，索百八十金，以其昂，漫应之，而不日售出，遂悔不能及，今遇此好书，岂可失之交臂耶！周越然先生云：一遇好书，即时买下，万勿犹疑，否则反惹售者故增其值，即上当亦不失为经验。余颇心折此言，且早已实行者。昨余又过其肆，则陆某向余大辩其书价钱之廉，并愿以新币四百五十金挖去，余笑而置之。估人亦狡矣哉！然此事不成，则又以《三古图》一部蛊余，上有伪造文选楼及琅寰仙馆珍藏图章，索至三百金，清印明刻本，市上恒见物也，余亦一笑置之。

买书不能专走坊肆，街头冷摊、巷曲小店、私人之落魄者，佣保寒贱之以窃掠待价而沽者，皆不可放过。莫愁路之黑市，前既言之矣，二三年前，犹可得佳品，近日则绝无。路侧，有曰志源书店者，鲁人陈某所设，其人初不知书，以收破碎零物为业（京语曰“挑高箩”，以其担箩沿街唤买，如北京所云之“打小鼓的”然）。略识之无，同贩中之得书者，辄就请益，见书既多，遂专以收书为事，由担而肆，罗列满架，凡小贩之有书者，咸售于此，故往往佳著精椠。余所得有最初印本《捃古录金文》，裁钉印刷，皆上上，而价只五十金；刘氏《奇觚室吉金文述》，虽翻印数次，而坊间仍无书，亦于是买得；方氏《通雅》，虽不精，只十元；鲍氏《观古阁藏龙门造像》拓本数册，陈伯萍藏汉魏碑帖多种，咸自此散出。最近陈氏家人更以所弃扇面百余件附售，余过而观，有包世臣、李文田、王先谦、王莲生诸名家手迹，弥可宝贵。索五百金，余方议价间，已为识者窜去，颇自悔恨。惟收得旧拓片数十纸，每纸不逾数角，内有匋斋、宝铁斋旧物二，尚足自慰。又见其乱书中有戴传贤书扇，并张道藩君所藏 Kampf 素描集等，昔为沧海，今日桑田，大有《〈金石录〉后序》之悲矣。

豆菜桥边一肆，亦以收旧物而设门市者。其人张姓，嗜饮，性畸。逢其醉，无论何物，皆以“不卖”忤人，否则随意付钱，可得隽品。所收书画良多，珂罗板碑帖尤多，以不善经营，数在其肆外告曰：“本店无意继续，愿顶者可来接洽。”于是由书肆变而为售酒之店，昨过其地，则酒店又闭，想瓮中所储，不足厌刘伶之欲，此公亦荷锸行矣乎？

凡余所记，拉杂之至，又无名本秘笈，惟是世变所届，存此未尝不可备异时谈资，谅大雅或不以琐猥见訾欤？

（壬午重九于金陵冶山下）

注：李南涧《琉璃厂书肆记》：“……书肆中之晓事五柳之陶，文粹之谢及韦也。韦，湖州人，陶、谢皆苏州人。……吾友周书昌，尝见吴才老《韵补》，为他人买去，怏怏不快。老韦云，召子湘《韵略》已尽采之，书昌取视之，果然。老韦又尝劝书昌读魏鹤山《古今考》，以为宋人深于经学，无过鹤山，惜其罕行于世，世多不知采用，书昌亦心折其言。韦年七十余矣，面瘦如柴，竟日奔走朝绅之门，朝绅好书者，韦一见念其好何等书，或经济或词章或掌故，能多投其所好，得重值，而少减辄不肯售，人亦多恨之。……”

又缪氏后记李雨亭、徐苍崖，亦斐娓有致：“李雨亭与徐苍崖，在厂肆为前辈，所谓宋椠元椠，见而即识，蜀板闽板，到眼不欺，是陶五柳、钱听默一流。尝一日手《国策》与余阅曰：此宋板否？余爱其古雅而微嫌纸不旧，渠笑曰：此所谓捺印士礼居本也，黄刻每叶有刊工名字，捺去之未印入，以惑人，《通志堂》、《经典释文》、《三礼图》亦有如此者，装潢索善价，以备配礼送大老，慎弗为所惑也。”

（选自《两都集》，太平书局一九四四年版）

陵汴卖书记

阿　英

《文明小史》第二十四回，曾经说到一个到济南赶考的书商，说他是“一位大维新的豪杰”，八股出身，做过几年名秀才，只因常常出外游学，“居然是位维新的领袖”。他这回去卖书，自己也下考场。事后并作了一部《济南卖书记》。李伯元很丑恶地把他列传了一番。当时读过，我很怀疑是有所指，但捉不定他指的究竟是谁个。

后来看《癸卯新民丛报汇编》，见目中有《读〈金陵卖书记〉》一文，乃恍然大悟。据《丛报》称，此书不知何人作，说作者是“有学者，能文者，爱国者”，评此书为“虽小篇亦见精神”。并征引论小说，论翻译，写考生各段，以见其内容。当时颇有一读之念，惜无缘得到。

后来《来青阁书目》出版，查有此册，并《汴梁卖书记》一种，下署“梁启超著”，乃欣喜欲狂，及至去买，竟已为人购去。嗣后常以不得见此书为恨。最近过粹宝斋，见主人床头，竟有《汴梁卖书记》一册，因询其曾否收到《金陵卖书记》。主人谓“有是有，但不知放到何处去”。因重托之，然仍恐到不得手也。直到昨日，亲与主人翻检历数小时，始得之于乱书堆中，其快慰之情，殆可见矣。

书非梁启超作也，署名公奴，就其内容观之，大约是那时的开明书局的主人李伯元所著，实是影射此君，事实自多臆造。《金陵记》二卷，上卷写各种书发卖情形，及以畅销、滞销“为输入文明者较准其方针”。下卷写考生在场内外种种生活情况，“以示社会之现状”。所叙年代，是光绪二十八年壬寅(一九〇二年)。《汴梁记》是翌年所作，分三卷，上为卖书情形，中为旅程志，下为人物志。书里曾说到《金陵记》，伪托此书是友人所作：

> 《金陵卖书记》，友人某去年所志，描写内地社会情状，颇极妙肖。于此间为非卖品，遇有记中相似人物，辄投之以当药石，旬日间指索甚众。或称其学问之博，或赞其笔墨之工，其转语则比之禹鼎，未免太酷云云。然用为开凿利器，却无过是。一日，有客昂然入，拣阅书数十种，随手一揭，即云不好，置之。又揭一书亦如之。余友应柜者，亦孝廉也，询以何科。大声答曰：甲午。阅书如故，其胸中“举人”二字，膨胀已臻极顶，故外形亦庞然而不觉。继而选定书数种。问曰：有折扣？答以无。则鼻应曰哼。又问：能欠乎？答以不能。又应曰哼，声益厉。同人知其非药不灵也，急以《金陵卖书记》进。客受而问价，答以非卖品，遂与同来者并观之。未及数行，两人相顾语，蛮駃不可辨。忽掷书汗赧而遁。

两记内容，即此一例可知。盖亦是谴责之作。书有两点极可称的。其一，是关于考生生活思想及种种丑态的暴露。其二，是从销数上考察运动的进展及其缺陷。二记并不是怎样了不起的书，但能使后来的人看到当时文化方面的部分情况，是可贵的。所以，《新民丛报》的批评，强调于“借镜”的一点。

譬如《金陵记》的论小说：“小说书亦不销者，于小说体裁多不合也。不失诸直，即失诸略，不失诸高，即失诸粗。笔墨不足副其宗旨，读者不能得小说之乐趣也。即有极力为典雅之文者，要于词章之学相去尚远，涂泽满纸，只觉可厌，不足动人也。今新小说界中，若《黑奴吁天录》，若《新民报》之《十五小豪杰》，吾可以百口保

江南乡试放榜
（清末绘）

其必销。《经国美谈》次之。然龙溪固小说家之雄，如所选《浮城物语》者，得词章家以评之，必有伟观。”而在后两节中，则评曰：“今之为小说者，俗话所谓开口便见喉咙，又安能动人。”前者很可看到作者是怎样从“生意眼”上来论学。最有趣的，是写考生怎样来买生理学诸书：

……一见其图，喜跃不自已。然惟恐人之见之也，故来购必以暮夜。避师友，屏群从，伺人少时以只身来。其择取之也，指以手，而口不敢道也。稍高者则目之为闲书，意若谓可有可无，取以销永日耳。……

一派腐儒神气，写得真是活现。然在另一面所呈现的，却又是一种姿态：

考棚街上之考先生，大莫与京，等无可对者也。其招摇过市时，一眼所抹倒者，皆市侩也。

其横行又可见。故此书之末，记考生五变六变，场内场外生活素描，以穷形极诋。至彼等对新学之了解，是《时务通考》而外，一无所知，便是《时务通考》，也大部不曾读过。

如《金陵记》所说：“《李鸿章》、《康南海》二书，最足起其疑问。见者辄大诧曰：何谓《李鸿章》？告之曰：其传也。则何以无传字，摇首咋舌不自已。”又如：“一日，有以《亚东地球全图》问者，有客在座，为之哄堂。其人始则赧然，既而曰：‘吾确见报上有此书名，谅尔店无此物耳。’颔之乃去。”甚至“有指宁波、香港而问为何解者”，其可笑可怜盖亦可见矣。《丛报》对《金陵记》加以赞扬，是确有可赞扬处的。

《金陵记》以写考生生活为最好，《汴梁记》则特写了考生购书的酸态，就是更详尽地写了卖书的情形。甚至为想节省一文钱，不惜伪作穷窘，哀告求乞，或告贷邻家，抢书径走。篇首所举大肚“举人”，就是此种人物之一。而两记相较，亦可见当时江南确比北方开通得多。《汴梁记》有一则写买书的情形道：

凡阅书目，大半如读东观书，亦不辨书中部类，随指一书取阅，以两手合书，从中间翻头展，左右顾视，一展辄数页，即随书掩合，又指索别卷，亦如之。少或数种，多则十余种，或历数分钟久，或一小时，叩以究欲何书，又啨愕不知所对。求一先看叙文目录者，十不得一二。及选定何书，则斤斤论价，以为必有折扣。因此不成而去者，日必数起。

那边的考生大概是如此的，对新书殊少兴味。也就因此，作者遂改变计划，专写那边考生买书丑态，盖无法“借兹考察，以资改革”也。两书相较，以《金陵记》为优，所显示之社会意义甚强，不像《汴梁记》之着眼于“旅程”、“友朋”，过多写私生活。我终幸得见此册以见当时情形。如此辈人中有存者，目击四十年来世界之进展，再重读此编，回想当时对“新学”之惊讶，不知将如何哑然失笑呢！

（选自《海市集》，上海北新书局一九三六年版）

南京的骨董迷

方令孺

有一班住在南京稍久的人，看见这里变成日见繁荣的都市，心上很觉得不安，谁都在心坎上留着一个昔日荒凉的古城的影子，像怀念一个老友似的，看见一切都在渐渐变更了，心里就起了一股怨气，真像对一个老朋友说：你“不念携手好，弃我如遗迹”一样的悲伤。每逢走出家门总找那些没有开辟的小路走，眯着眼笑，说：这还是十年前的古城呢。因此××庙的附近常常看见这些先生们的影子。××庙原来也有些与从前不同了，但不同的只是庙前的一条河，画船少了，笙歌歇了，再没有满楼红袖招人。至于那些古旧的茶寮，香味扑鼻的炒货店，随地招揽生意的花摊，仍都充满了乡下城里各种偷闲的人，还有从几座高楼上送下胡琴檀板伴着凄凉慷慨的歌声，听的人简直疑心他们个个都是江南李龟年，因此生出无限的兴感，都和在浓茶烧饼的香味中细细咀嚼着吞下。最吸引这班先生的是一些骨董铺，对于那些斑斓破碎的旧瓦缶旧陶器尤觉珍贵非常。

“先生，这是新近才掘出来的，”骨董店老板拿着一个四耳瓶说，“瞧这瓶口上只有点儿破缺，釉子可多么细润，真是宋朝的东西，您拿去吧，价钱也不会错，您瞧着给吧。”这种瓶起初确不很贵，有时只花一块钱就可买得，买的人也就对此发生兴趣，骨董铺也就可以为之招摇了。

在许多斑斓破碎的旧瓦缶旧瓷器的中间，有时会突然发现稀有的东西，像××买得的唐雕大佛头只花数十元，于是有懊悔没有先发现的，有默默羡慕的，有带着讽刺来批评的，各种人之间有一位先生又去暗暗搜觅，果然也得了一尊较小而遒美异常的另一个佛头，于是又起了一阵比较，批评，谈论，骄傲。有的说：大佛头可比作汉魏文章，小佛头可比作六朝小品。为了争较这句话，大家又赌酒哄笑以至忘记了这个新的都市了。

不知道从什么地方来了一批宋瓷碗，有人说是江南铁路造路时在城外附近掘出一个碗库，里面重重叠叠不知道有几千个：上一层压碎了，下一层还是这样完好如新。碗的式样是底小口大，确系宋碗形式，又颜色除彩花，净白，鹅黄以外，有一种青色；按北宋柴窑有几句名言就是："青如天，明如镜，薄如纸，声如磬"，拿这种青色碗与这名言对照，的确是这样轻薄透明，而且轻轻一敲就发生如古庙钟声一样幽远好听的声音。头一个发现的人还是什么收藏家，把这种碗照样置版，并附了一篇考据的长文登在某大学刊物上。一时惊为稀有之奇珍。从此在积雪的狭巷里，在深暗的骨董铺中，不断有这班先生的踪迹了。大家互相介绍，互相争取，一时热闹，不可以言喻。

有一回有四个人到骨董店去找碗。老板拿出两个小巧的绿色凸梅花的小碗。这四个人中间谁先抢到谁就死捏着不放，那一个没有抢到的就向他说：你前天不是已经买到一件好东西了吗？这个应当让给我。但是先拿的人还是死捏着不放松，谁肯让？这个求让不得的人就飞跑到另一个人身边，乘其不在意的时候，把他正拿在手里观摩的碗，猛然抢来，买下了。骨董铺老板见这种情形，怎么不把价提得异常高呢？

一年过去了，不知有多少人都买这种碗，就是后来被选择剩下的，也有人全包了去，素来不玩骨董的人，也要买几个，作为奇货可居。后来骨董店还是源源不断的有的来，这可怪了，那定是什么神库吧，怎么这样像奇迹一般的取之无尽呢。于是怀疑，考查，研究都来了。结果所谓柴窑，所谓宋瓷，都是仿古假造的。到底是从什么地方，是什么人假造，也还没有一个确实证据。从前所争买这些的先生们只有彼此相顾哑然。究竟谁上了谁的当呢？只有各自咨嗟，各自隐恨而已。到底得大佛头的先生心中有所慰藉，不是为了搜觅宋瓷也不会得着那个大佛头。另一位先生也倒不灰心，索性把兴趣集中到陶器上，所以一直到现在还是没有一天不看见他徘徊于骨董铺里，搬些破碎的，完整的，圆的，扁的，长的，短的瓦当，土罐回到家中。现在已有几百件，楼上楼下桌椅几凳上无处不是，怕将来要专造一座仓库来收藏吧。现在这位先生正预备写一本陶器源流史，我们且企予望之。

（选自《信》，文化出版社一九四五年版）

岁暮的乡怀

叶灵凤

我的家乡，以咸板鸭著名。这东西在当地被称为"咸鸭子"，倒并不怎样被看重，平常的时候很少吃它，仿佛只有到了冬天过年才吃，或是专门供人买了去送礼的。我们家乡人平常所吃的，乃是"咸水鸭"和烧鸭。

香港也有烧鸭。湾仔修顿球场对面就有一家烧腊店，整年在店门口"戳"起一块招牌："整只烧鸭两元九"。价钱虽然便宜，但是"曾经沧海难为水"。望了那些瘦小干瘪的鸭架子，实在引不起我的兴趣。我们家乡的烧鸭，虽然没有北京用填鸭烤成的烤鸭那么大，但它滋味的腴美，只有广东烧得最好的烧鹅才仿佛相似。除了烧鸭之外还有烧鸭汤，那是可以单独向烧鸭店买得到的，说是烧鸭汤其实是净汤，这是店里煮鸭的副产品。家乡有的是外红里白的萝卜。"萝卜煨烧鸭汤"是最常吃的一味家常菜。

"咸水鸭"有点像是新鲜的咸板鸭，以秋天时候的最好，称为"桂花鸭子"，它没有咸板鸭那么咸，味鲜而嫩，我以为这才是家乡的真正名产，在外地是吃不到的。因为它隔了夜便要变味，所以从来不会运到外地来卖。前年九龙新开了一家教门馆子，以"咸水鸭"来号召，我特地过海去试了一次，只好付之一笑。

除了鸭子之外，家乡的油鸡也很出名，这是真正的“桶子油鸡”，我们就称它为“桶子鸡”，略去了那个“油”字。这是有原因的，因为它的长处不在“油”，而是在用木桶盛了热汤来浸熟的，所以味道特别好。

家乡经营这种鸡鸭食品的商店，照例总是回教徒主持的，我们称他们为“教门”。当然也有外教徒开设的，但总比不上回教徒开设的那么好。由于鸭子用得多了，自然就产生了许多副产品：鸭四件，鸭肾、鸭肠。教门馆子里出售的“咸水鸭肠”，也是一种名物。当国民党的官僚们在我们家乡金迷纸醉的时代，他们有许多人也爱上了这东西，称它为“美人肝”，这种煮鹤焚琴式的冒充风雅名称，最使我们听了齿冷。我们家乡人从不巧立名目，只是称它为“胰子白”。

在冬天，除了板鸭，家乡还有一种别处所无的“腊味”，外乡人称这东西为“香肚”，我们则称它为“小肚”。这可说是一种圆球形的切肉肠，肉粒很大，用猪脬包成一个小圆球，经过特别腌制，无论是肥肉或是瘦肉，吃起来简直像火腿一样，但比火腿更嫩。这该是下酒的妙品，但我总是空口拈来吃，因为我是很少喝酒的。去年这里的食品公司和南货店曾办来了一批，我怕是最大的主顾之一，因为我不仅自己买，而且还竭力向朋友推荐。今年不知仍有这东西来否，若是没有，我这个客居海隅的老饕就要写信向家乡经营土产出口的机构诉苦了。

家乡的花生米也很有名，我们称它为“生果仁”，这个“仁”字要读成“于日”两字的切音，这是家乡的土音，我们对于人形的小玩具，也称它为小“于日”。这是纯粹用砂炒的，不是“南乳肉”，颗粒大而白净，用来拌了“秋油干”一同吃（家乡称酱油为秋油，也就是这里的豉油或抽油。秋油干即酱油干，就是这里被称为“豆润”的东西，但这里的豆润是不能生吃的，秋油干则像上海的豆腐干一样，是送酒送茶佐膳的妙品），真有金圣叹临刑时传给儿子的秘诀所说的那样：滋味同火腿一般。

“生果仁”在家乡是可以送礼的。半斤或一斤生果仁，炒货店里会给你包成长方形的一包，附上一张红色招牌纸，就可以携了去探亲戚走人家，不像这里的“南乳肉”是不登大雅之堂的。若是嫌一样“生果仁”太少，就可以再加上十个二十个“欢喜团”和“炒米粑粑”，前者是用白糖粘成的炒米圆球，后者是用红糖炒米压成的圆饼。两者都是小孩的恩物。在我们小的时候，家里只要来了亲戚，我们就在暗中高兴地搓手，因为停一会一定又有“欢喜团”和“炒米粑粑”吃了。

蒌蒿

江南三月，莺飞草长，竹笋的时节已过，正是各种野菜当令的时候，在我们家乡，这时正有一种新鲜的野蔬上市，称为“蒌蒿”。蒿是塘蒿菜之蒿，这是可以肯定的，我不知这个“蒌”字应该写作“芦”还是“蒌”，我见到秀水词人朱竹垞的《鸳鸯湖棹歌》有句云：“听说河豚新入市，蒌蒿荻笋急须拈”，荻笋不知何物，蒌蒿怕就是我们家乡所产的那种，姑且借来一用。

蒌蒿是水滨的产物，卖的人用蒲包盛了，像卖菱角荸荠那样，总是洒得水淋淋的。这是一种细小的像芦根一样的植物，可吃的只是它的嫩梗，像豆芽菜那样粗细，作深绿色，摘成一段一段的，就这么炒来吃。它有一种特殊的香味，比芹菜的滋味更好。可是这东西也并非每一个人都爱吃的，有些人就嫌它那一种“蒿味”，不喜欢吃。

蒌蒿是一种很价廉的野蔬，只是出产的时间不多，要在这春末夏初的季节才有，稍迟就老了不堪吃，所以上市的时间很短。江宁沿江一带多洲渚，这就是蒌蒿的产地。这一带的江边又盛产芦苇，我们家乡普通人家的主要燃料就是“芦柴”，因此，我又怀疑这个“蒌”应作“芦”。

“蒌蒿”可以炒腊肉，又可以先用开水灼熟了，用酱麻油凉拌吃。若是与“白肉”一同吃，称为“蒌蒿白板肉”，更是暮春时节的名菜。白板肉就是将猪肉在白汤中煮熟了，捞出来切成薄片，点着上好的酱油来吃。这是江南人夏天吃肉的方法，因为这样就不觉得肥腻。

蒌蒿在沿江一带都可以吃得到。若是朱竹垞所咏的就是这东西，则鸳鸯湖滨也有出产，嘉兴人一定也喜欢吃了。可是我在上海住了多年，从不曾见过这种菜，可见上海人是不吃的。

南京的马车

从前南京最多马车，几乎成了这个城市的一个特色。这是因为南京的地方大，

鼓楼前的马车、人力车
（一九一〇）

从前从城里到下关，步行固然不可能，轿子和人力车都不能一口气直达，一定要在中途换人，十分不便。只有马车可以直达，因此大行其道。

这种马车，有自置的，十分讲究，马也精壮，车窗和车灯的玻璃都擦得雪亮，马车夫总是穿制服的。此外还有跟班。另外有大规模的马车行，备有马车供人租用，仿佛今日的营业汽车那样。此外就是几个人合资购置一辆马车来谋生的，车敝马瘦，聊以糊口，这就是上海人口中所说的“野鸡马车”了。

这当然是初时的情况，为期约在清末民初之际。等到汽车出现了，最时髦最名贵的当然是汽车，马车遂退居第二位。只有旧家仍有自备的马车，新贵大都不屑一顾了。等到我们这一辈长成以后，南京的马车虽然仍在大行其道，但是街上所见，几乎所有的马车全是“野鸡马车”了。

同马车夫讲价钱，最费唇舌。他们漫天讨价，只要你开口还了价钱，他们就驾了车子跟在你一旁，向你兜揽不休。而且别的马车夫都拒绝再同你接洽。因此，你如果问了一辆马车的价钱，就无法再雇第二辆，不容你有选择。如果有别的马车夫破坏了这行规，吵骂和打架就要发生了。因此，对当时初到南京的人士来说，雇马车和讲价钱，都是一件苦事。

马车也有篷车和轿车之分，后者就是这里所说的“房车”。出租的“野鸡马车”，大多数都是敞篷车。坐在这样的车上，虽然慢而颠簸。但是如果从下关进城，在那一条长长的马路上，从夹道的垂柳荫中缓缓前进，蹄声嘚嘚，杂着鞭声和马车夫的吆喝，也自有一种风趣。

不用说，那些驾车的马，都是极其羸瘦的。车主只仅可糊口，马儿的食料自然不会好。这些马匹的来源是怎样，我不大清楚。但是它们后来的去处，我却有点端倪。

当时南京市上有一种卤马肉出售，是沿街挑担叫卖的，片成薄片，铺在磁碟里出售，称为“马儿筋”。孩子时代曾经试过，当时虽然觉得滋味很不错，我现在很怀疑这可能就是那些不能再拉车的马儿的最后出路。

（选自《能不忆江南》，江苏古籍出版社一九八七年版）

首都名胜

马元烈

南京为吾国首都。襟江带淮，盘龙踞虎，形胜为全国冠。予曾三度过此，行色匆匆，未获遂临观之快；今以襄戎幕来驻此邦，卜居既定，驾言出游，十日之期，名胜涉足几遍，爰就所闻见者笔之。

秦淮为古佳丽地，风流韵事，千古艳称。盈盈此水，遂为游南京者第一注目之地。故予亦于到京之翌日首先往游。以其所经流之形势观之，环于城之南部，适成一凸字形。而往昔之旧院与今日之妓寮，及游艇之所可经行，河房之稍称雅致者，则咸在此凸字左偏一曲之两岸，即武定复成两桥之间。故秦淮虽艳著人寰，而究其实际之足游观者，不过只此而已。

夫子庙号称为首都游戏杂技荟萃之地，在历史上虽不能与莫愁雨花诸胜争一席地，而在今日，则为游乐之中心。首都人士，人人知之，人人趋之。旅京及游京之人，亦莫不人人知之，人人趋之；居京者以夫子庙导初来之客，去京者以夫子庙诏未来之人。人人既以“夫子庙”三字为言，于是夫子庙遂俨然为南京今日惟一无二之胜地。吾震于夫子庙之名久，今幸有游之之机，乃于游秦淮之便，一瞻此夫子庙。

吾始闻夫子庙之名，以为此夫子庙者，必若天津之天花宫，南昌之万寿宫，以庙为商场，权作游人嬉游聚乐之地耳。今至其地，乃知不然。盖夫子庙之本身实荒芜零落，无人涉足其宇；凡人之所谓夫子庙者，实指庙之前若左右一带而言，与庙实无关系。

与夫子庙平列而位其东只隔一巷者，为贡院。在昔科举时代，江南人文之盛，甲于全国，而贡院则所由出也。自科举停，贡院亦随之废；今则垣颓宇败，已日就残圮矣。

其前有空场，为游戏杂技麇集之区，有变戏法者；有拉西洋景者；有舞刀弄棍卖艺者；有杂集穿山甲、豪猪、大蛇之类，炫以为奇观者；并有支木为小台，粉墨登场唱汉调者。虽均无可取，而游人拥挤，较夫子庙前，尤为热闹。

由贡院东行，至利涉桥之迤北，有巷西向，即桃叶渡口也。地当青溪入淮之口。巷中横小木坊，题墨书"古桃叶渡"四字，剥蚀几不能识。其地本为南朝艳迹，今乃沦为水道，为一般赤足力夫挑取河水之所，污秽泥泞，几令人望而不敢及。若非立意寻求，即不能得其所在，盖为人忽视久矣。

乌衣巷为王谢故居，有声简册，与桃叶渡同为诗人喜赋之资料，故吾亦慕名寻访。地即在文德桥之南不甚远，除巷口有"古乌衣巷"四字之小牌外，他乃一无所有，遂废然返。

雨花台在聚宝门外，俗名聚宝山，相传梁武帝时，有云光法师坐山巅说法，感天雨宝花，唐芦襄因名之曰雨花台。予偕友乘车往，出南门（即聚宝门），经长干里，至山之西北隅下车。拾级而登，有门西向。有小石额，镌"雨花台"三字。入门，路北有方公祠、卓公祠、节孝祠等，门均扃不得入。闻昔之木末亭，即在其次，今已废不可寻矣，再进，当其前者为第二泉茶社。越屋即见泉眼二，平列于院内，即而望之，水去地面可三尺，掬饮之，味甘而柔。泉之东有小阁，据地较高，可以凭窗远眺。于此瀹茗稍息，乃复出。对面为永宁寺，故泉又名永宁泉。由此东行，路南为高座寺，在晋永嘉中原名甘露寺，西竺僧尸黎密来中国，为王导所敬，因号所居为高座寺，此其故址也。寺之东南方有岗隆起，炮台踞其巅，盖雨花台为城南屏障，地势颇高，登其上即可俯瞰全城，为历来攻南京者之所必趋。近世如洪杨之役、光复之役，皆出全力争之。与钟山巅之天保城,同为首都要害,故不得不设戍守也。折而北由永宁泉之背陟岗,全岗尽为大小石子积成,颇滑足难行;见人之以锸掘择石子甚多,即艳称于世之雨花石子之所由出也。造巅北望,全城如在衽下;钟山矗于东,大江流其北,久为形胜之地,宜兵家所必争也。岗之阴有墓隆起,为明方正学先生瘗骨之所。墓西向,树短碣,为同治五年重修时所立。由此转向西南,逾岗,循原路归。

南京虽自古为帝王都,而历朝宫阙,除明故宫尚略有遗迹,余均荡然无存。宫在城之东南隅,明太祖定鼎后所筑之新宫也。现京人仍称之曰皇城。苟以明故宫之名而问途于人,每瞠目不知所对也。吾于谒孝陵之便,顺道往游。乘车而往,由大行宫街而东,过天津桥,桥居竺桥复成桥之间,其下即珍珠河青溪支流诸水往汇于淮者也。过桥,当其冲者为西华门,城垣既已无存,城楼亦复圮废,今日所存,只一方形之台,下穴穹窿三门而已。入门除瓦砾载途,惟禾稼与蔓草杂植于内。再进又有方形之门基,是为西长安门,两旁尚有参差兀立若断若续之砖灰土埂,则禁城故迹也。过此略斜向南,又有南向之门,亦只剩门基。门凡五洞,昔日之午门也。门内偏东有高墙矗立,据闻系昔日冷宫,专制之余威,犹令人见之兴感。门南直向洪武门,门北则五龙桥在焉。平列石桥五,尚未大残败。闻此系内五龙桥。尚有外五龙桥,则在午门之南;因非便道,故未往观。

故宫游毕,出东安门;步向朝阳门,将以往谒孝陵也。途中见东北城垣之下,有乔木两株,夹屋而植,闻即荆公半山寺遗址,以不得其路未往。

孝陵在朝阳门外,钟山之阳,所谓独龙阜也。朝阳门为南京之东门,门外尚有瓮城,城楼及垣上,悉着枪弹痕,两次光复战役之遗迹也。出瓮城,向东而北折,路虽不砥平,亦不崎岖。将至陵,即见华表、石兽、翁仲对植于道周丛草间,制颇伟。翁仲文武各四,虽久处风雨之中,尚未摧残,雕工亦可观;历时四百余年,尚能完好,亦可贵也。由此又经数折,乃抵陵门,据高坡上,朱垣环之,横镌“明孝陵”之金字额。入之,其前门平列三碑,剥坏不可卒读。门外复嵌小碣,镌特别布告,以六国文分书之,盖此间外人来游者颇众,故有此种指示也。在正门之北,为飨殿,中供太祖神位,后悬太祖遗像。此殿为后来新建,以殿外旧础较之,视旧制杀三之一,殿材亦

明孝陵
（一九七〇）

殊单弱，盖仅存胜无而已。守陵者于此中布案凳售茶点水果，并有啤酒汽水之类。旁并设一摊，陈故宫砖瓦，并他骨董，惟一无足取。予等在此瀹茗休息，守者谓此系钟山泉水所烹，尝之与永宁泉同一无甚特异处。

殿之北两旁为守陵者所居，中复有门，入门即见一长方形庞大建筑物远峙于陵前。予以不谙旧礼制，不敢定其何名，或曰此祭坛也，姑因之，志以备考。坛直向门，中有石铺甬路，惟榛莽载途，积草没胫，零落荒凉，令人兴叹。坛之下为隧道，作穹窿长弄，由南而北，倾斜而下，建筑甚坚。趋而过，声隆隆然回声甚大，此空谷足音所以跫然动人耶？逾隧道，左转，登坛之巅，高可数丈；纵目四眺，景物尽收眼底。时细雨洒人，北望钟山之坳，气蒸然者，白云也。坛上稍北有壁周立，向南穴三门，已多残败，似是已圮之殿，然否不可知矣。

坛之北有岗隆起，占地颇大，树木满其上，郁郁葱葱，沐以雨，愈形苍翠，闻此下即太祖埋骨之所。

莫愁湖在城之南，去水西门约二里许。相传六朝刘宋时，卢莫愁尝居此，因以名湖。明初太祖与中山王徐达赌棋于此，诏以湖为汤沐邑，故迄今湖租犹归徐氏。予同友往游，驱车出水西门，过觅渡桥，右向，数折乃达。湖前路间，有新建木坊，颜曰莫愁湖制虽不古，然掩映夹道杨柳间，颇饶逸趣。路之北，一门南向。入门多售荷花莲实者，盖湖产也。再进则竹篱夹道，中莳花草。逾此，一楼前耸，是为胜棋楼，相传即明太祖与徐达弈棋处。楼上门扃尘封，未能登。楼下即郁金堂，南向屏间，悬中山王像，执圭危坐，貌丰腴而和蔼，不类武人。闻楼上尚有一像，则貌癯而神奕，以未能见，不知孰是也。由屏左转其后，豁然轩敞，即踞湖上。北面临水，全湖在望。中间设木榻，榻后悬莫愁小像二，一绘一绣，并有名人楹帖甚多。以寺僧于此中设座售茶，人殊嘈杂，故未能久留细观。即复折出，往游曾公阁。

曾公阁，为湘乡曾国藩建也。位胜棋楼之西，与之平列。屋架于水上，正中面湖设龛，中供曾公像，捻髯悄立，神殊修逸。此中亦售茶，惟人数较少，乃与友择临水一隅，瀹茗小憩。凭栏远眺，清凉山适在其北，钟阜卢龙，左右遥峙，恍若屏障，而江外诸出复隐现于云烟杳霭中；间以练光帆影，随园擢歌所谓“但觉西湖输一着，江帆云外拍天飞”者，洵不虚也。

阁之南有小台，高出阁右，可以登眺。再南尚有楼亭园林之胜，以门闭未能入。

出而右转，过莫愁湖木坊，有门南向，曰粤东建国烈士墓，盖民国建元光复南京时，粤军死事健儿埋骨之所也。入门则冬青夹道，布置类花园；烈士之墓，均平列地上，并不坟起。各墓上平嵌长方石碑，上镌死者姓名，都凡二十。向西，园尽处，丰碑屏立，作“建国成仁”四字，为孙中山先生书。园之北濒湖，正中有亭翼然，作六角形，顶以铅制，柱则石质。坐亭内小憩，湖山景物，都来座上。虽不临水，而轩豁开朗，较曾公阁尤胜。惜无人驻守，故刍荛者随意出入，颇多残毁。

鸡鸣寺者，即梁同泰寺也。踞鸡鸣山椒，在南唐为净居寺，后改为圆寂寺，宋又为法宝寺，后至明洪武二十年，乃建今名。予同友杨君往游。山半有门东向，门旁为志公台，即施食台也。相传元时刑人于此，以后每多怪异；明洪武初，尝于此施食以度幽冥，故名。入门西行数十武，折而向右，拾级斜上，乃达寺。佛殿之外，南向有坊式照壁，坊之右有洋式门，亦南向。从此入而左折，再入一门，即至佛殿。

寺之后殿，迤东有楼，北向者曰豁蒙。是日适值庙会香期，于此中招待善女，故未能久留。豁蒙楼背之南，有楼东向，而制较小者，是为景阳楼，因齐景阳楼之址也。凭栏远眺，钟阜前障如屏，玄武左潴若镜，略一俯瞩，则覆舟富贵诸山，迤逦东去，缅怀六朝乐游苑华林园诸胜，无遗迹足寻矣。此楼为男香客憩居之所，虽得稍事游观，而人声嘈杂，故亦未坐即出。

鸡鸣寺年以六月中旬为庙期，每届此时，则善男信女，摩肩接踵，攘往熙来。山下售香烛及小食之摊担，纷列路旁，而尤以乞丐为最多，自山麓以迄庙内殿门，沿路皆是。残肢烂肌，观之令人作恶，缘多系伪做涂饰，故难召人善感也。

鸡鸣寺俗呼之为观音楼，故吾人唤人力车而告以至鸡鸣寺，每瞠目不知所谓。此亦游人应知之一端也。

台城者，故吴之秣陵、晋之建业城址。东晋元帝渡江，因修居之，以后宋齐梁陈均因之为宫城。侯景之乱，梁武帝被困馁死，即此也。按《容斋随笔》，晋宋间为朝廷禁省曰台，故台城即禁城也。今其遗址，在鸡鸣山之北，尚有一段未圮，与今日城垣相接，直类砖砌高道。步月迎风，于此最宜。予登其上，凉飙北至，挟玄武湖荷香俱来，披襟当之，顷于同泰寺所被俗尘，为之一涤。

燕支井又作胭脂井，在鸡鸣山东麓，景阳楼之下，一名景阳井，故陈宫井也。以石栏有脉，雨后辄现燕支色，因以得名。当隋师入陈，后主与张贵妃孔贵嫔，尝逃入之，后乃引出，因又名辱井。予于同泰寺出，即趋下观之，井栏石质颇新，谅系后来重置。旁有菜圃，恃此灌溉，实非枯井，不知当日何以能人而不没也。

位鸡鸣山之西，有山隆起，如鸡笼之覆于地者，是为鸡笼山，北极阁即踞其椒。予自鸡鸣寺出，从东路登，路作坡形，无级，复有小草覆之，殊滑而难陟。据《建康志》谓，山周回十里，高三十丈，盖较鸡鸣覆舟诸山，均为高出也。

北极阁者，故元观象台也，为至元元年建。明因之，改为钦天台，于此置浑天诸仪。后徙北京，遂留此阁。阁前为寺，门南向。入门，正殿祀真武大帝，有道士住持，于殿中布几座。以茶点饷游客，费则听给。殿后再上一层，即阁。阁凡三层，门亦南向，有石额，镌"江山毓秀"四字。迎门树断碑一，只存一"观"字，据闻原系"旷观"二字，今存其半矣。入门，拾级造其巅，豁眸四瞩，大江环于西，蒋山峙于东，玄武湖近在其北，遐迩景物，举收眼底，实为城中部最高所在，亦登眺最佳所在也。惜地势略小，游人纷沓，且年久未修，颇多圮坏，登者一多，即觉岌岌耳。

殿右尚有偏殿，已废坏，其左则有警察居之，于兹施放午炮，城内之司时者也。以踞地较高，颇占形胜，故一有兵事，即在所必争，与城北之卢龙，城南之雨花，城西之清凉，城东之富贵，交互环峙，不特临观所宜，亦城中要害也。

由鸡笼山下，循铁路西行，有亭位于北坡之上，是曰大钟亭。殿宇周之，亭居中央，作六角形。钟即悬于中，铜质，制殊巨；旁置木杵，运而叩之，声隆然，可闻数里，余音袅袅，延数分钟不止。钟前有字，谓系洪武二十年九月铸，而寺僧则谓钟系飞来，娓娓道其鼓铸之历史，与说部中铸剑之神话相仿佛。亭内涂鸦满壁，有游客题名，亦有歪诗，一无足观，遂出。门首有横额，题"元音再起"四字。

鼓楼者，北城巨筑也，不知建自何时。或谓此原系曩日建业北门，后来北拓城垣，遂以之为鼓楼，然于籍载中不可考，信否不知也。楼基为长方台，高十余丈，中为三穹门；中最大，左右则稍杀。楼凡两层，亦甚宏大，惜年久失修，渐残圮矣。闻其上祀关壮缪，本拟登以远眺，以上有守兵，驻此瞭望，不许上。乘兴而来，遂不免败兴而返。

乌龙潭在汉西门内，相传晋时有黑龙现，故名。唐肃宗乾元初，诏天下临江带郭，各置放生池，此潭则颜鲁公彼时因以为放生池者，故今潭上犹有放生庵祀之。地远市廛，以清幽胜。余驱车访之，由汉西门转至棋盘街，沿城根行，即至潭上。潭较莫愁湖为小，南北修而东西仄，为一长圆形。潭心有六角亭，筑小路达东岸。循路步入，路间树小木坊，题曰“何必西湖”。逾坊又十数武，遂达。亭建一沙屿之上，凡二层，有小额题“宛在亭”三字。其西倚梯，拾级登第二层，凭栏而望，全湖并盋山清凉山诸风景均奔眼底。闻潭中昔日可荡舟轻泛，予至则未之见，或云潭已淤滞不能容舟矣。

乌龙潭之东南，有新建筑物，是为浙江烈士祠。正门有额，即书此五字。入门，有碑亭当其冲，碑阴列死者姓名，亦光复之役死于国事者也。其后即系祠堂，门扃未得入。两旁尚有楼台之属，占地虽不广，布置颇有可观，非莫愁湖上之烈士墓所可比也。

由乌龙潭前，向西，折而北，即龙蟠里。地当盋山石城之间，相传昔者诸葛武侯与吴主孙权于此论建都形势，曰：“钟山龙蟠，石城虎踞。”故名。闻左近尚有驻马坡者，即武侯当日驻马观形势处，以咨询不得其址，故未能一证其处。里之南端，有甓门，东即薛庐，其背即临乌龙潭上，为南京有名之私家花园。予以无人介绍，不知能否任人游览，故未入览。薛庐再北，则有曾文正公祠沈文肃公祠等，均以门闭不得入。路西并有图书馆，亦未开放，闻其中善本书籍甚多，恨未能一饱眼福耳。

由龙蟠里向北而西，至清凉山。当路之冲，而门东向者，曰清凉寺，其南曰善庆寺，其北曰云巢庵。扫叶楼在善庆寺内，为清初龚半千氏隐居之所，龚托名扫叶僧，故名。路之南，有砖砌坡道，道之两旁，有栏，亦筑以砖。栏之最下端，为两方柱体，连以铁梗，作虹形，中缀玻璃六角灯，朱书“古扫叶楼”四字，类商家门灯，置此幽静处，殊不称。循道而登，最外有殿，殿左为僧舍，其右即扫叶楼，有南北两门可通。

南门闭，由北门入。楼下，一室题“同读画轩”，壁悬诗联颇多，且有日本人之作，无甚足观。遂由室后循阶登楼，楼中偏北，树木屏，屏悬扫叶僧像，作持帚状。

扫叶楼前凭石头，莫愁湖即在城外，倚栏南眺，全湖在望。雨花山峙其左，大江流其右，较之曾公阁之只见平远者尤胜。清凉山之翠微亭既圮，故兹山之胜，惟厥楼擅之矣。

楼之西南，即清凉门，已堵塞不通。据闻此城即古石头城遗址，以其礌砢特起，有似面具，故俗称曰鬼脸城。

清凉寺，宋清凉广惠禅寺也。在杨吴时为兴国寺，南唐升元初，改为石头清凉禅夺，后主时复改清凉大道场。寺位清凉山半腰，寺门红墙，掩映绿树丛筱间，饶有画意。闻此寺系同治初重修，已多圮废。寺后山巅，旧有翠微亭，为南唐后主所创建，即避暑宫之暑风亭也。迭经修复，清高宗南巡时，曾立碑于上；惜光复之役，复毁于兵，今胜迹不可按矣。

清凉之东北，一岗耸峙，寺于其椒，是为云巢庵，即所谓小九华也。相传为地藏王肉身坐禅处，故每年七月香火极盛，下旬尤最，盖俗传七月三十日为地藏诞辰故也。寺大殿已圮坏，正在募资重建。登其巅，地势迥旷，高出诸山之上。

虎踞关在清凉山之北，予以武侯之言，特往寻其遗迹。至则寥落数家，除壁间钉虎踞关之地名小牌外，一无形胜足言，遂循原路归。

随园为钱塘袁枚所构，以为隐居之所者也。园在西城小仓山，其名盖随袁氏《小仓山房集》久已传播士林，几夫人而知之矣。予亦耳其胜久，虽闻园已废圮，终冀有一二遗迹可寻。故于游清凉山罢，乃转车而南，至乾河沿之西，下车，步至园址。先生之祠堂即在其旁，矮屋数间，殊无轮奂之观。门上镌横额曰“袁子才先生祠”，作篆书，惟门则以砖砌之，其中已沦为守田者之宿舍，盖禾黍离离，此胜名之随园早已成农田矣。先生之墓尚在其西南五台山之侧，一抔荒土，除三尺墓碣外，一无点缀。游览既竟，感慨系之。

首都名胜，于焉略尽。其未到之处，仅半山寺、谢公墩及愚园韬园之属耳。

（选自《中国游记选》，上海亚细亚书局一九三四年版）

在玄武湖畔

李金发

这个不可多得的，打破六千余年纪录的，温度达一百零四度四的一九三四年，我恰从温和适意的南国的罗浮山，跑到石头城来，我是自叹倒霉，预备去受酷暑的磨难的。不料不幸中之幸，终于躲在玄武湖养园两个月，和太阳神抵抗，终得平安过去。现在秋意渐渐浓厚，我继续在居住，看着大自然逐步失去活泼之态，一面严冬又在准备它的大业。

七月初旬，知道家人要北来，我就在南京物色西式的住宅，从五台山走到阴阳营、马家街等地都空费流汗。凑巧得很，友人汪君来访，他知道我在找房子，他提议分租他住的养园一部分给我，真是再好没有，人们求之不得的。我于是遂从不脱南京旧日本式的金沙井逃出来，好像舒了一口喘息似的。

到上海去接家人回来，就在那里过昼伏夜出的生活。

这个中国式的西洋别墅，不要小看它，是当年住过许多党国要人的，因为以前做过荷院俱乐部。值得提起的，是它有一大客厅，可容六七十人跳舞，当年曾做过首都社交中心的工具的，其余的建筑则一无是处。然细察一会，则可看出屋主人是休养林泉的能手，房子全部的窗和门，都是铁纱窗，没有苍蝇蚊子踪影。四周栽满花草，高纵的树木包围着，在窗外还有芭蕉的绿叶，代替了窗帘。葡萄藤满生白色的果实，在预备来食之前一日，为不知什么鼠食得干净。西偏有成亩的小竹成林，因为久旱的缘故，笋子老埋在土下，一遇下过了雨，翌晨无数的幼芽，从土中如笔般长出。老园丁说，此种笋不会长成，便将它挖出来，做菜；起初觉得非常可惜，煞风景，但后来看惯了，自己也每遇雨后抢着去挖，把它鲜炒或晒成笋干。杨柳在窗外摇曳，有时垂到地下，阻住人来往的路，但从不会把它砍短；有时柳枝驻下一二个富于气力的蝉儿，引吭高歌，与远处高处的和成一个合奏曲，真是热闹，有时扰人午睡又觉罪不容诛。听茵子说，秋天无力的蝉，叫声是“也余也余”地叫，与盛夏的“余余余”不变音的叫法，是不同的。后来入了秋听之，果然不错。亏得我在乡间住了十几年，还不曾听过这常识。至今思之，不快的，是有一天气压非常高的一天，我出去公园管理处打电话，看到一个穿草鞋的苦力人，手持一竹竿，腰间挂着一竹篓，正在将一种胶质糊在竿尾，然后仰首去寻蝉声所自出，将这有胶的竿，轻轻的靠在鸣着的蝉之背部，则两翼已在无用的挣扎，他徐徐将竿退下，将蝉翼上有胶的部分揭去（美丽的翼就此残缺了），放进篓中它无数同命运者中去。犹闻闹成一张如人类狱中的罪人之骚动，我好奇地，借他的竿也捉下一个，也给他放进去了。这是我牺牲一小生命的罪过！闻此种蝉将卖给小孩子玩，——磨难小动物，是中国儿童的时色，也是无知的父母所允诺的。——或卖给人做药材，这就是与人无所忤的自然吟咏者之命运。

不知怎的，我近十年来很觉得心肠仁慈多了，一个小小的蚱蜢及蟋蟀，甚至蚂蚁，我都不愿及不许小孩们弄死，或磨难它们，对于它们的生活，我也很趣味，充其量我可以做一个昆虫学家 Fabre 也说不定。他们粗人俗人，常常笑我尚有孩子气，我承认我尚有赤子之心，个中诗意及哲理，是他们不能领略的。有一次，我无意中在树根下发现两种蚂蚁在斗争，纠纷的起因为何，我可惜没有看到，追我看见时，已有十来个大蚁（有半英寸长）为无数小蚁擒食，大蚁则派几个勇士，守在土穴之口，张开铁一般黑钳，窥视着。环绕着的小蚁群，偶有一个过于勇敢不小心的小蚁，便会把它衔进去受极刑。有时大蚁稍不小心，走得过远，便为小蚁包围，你吃一脚，他

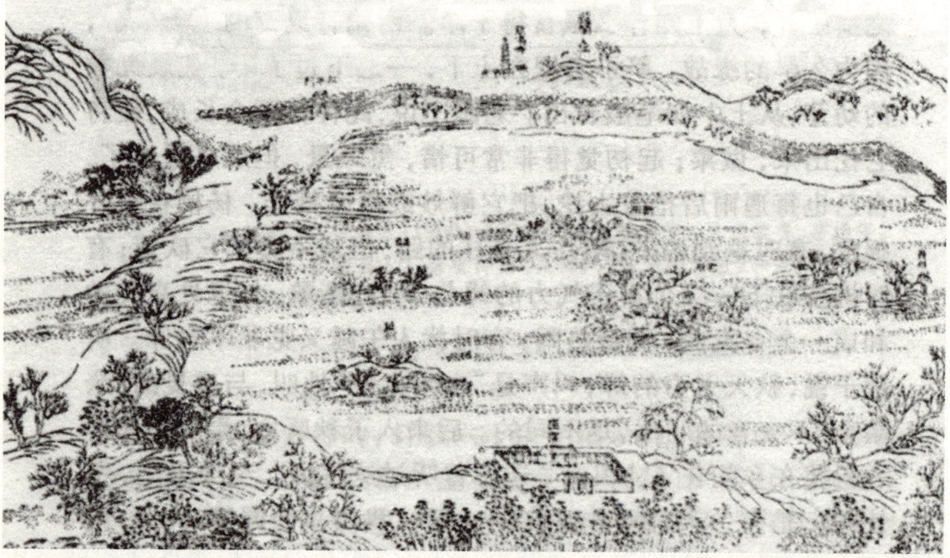

玄武湖
（清代绘）

吃一瞬,就走不动了,这样就断送了它的性命,这不是人类的缩影吗?我蹲在那里,足足看了一点钟,心头非常难过,但没有法子可以排解它们,后来我回去吸一支香烟,和写了一点译稿,再来看时,小蚁们已退至东偏,大蚁出来,到已退出的阵地,张皇地在寻觅。怎样的经过呢?小蚁自动的总退却呢,还是为大蚁吞食到如此田地呢?大蚁又何不追击呢?我想彼此牺牲必不少,这些都使我沉思了终日,这样的蚁斗,也不多见了。

此地的蟾蜍,是孩子们的朋友,他们叫它为"呷呷仔",每遇下雨,它们就东一个西一个笨拙地爬出来觅食(实在下了雨,什么蚊虫也走光了,它的本能失了效用)。尤以竹林下为多,小孩子若以竹子打打它的背部,它撑起四脚,鼓胀着气来抵抗,这真是拉芳登寓言中所说的一样。

夕阳西下,人们鱼贯地来园中散步的时候,便见数百只麻雀群,在梧桐树枝上觅栖宿的地方,至少噪杂在半个钟头以上,才跟着夜色四合,寂然无声,大概是位置的分配罢!每当夜间雷电交作,或狂风怒吼的时候,它们在不安定的枝头受苦,我常常在深夜想起,很可怜这小动物。

每个大树下都有石桌石凳,可以在月亮挂在枝间或在紫金山之巅时,一壶清茶,几个知心朋友,纵谈天下事,几不知人世间还有烦恼事。

房屋的四周,许多花枝不断地开着,远望去总是红的白的掩映在眼帘,是何等赏心悦目呀!有时,折下一些来,自私地插在大大小小的瓶里,轻淡的微黄的玫瑰花之香,与美人蕉的艳红,真使客厅生色,恨不得多几个人来赏玩。篱近有许多牵牛花我最爱,总共有七八种颜色,清晨起来散步的时候,最鲜艳,可惜不到晚间,已萎谢了。这样短促的光荣,使人多么惋惜。这边的一草一木,都是园丁老沙手栽的,我们对着他的晚景,应该感谢他而凄怆。他现年五十八岁了,面色为日光晒成深赤色,鼻子扁平的,——星相家一定说是他倒霉的原因,——说的满口徐州话,人还是很康健,他在此足足十年了,当主人做总办的时候,这个房子还没有造他就来此,忠实服务到现在,不知怎的他老是想回老家去。他说他有储蓄一百元,回去卖烧饼油条亦可过日子,吃完了则讨饭。他没有妻子亲属,使人对他的余年发生无限怜悯，我曾叫汪君挽留这忠仆，以后不知怎样安排。

每当热度到百零几度的时候，即闭着窗户午睡，亦挥汗如露珠，有时为蝉声或斑鸠声搅醒，还睡眼惺忪的，看着修路的工人，在猛射的太阳下推着咿呀的车子，心头真是难过，但世间不平的原因多哩。

现在新秋已徐步到人间，紫金山边白茫茫的细雨继续地洒向枯槁的园林，怪令人可爱的，习习轻风，吹向两腋，精神为之一振，可是没有涟漪的水，生起如织的波纹，只剩得湖边的杨柳，满带愁思地摇曳。

广漠的曾飘出芳香的荷田，现在也不见淡红的花朵，向人微笑，点首，隐约呈现衰老的黄叶，大概不久也会为人刈割净尽了。昔日无数画艇荡漾地载着鹣鲽漫游之湖心，现在全为高与人齐的野草占据着，出人不意的从草根下飞起一群水鸟，或白鹭，朝向浅渚去窥视天真的小鱼。

放眼望去，没有一点水的模样，惟前次在飞机上下望，则尚有几处较深的地方，还有相当的水，为无数鱼鳖逃命之所，不禁令人有沧海桑田之感。

薄薄的银灰色的秋云，好像善意来保护我们似的，把太阳遮得没有热力了，黄昏的时候，夕阳在云端舞着最后的步伐，放出鲜艳的橙色，送着绯红的日球徐徐下坠，像忍心一日的暂别。此时绿阴之下，不缺乏比肩倩影，喁喁絮着誓语，几阵不知趣的归窠小鸟，从他们头上飞过装出怪声，没有不仰首察看一次的。湖山为他们而存在呢，还是他们为湖山之陪衬品?

一到晚饭后，寻乐的伴侣成群的从桥的那端姗姗而来，沉静的灯光，照着行人得意之色；蓝黛的长天疏星点缀着，如眉的新月，映出林木的轮廓，顿增加黑夜的神秘性。夏蝉已成为哑巴，只寻死的扑向灯光而来，土地下的雌雄蟋蟀，在得意地歌唱，也不似了解未来的命运。远处的火车汽笛声如魔鬼尖锐之音，投进满怀秋思失恋者之心曲，比塞北胡笳更凄清。城之南的天空，映出淡淡的桃红色，不消说那边是车水马龙的繁华世界，许多公子哥儿，正在酒绿灯红中谈着情话，不曾有半点水旱天灾的痕迹在他们梨涡里，大人先生也正在兴高采烈的，在觥筹交错，说着虚伪的官话，或在作揖啊。

到了九点钟时分，游人兴尽走光，提篮的卖葡萄人，也已收盘，湖畔顿成一片静寂，一点足音也听不到，只有枝头的斑鸠扒翼的声音，或蚯蚓威威的长鸣。那时月儿已复隐到地平线下去，园中黑漆一团像有阴森的景象，使人心头有些惧怯，只好借口疲倦，自己欺骗自己逃到睡乡去。

（选自《人间世》，一九三四年第十三期）

豁蒙楼暮色

储安平

今天身子稍为健了些，清早在院子里散步，看见柳条都发青了。只两天没有走下床，外面的世界便变得那么快吗？新绿这色调我是十分爱的，但我又觉得这颜色太刻薄。一个中学生顶愉快的是礼拜六的晚上，一个孩子顶活泼的是过节过年的那一天；可是对于一个饱经忧患的人，他永远是希望生存在百草尚未上绿那样的早春之季的吧，这样想着的我，却非人情地绷起一种暮春之感，仍然踱回到自己的房里。

我到南京已有一个多月，仅仅看见三天有太阳。今天天气还是那样的像一个吝啬的房东太太的脸，像一个高官府上的门房先生的眼珠子；总之，使你见了要苦笑不止。

饭后在床上假寐，听窗外淅沥之歌。睡了三个钟头，犹未成眠。沉入于一切杂感之我，于是披了衣服起来，撑着雨伞走出寓所。常常在许多地方，会因为看见自己的形单影只而引起若干孤独之感的吧，但索兴抱着一种悠闲的心情，一个人在外面踱踱，倒又觉得无上高雅。怀着这样一种超然的心情，随便上崇山峻岭，江河大流，荒落坟郊，或士女错综的都市公园里，都能得到一种冲淡之趣。我向台城走去，沿路风雨交集，还疏疏落落夹些雪珠。这衰弱的身子不够这样的摧残吧，但也只有风雨的狂暴可以杀威我的伤时之感。城墙由东头的山腰里铺过来，从我的脚下再伸出去，一直到北头，十分严肃。玄武湖偎着城墙，若稍带一些书卷之气看来，俨然是横条一幅。村庄如睡，树木安静，湖水没有言语。纵然有雨点在逗，但在全景上，也仅仅因此加重一点灰色，如一个年轻的新寡，在严肃的城墙下，守着静穆，不敢叹息。

天十分惨淡，云是灰暗的，一层一层泛起，在远山之顶上厮磨着。紫金山一带都隐约地躲在迷雾里，仅仅看出一些轮廓。我十分喜悦这种情境。我喜悦山影在迷雾里，我喜悦月亮在迷雾里，我怕黑暗我爱薄暮。——我爱在薄暮里，像是消失了自己，像是还看见自己。

我在台城上这样闲散自在地走着。我俨然如天地万物之主，又俨然觉得天地万物间无我。既无我，也无我之叹息了吧。

这样忘形地笑着，我跨进了鸡鸣寺。

我在豁蒙楼上靠窗口坐下。这样的大雨又是这样的傍晚，我之来，真是非人情的了。我悄悄地听那壁上钟摆的滴答。庙堂里的晚钟，那样沉着地破空而来，真使人听了吃惊不止，钟声在空中持久地回荡，若有无限禅机。一个因早年失身而落魄了的女子，至此会不顾一切地去跪在神座前流着泪忏悔了起来的吧！这钟声在空中之回荡，真能使人听之默念自己也是一个罪人。

这样幽然神往之我，仿佛真有出世之感。生老病死之外，再加上因近代都市文明的加速而增加的幻影消灭之悲哀，真是人生无往不苦，既要加餐，又要排泄！既要早起，又要晚睡。宇宙在白昼与黑夜之循环交替中延续下去。人们大多不愿意自己叹息吧，但无声的叹息比有声之叹息更惨。我之上台城，想略略减少我一些无声之叹息吧，但我恍惚又需要更多之无声的叹息，好用以来延续自己残破的生命：人世一切真是非理可喻。

被远山背后的返光所耀，我从幻想中再去看湖光暮色。湖面被夕光耀得加倍平软，加倍清新，同时又加重惨白。纵然天地立刻将成黑暗，但果能在黑暗前有这

豁蒙楼远眺
（一九九六）

样一次美丽的夕光，则虽将陷入于黑暗，似亦心甘。一群不知是白鸽还是白鸥，总之是那样白得可爱的一群，在湖面上扑落飞扬，遥远遥远，终于又在水光天色里消灭了，仅仅留下一些残影在观者之我的脑子里。

八九年前常常跟着人家来此喝茶之我，至今还能了然想起小孩之我是如何的活泼。十年二十年后之我，再来吃茶时，也仍能一样了然想起今日之我那样冒雨而来的固执吧。这样想时，仿佛在一秒钟里已经过了十年二十年般，见到将来之我，还一样如今日之潦倒。去年春天，我有一时睡在床上，见了友人且说着"非病也，非愁也，愁病耳，病愁耳"一类的话的，这事，实俨如昨日。那时因心境坏到无可收拾，于是老在午睡里埋葬了自己的青春之我，想起无福享受春绿风光，还记得有过如下的句子：

醒后依着枕头听窗外鸟鸣
春鸟偷偷的告诉我春天的多情
照一照镜子看见脸上泛起的春红
上帝准知道我当时的心境

可是曾几何时，今日又再见柳梢染上了新绿了！少年心情最难测，近来，若有理由，若无理由，我说恍惚如有所失，仿佛连发奋亦属多事似的。

曾经在我自己的《感情的颜色与光彩》一文里说起一个人的感情有严肃与泛滥。严肃与泛滥的程度相差到可惊，这真是我之固执了。仿佛很有决心不去再浪费时间在一个演剧上，但忽然高兴在一个黄昏的工夫也竟会合着几个人连脚本都抄完且印成功了的(这样的事，在我真是常有的，曾经几次发奋，说非读熟万卷书不可的我，可是在颓唐来时，也仍然会让日子十天半个月的那样白白挨过去)，这样的事，当我在第二次再发奋时，又不禁要引为可笑。没有几天前，在玮德家里和他默默对坐，两人都十分乏，反对上什么地方去跑，可是到头又都让自己将乏倦的身子抬上了豁蒙楼，在豁蒙楼上坐下，也感觉乏趣，但又无有勇气再走出来。看山也呆板,看水也呆板,一切都单调,狂饮着无一丝儿茶味之水,没有一句话可说。且看他人之高兴,及其喝茶姿势,起初倒颇感兴趣之我,忽而又觉一切人皆可怜。但也许当时更有人在以我为悯恤吧,这样想时,又意外地使自己吃惊起来。

正在那时,一个和尚捧了一盂茶走进豁蒙楼来。他在另一头靠窗坐下,和我遥遥相对。以我十分孤独,他特来伴我一坐的吧;作这样想之我,便向他招呼:"今天贵寺很冷静呀。"

那个和尚若听见若未听见,隔了长久,才"唔"地吐出一次微声。

一个俗和尚呀——我心上作如是想。

但既以为贵寺今天很冷静,又何必再问;这样自索着的我,想来又觉得十分可笑。如那和尚给了我一句答话,也许我便无从再发觉自己之可笑了吧,这样,我觉得那和尚又甚有道理。

"和尚先生,这两天很凉呀。"

"唔唔。"

和尚先生还是那样的答着。和尚先生用"唔唔"来答应,是承认这两天的天气是凉吧,是承认他自己觉得这两天天气的冷吧,是承认我们这些平凡之徒应该觉得这两天天气的冷吧,或者,否定我这一句话而不欲令我难堪吧,我这一句话或是或不是吧,总之人世间一切话都可存在可不存在的吧。

如其和尚先生答"是呀",我又会破口而说"为什么这两天还会这样冷呢,真是非人情了呀"的吧;如其和尚先生再说,"前几天太热了呀",我又会说"为什么天时这样的不正呀"的吧,"这样的天时很易生病的呀"的吧,"穷人真是受灾了呀"的吧;以及说"近来各处都是盗匪了呀"这一类话的吧。

如其和尚先生或开初就答:"还好呀",我又会说"这样凉的天气你们都满不在意吗"的吧;或者我还会再说下去,说"你们冬天也仅着这一点衣服吗"的吧,"你们不想弄一盂酒杀杀寒气吗"这一类话的吧。

总之,那样无限的延长下去了呀。

同时,灾害也是那样无限的延长下去了呀。

这样思索之我，猛觉那个和尚很有些悟了呀。

于是我再将眼光扫到那一头去时，和尚先生已不在了哪。

天色渐渐更凄惨起来了，远山先后没入浓暗之中，仅仅水面上还腾起一种白色，但也极暮霭苍茫之至了。我沉下心来听禅堂里的钟声。我的幽魂像寄托在这钟声里，一个圈子一个圈子地波荡出去，虽然微弱到仿佛灭亡，但仍永远存在在那空间的哪。

正觉入悟时，忽听见有人喊："先生醒醒哪？"

"这儿什么地方哪？"

"是你现在所在的地方哪。"

我睁开眼睛，看见那个和尚先生带着笑站在我身边。我说："什么时候了呀？"

"是你该回去的时候了呀。"

他一路送我，禅堂里的香好凶郁哪。

走出了山门，大好江山，如一片锦绣，全铺展在我的脚下了，可惜四边迷雾隐约，已不易辨识。一阵风扑面刮来，不是春风，不是夏风，这风颇有肃煞之感哪，熟睡之我，至此完全给它吹醒了。俯瞰城市，万家灯火已上。雨住了，天上漆黑。回房来，见病了数日之我忽而不见了的同住之友人，也许会焦急地向四处找寻了起来的吧。但我还是那样从容地走着，一路从山坡上下来，想着豁蒙楼上梁任公的句子，这样念道：

江山重叠争供眼，
风雨纵横乱入楼。

（选自《新月》四卷七期）

莫愁湖

曹聚仁

湖水千秋有断霞，池边树冷暮啼鸦。

柳条攀折愁谁诉？帆影沿江几片斜。

——吴荆元:《莫愁湖》

南京的名胜古迹，我依着吴敬梓的《金陵景物图诗》一一对照着看，先先后后也差不多到过了。不过，吴氏在南京住得久，熟知金陵掌故，说得更周全些。吴氏在《儒林外史》结尾，说了四位理想人物，第一位是荆元，做裁缝的，南京上元人。其人姓吴名亨，字荆元，真的是成衣工人，却会写八分书，诗也做得不错，上面这首题莫愁湖绝句，就是他写的。依吴敬梓的理想，一个有用的知识分子，不要如倪老爹那样手不能提，肩不能挑，末路穷途，要卖儿鬻女过活的。荆元这样有自己的生活技能，业余才写写字，做做诗，并不是为的什么风雅，这才是真正的读书人。荆元的诗，才是真实感的诗。这一点，我是最和吴敬梓同调的。

吴敬梓借杜少卿的口，说了他自己的诗论：有实感才有诗。他的作品中没有酸腐的"无病呻吟"。他大概和荆元一同在莫愁湖边晨昏与共握手谈心过的。他在莫愁湖的图中引说：出三山门（今水西门）外半里许，有莫愁湖，相传妓名莫愁者居此，

莫愁湖
(一九八〇)

因以为名。可是梁武帝诗云："洛阳女儿名莫愁"，那就不会在金陵。其所以传闻者，以石城二字。按楚有石城，莫愁居之，却也不是这一石城。湖广数顷，水色萦洄，石城横亘于前，江外诸峰，遥相映带。中有园亭，盛夏时轩窗四启，清风徐来，令人忘暑。此湖在明代为徐中山王（达）家园，乃是洪武帝赐给他的。相传，洪武和徐达下棋，洪武输了，就把莫愁湖送给他，因此湖中有楼曰胜棋楼，或许确有其事。中经兴废，清乾隆年间重加修建，增筑郁金堂、湖心亭，栽花植柳，称"金陵第一名胜"，也就是吴敬梓、吴荆元所目睹的。太平军战后，湖淤园废，民初，我第一次访古，一片荒凉，只落得"幽静"二字。前几年，我重访莫愁，全湖已经修整完工，重建胜棋楼、郁金堂、荷厅、回廊、方亭、水池……辟为莫愁湖公园，湖堤广植垂柳白杨数万株，成为城西的最大公园。正如吴敬梓所咏的：

美人不可见，搔首望天末。
蔓草萦裙带，繁华点妆颏。
遥望风潭清，渐见溪堂豁。
野水飞鸳鸯，乔木鸣鹘鸹。
当风抚层楹，湖外山一抹。

我也和沈三白、张宗子一样，对名园胜迹，不爱赶热闹。我想吴敬梓当年也一定如此。秦淮河东西十里，值得我们留恋的，倒是青溪，有如杭州的西溪。过大中桥而北为青溪，孙吴时，凿东渠通城北堑以泄后湖水，其流九曲，达于秦淮。而今河道从潮沟南流入旧内，所过复成桥、西华门、莲花桥、珍珠桥（陈后主所命名）、元武桥、红桥、竺桥，入濠而绝，所谓青溪一曲也。秦淮水亭相连，笙歌灯火，沸地喧天。路入青溪则两岸皆竹篱茅舍，渔唱樵歌互答于冷烟衰草之外。这才有着村乡渔舍风味。吴敬梓曾有青溪诗云：

路过白下桥，绿波静如练。

林中宿鸟安，桥影行鱼见。

旧内水淤滞，断垣藤萝罥。

筑城断淮流，凄然思李昪！

至于古代负盛名见之于诗文的胜迹，如城南乌衣巷的王谢故里，城东南，谢太傅所隐居的东山，带着美人气息的桃叶渡（王献之婢女渡河处），只能发思古之幽情；眼前所见，只是“城南送夕晖，春风燕子飞”，怅然而已。

（选自《万里行记》，福建人民出版社一九八三年版）

灵谷寺

赵景深

二月杪我因事赴京，只能做一天的勾留，下午四时就要动身回沪了。饭后无事，张先生盛意邀游，想借着这匆促的数小时，让我看一看南京的胜景。这位老南京选择了灵谷寺。我们俩一同乘公共汽车前去。

出城后地势渐高，张先生说："汽车在爬了！"我曾在香港坐过爬山的电车，还不曾坐过爬山的汽车，在颠簸的行进中，颇感兴味。遥瞩远山，残雪未消，一搭一搭地挂在褐色的土上，像是一条花狗伏在那里，遍身都是白色的斑点。近旁的树疏疏落落地排着，车行过时，似一阵疾风，树都排头倒退回去。俯瞰山下人家，屋舍错落有致，田园阡陌，委蛇走道，也都历历在目。是的，我是在山上了！张说："这山就是紫金山。"我突然想起奔丧到南京的女词人李清照来。

到了灵谷寺，我们这两个胖子下车步行。过了一个穹门，便是修长的行人道，颇类虎丘的头山门。这时恰巧是雨后，道上犹湿。张领我到阵亡将士堂。堂前的檐上水滴了下来，似为我们的英雄洒泪。门口有两个兵士持枪看守着。堂的建筑颇宏大，混合着中西的风味。里面充满了挽联，排满了纸花圈，自然而然的使人感到严肃和阴冷。我脱下了帽，向壮士们的英魂致敬。绕到堂后，便是那些将士的坟墓，整齐地按号排列，我们幻想着时常来此吊奠的各样的人——有死者的妻子父母和儿女，以及他们之间的悲苦而又壮烈的故事。那该是多么的可歌可泣呵！

再从斜岔里走到灵谷寺，看了看活的面壁的达摩，便转到谭氏的墓道，一个喜欢负重的赑屃驮着碑。这个傻瓜！

碑旁有一条大沟，沟水向下流，流到九十度直角的光滑的石板时，便像织绢似的把水梳下来，是那样的细致，洁白，透明，而又光润，映着将落的阳光，真是好看。那样一丝一丝的细条子触动我的纤细的神经纤维，把我看得呆定了。张说："你真有点恋恋不舍呢！"是的，我成了乡下人了；这样平常的沟水，都留恋不忍遽去，倘若看见雁荡的瀑布，还不知要怎样的倾倒呢。

虽是两三小时的小游，过着机械生活的我至今还把它萦回于脑际，也像看水似的不忍遽去。

（选自《海上集》，上海北新书局一九四六年版）

栖霞山游记

黄炎培

栖霞山，故名摄山，其麓有栖霞寺。南唐隐士曰栖霞，修道于此，故名。今以寺名名山焉。自孤树村下车步行，直抵山下。同行者叔进、易园、叔畬、子侁、伯章、志廉、天洲外，又有徐君子美，与余而九，江君之仆一，绕山行三四里至寺。

栖霞山属大茅山脉，作山字形。寺当其中条之麓。今存瓦屋五楹而已。寺东向，门嵌入壁际，作东南向。和尚殆亦信堪舆家言，取东南方生气欤。佛座旁张僧人规约，用民国年月，而其前尚供皇帝万岁牌。山北条之麓，有明徵君碑亭。碑完好，索拓本不可得。明徵君者，南齐明僧绍隐居此山。寺后有塔，石壁上下凿佛像数百，五六尊七八尊为一龛，面目无相类者，高手也。最奇者，曰达摩洞。凿白石达摩像在绝壁间。求一见，大不易。和尚饷余辈以面。既饱，各折木为杖。鼓勇上。自达摩洞对面绝壁攀藤葛，猱行，方得一瞻礼。亟摄其影。叔进行最猛，忽不见伯章。稔其年者曰，听之。春秋五十矣，忍相强耶？有水一泓，曰“功德泉”。其上为桃花涧，为紫峰阁。清高宗南巡尝五至此。有句“画屏云罨紫峰阁”、“乳窦春淙白鹿泉”犹张寺壁间。再上得一岭，佛像益多，不可数。碑工李祯祥殷勤为导。且自和尚假得栖霞山志，指而示之：若为千佛岭，若为纱帽峰。纱帽峰者，块石突耸。平其顶,可立十人。其名与是山殊不称。奇其容,咸自后绕以上。或坐或立,或斜倚合摄一影。见者将疑何处石工补此像。须眉如生,而面目无一相类,将叹其技为高绝矣。私心窃以伯章不来,后吾辈成佛为憾。再前行过清高宗行宫故址,仅于丰草间见石础二三。时山势益高,寺也,佛也,涧也,俯视皆不可见。偶举首,近山岭处危坐一佛,秃其顶。讶此佛何独尊。熟视之,则赫然童君伯章也。皆大笑。戏之曰:童先生犹有童心。既登绝顶,摄一影以志。时群山皆在脚下。长江若卧蚓,汽车过,若行磐之蚁。童君指且告,若为八卦洲,若为黄天荡,若为划子口。易园曰,是谓登高能赋,举物能名。下自中条之左,来时其右也。所过曰叠浪岩,曰珍珠泉。土人掘地取煤,断石为礳,利皆细甚。和尚雇人毁石为灰,售以取息。叩其佣值,日钱三百。有为人担泥筑堤者,叩其值岁三十千。

车站之左,有结茅卖茶者。既下山,促膝团坐以待车来。依表车当以五时来,乃日落昏黄不至。村人一一散归。有操湖南音者,诈为寻兄失路,就余辈乞钱。铁道警察复助之乞。目灼灼,视其意绝叵测。时黑夜荒村,食宿俱绝,同人不胜寒心。九时,车乃至。归。不及入城,皆宿下关。

(选自《新游记丛刊》第十七卷,中华书局一九一五年版)

秋栖霞

周瘦鹃

栖霞山的红叶，憧憧心头已有好多年了。这次偕程小青兄上南京出席会议，等到闭幕之后，便一同去游了栖霞山。

南京本有一句俗语，叫做“春牛首，秋栖霞”，就是说春天应该游牛首山，秋天应该游栖霞山。因为栖霞山上有不少的三角枫和阔叶树，深秋经霜之后，树叶全都红了，如火如荼地十分美观。唐人诗中所谓“霜叶红于二月花”，确是并不夸张。记得在抗日战争期间，曾有一位文友写信给我说：“秋深了，栖霞山的枫叶仍是异样的红，只是红的色素中已带了些惨黯的成分，阳光射在叶上，越发反映出一种可怕的颜色。‘丹枫不是寻常色，半是啼痕半血痕’，整个的中国，也已不是寻常的景色，真的半是啼痕半是血痕啊！”可是现在我们走上栖霞山来看红叶，却怀着一腔愉快的心情，所可惜的，霜降节才过，枫叶还没有全红，大约还要再过半月，就那红叶满山，才是“秋栖霞”的全盛时代了。

我们先在栖霞古寺门前看了看那块用梅花石凿成的一丈多高的明徵君碑，又看到了碑阴“栖霞”两个擘窠大字，很为劲挺，相传是唐高宗李治的亲笔。从寺旁拾级而登，看到了那座创建于隋代而重建于南唐时代的舍利塔，浮雕的四天王像和释迦八相图，都是十分精工的。附近一带的山石，都凿成了大大小小的佛龛，龛中都是佛像。我最欣赏那座称为三圣殿的大佛龛，中供一丈多高的无量寿佛坐像，两旁有观音、势至两菩萨的立像，宝相庄严，不同凡俗。而最足动人观感的，在一个佛龛中却并不是佛而是一个石匠，一手执锤，一手执凿，表现出劳动人民工作时的形象，据说那许多大小佛龛和佛像，全是他一手凿成的。

一步步走将上去，见大大小小的佛龛和佛像，更多得不可胜数。据说从齐、梁，以至唐、宋、元、明诸代陆续增凿增刻，多至七百余尊，都是依着岩石的高低，散布在左右上下，号称千佛，因此定名千佛岩。这里一片翠绿，全是松树，与枫树互相掩映，到了枫树红酣的时节，那真变做一个锦绣谷，美不胜收了。

（选自《行云集》，江苏人民出版社一九八五年版）

游牛首山记

如　愚

春牛首，秋栖霞，南京人所艳称之胜境也。余旅京近七载，除栖霞曾数顾外，牛首则从未一游，每至春来，闻人提及牛首之名，辄不禁悠然神往，顾或牵于人事，或惮于路远，或以兴趣之欠浓厚，或因气候之不凑巧，以至耽延至今。

月来景色清明，人事稀疏，游兴焕发，大有苏子瞻谋妇得酒之概，正拟一探牛首之胜，释我七年蕴结之怀，顾余家居城北，而山则在南门外三十里许，往返近百里之遥，绝非人力车所能胜任。欲向友人借汽车一往，又恐为吴稚老所笑，盖稚老有云："岂必白坐他人汽车，始得谓之尽瘁党国乎！"白坐汽车尽瘁党国且不可，以之游山玩水，更呜乎可，于是行之问题，从而发生。

四月八日，——乃阳历，作我佛生日也。——适值星期，晨起，忽何郭诸君十余人来，约作牛首游，余闻而色喜，不及进早点，匆匆随之就道，盖诸君均汽车阶级，可以解决行之问题也。车出南门，——现名中华门，循京芜汽车道前进，两旁豆花盛开，麦蕙青葱，微风吹来，香气袭人，胸中尘虑为之一消！山林旷野间，时见农夫高歌，嫠妇啜泣，徒以车行甚速，不及细辨其哀乐。乃正欣然自得，左顾右盼间，忽见前一高山，塔屋杂存，余谓郭君曰，"此风景，或尚不恶。"言未毕，前面何君之车已

牛首山宏觉寺塔
(一九八五)

停，但闻同行者欢呼之曰："到了！"

下车后，乡人纷来问询，是否要其引路，余因常见引路者言语粗俗，足以减少情趣，故谢绝之。乃自告奋勇，与郭蒋二君先行，约十余步，至山脚，有标语式之木牌楼一架，上书牛首山造林场并注某部长大名，实则字非所书。且名胜置此，徒使人见而不快也！山路不平，益以曲折陡峭，行走颇吃力，是日天气炎热，余衣履甚厚，故尤感劳顿。但郭蒋二君一鼓作气绝不稍停，余亦不欲示弱，相与偕行。及抵玉梅花庵，余欲入内瞻仰，且以疲乏过甚，亦欲借此小憩，乃郭蒋二君，力主先至山巅，再行徐徐而下，余正犹豫间，蒋君已拾级而上，相隔几十余丈，且在上大呼曰："快来快来！"余不得已，复鼓勇前进，至大雄宝殿，余又拟入游，而郭蒋二君以外表剥蚀，内容可知，仍不稍留，循左旁石阶，趋塔旁，始稍止，余亦趋而往。塔，年久日深，砖石多欹毁，郭君曰："知命者不立乎岩墙之下，曷去休！"余曰："岂有不自我先，不至我后，适于此时倒塌之理！"随言随入塔中，则见光线充足，建筑玲珑，惟无梯可登，略为一憾！旋离塔，复上升，历文殊洞辟支洞诸古迹，门户全无，灰尘寸积，无一可留恋者，乃更竭全力，以达山顶。山顶平坦，广约十余亩，有土塔一，高不及丈，旁立一木枷，闻为测量之用，余等以行走过急，均感困顿，乃倚塔阴休息。

移时，精神恢复，缓步至山边，举目四望，但见烟云一片，气象万千，甫经过之京燕公路，蜿蜒于东北山麓。车马奔驰，如同孩具，阡陌相连，不啻图表。山南松林郁茂，微风一过，有声淙淙，如同流水，古人所谓松涛者，其此也耶？东南有一山，高度略逊，是上亦有一塔，与此山之塔，遥遥对峙，但不审其何名。西南则其他诸峰，仅及山膝，故能纵目远观，以窥长江，青山绿水，若隐若显，使傍晚登临，则落日上下，渔火明灭，当更有无穷雅趣也。余流连欣赏，不觉喜极长啸，始悟牛首之美，固不在其庙貌之新旧，塔式之美恶也。

正快意间，忽张君来，谓何谭诸君相候于玉梅花庵，催即下，余以游牛首仅及山腹，殊觉辜负此行，但无人为之传语，乃与张君偕返。正举步间，忽晤同学何君，谓山之北侧，有石累积，俨若牛首，乃相偕往观，果见形象类似，其鼻眼处，各有狭长小洞，中注清水，以棍试探，竟不及底，大约山之得名，即由于此。惟以其地险峻，未可久留，乃步至玉梅花庵，至则见诸友正啜茗高谈，谓如此风景，乌可一游，且以余之上下奔忙，认为失计，余知其不可晓以真情也，但微笑之而不辩！

是山俗谓牛首，而土人则坚呼为牛头，实则首即头也，土人之斤斤计较，殆含有文言白话争辩之意味欤？又相传岳武穆昔曾大破金兵于此，以地理测之，容或不虚，当此外侮日亟，国势凌夷之秋，凭吊往事，殊令人感慨不置！

正午，群感饥饿，且以游兴已阑，不欲多留，乃相率下山而归。

（选自《人间世》一九三四年第二期）

初游燕子矶

陈白尘

我是个俗人，不懂得风雅。活了七十四年，很少游览名山大川。在成都住过几年，不曾去过青城；随剧团卖艺也到过乐山，却不曾设想一登峨嵋。但我又是个随俗的人，遇到集体活动，也不忍有拂众意，便随和着走走看看。但有一次例外，便是五十八年前，我独自游览了南京东北郊可以俯瞰长江的燕子矶。

一九二四年，我患了淋巴腺结核症。那时是看的中医，他自然没有用这名称。但诊断是准确的。在服药两个月之后，他劝我出外旅行游览，以宽胸怀。那时家庭景况并非富裕，我不能存此奢望。但当时南京的东南大学(即如今南京大学的前身之前身了)将在暑假中招收一批暑期学习班，不拘学历，学宿费也不贵。于是征得我父亲的同意，便在这年暑假以刚结业的初中一年级学生的资格混迹于东南最高学府之中了。我的"醉翁之意"自然不在学习，而是以它廉价的宿舍作为我"旅游"的"宾馆"。课也上的，以我听得懂的为限；特别是些专家学者的讲座，都去听的。但我主要任务既是治病，便不得不去逛逛风景名胜了。既然是俗人，便不会到石头城上、乌衣巷口去怀古，更不曾去栖霞看枫叶饮酒赋诗……

其实我既不会做诗，而且车费太贵，这正说明我的俗处。于是在近处便爬鼓

燕子矶游人
(一八九〇)

楼，登台城，眺望一下玄武湖，远处，只去了一趟幕府山，由燕子矶直游到三台洞。这次可花费我几文，是坐人力车去的。因为当时南京城里尚无公共交通工具，有一条小火车，只通下关。不得已，我便剥削一次劳苦大众了。

燕子矶其实并不高，但对生长在苏北平原上的我说来，自然是颇有“登泰山而小鲁”之慨了。况且当时的长江是直抵矶下的，还大有惊涛拍岸的气概。登临其上，自然是看不出它“宛如飞燕”的姿态了，但连我这个俗人，俯瞰万里长江在悬崖下滚滚东去，东风拂衣，也颇有飘然欲飞的愿望。无怪乎许多爱国志士、殉情男女和绝望青年都选择这一胜地来投江了。

这时我突然听到了脚步声。一回头，上山的原来是拉我来此的那位人力车夫（对不起，当时我确实是这么称呼他的）。

“好玩么?”他似乎这么随便地问我，并且笑笑。

“好!”我有点惊奇，说。心想:他也有此雅兴? 便反问:“你也上来看看风景?”

“哎，”他没有正面回答我，却说道，“没什么好玩的，快去三台洞吧!”

我微感不快了，他这么偷偷地跟着我上山来，是怕我不给车资从小路逃走么? 或者是怕我耽搁他太多的时间，不愿等候呢? 总之，把我一生中难得有的雅兴给冲散了，便跨下崖石，悻悻然下了山。

沿着幕府山，从头台洞、二台洞一直游完了三台洞。一路上车夫没再催促过我，而且把有关这三个洞以及那称为“铁索链孤舟”的一根铁链子的故事都如数家珍地一一讲给我听。我们之间感情接近了，并且一起在三台洞里喝了茶，吃了点心。等到返回的路上，他的腿脚也欢快得多。当再经过燕子矶时，他又停了车。

“怎么?”我问。

“你不再上去玩玩么?”

他这是为刚才催促我下山而表示的歉意吧? 我笑了笑以示感谢，便说:“天不早了，回城吧。”我也想赶回东南大学食堂里去吃晚饭。

车夫操起车杠，不疾不徐地奔走向回城的路上，几分钟以后，他以悠闲的口吻和我攀谈起来了。他从我的姓氏、家乡、在何处读书、现住何处一直问到是否结婚

燕子矶
(一八九〇)

等等，为了报答，我也反问了他这一切。我们进一步有了友情了。

然后，他突然提出一个问题："少爷(他当时确实是这么称呼我的)，你为什么单身一人出来游玩？"

我怎么回答呢？暑期学习班里同学数以百计，确实没交上一个朋友。勤奋好学的人年岁都较大，不大注意我这十六岁的娃娃；二十岁上下的青年男女也不少，但男的多纨绔子弟，女的么，我还没有勇气去接近。再说，我患的是结核病，这种病和少年忧郁症又是相牵连的，我那时确实是孤独，甚至是孤僻的。我只好回避问题，反问他一句："一个人不能出来游玩么？"

"哎呀！"他回过头来对我笑道："少爷，你刚才可吓死我了！"

我大吃一惊，问："为什么？"

他又回头笑笑，说："燕子矶不是好地方，你没看见山上那块木牌子？……"

那块劝人猛回头的牌子我是瞥见过的。但我当时精神上受到猛然一击，满脸发烧，却说不出一句话来……

五十八年过去了，中国已发生了天翻地覆的变化。军阀混战，北伐战争，四大家族的法西斯统治，抗日战争，解放战争以至林彪、江青反革命集团的大破坏，惊心动魄的事经历过不少，接受的教育也很多，但至今难以忘怀的人物，却是这位有着四十上下年纪、纯朴憨厚的农民型的车夫。虽然我当时并不曾有过自杀的念头，我却第一次从他身上感到劳动人民无私的爱！

南京冬天的气候是阴冷的，但一想到在南京认识的这第一位朋友，我身上总感到有些温暖。

(选自《陈白尘文集》，江苏文艺出版社一九九八年版)

清凉古道

张恨水

有人这样估计:东亚的大都市,如上海、汉口、天津、北平、香港、广州、南京、东京、大阪、名古屋、神户,恐怕都要在这次太平洋战争里毁灭。这不是杞忧,趋势难免如此,这就让我们想到这多灾多难的南京,每遇二三百年就要遭回浩劫,真可慨叹。

我居住在南京的时候,常喜欢一个人跑到废墟变成菜园竹林的所在,探寻遗迹。最让人不胜徘徊的,要算是汉中门到仪凤门去的那条清凉古道。这条路经过清凉山下,长约十五华里,始终是静悄悄地躺在人迹稀疏、市尘不到的地方。路两旁有的是乱草遮盖的黄土小山,有的是零落的一丛小树林,还有一片菜园,夹在几丛竹林之间。有几户人家住着矮小得可怜的房舍,这些人家用乱砖堆砌着墙,不抹一点石灰和黄土,充分表现了一种残破的样子。薄薄的瓦盖着屋顶,手可摸到屋檐。屋角上有一口没有圈的井,一棵没有树叶的老树,挂了些枯藤,陪衬出极端的萧条景象,这就想不到是繁华的首都所在了。三牌楼附近,是较为繁华的一段,街道的后面,簇拥了二三十株大柳树,一条小小的溪水,将新的都市和废墟分开来。在清凉古道上,可以听到中山北路的车马奔驰声,想不到一望之遥,是那样热闹。

清凉古道
（一九〇〇）

同时，在中山北路坐着别克小坐车的人，他也不会想到，菜圃树林那边，是一片荒凉世界。

是一个冬天，太阳黄黄的，没有风。我为花瓶子里的腊梅、天竹修整完了，曾向这清凉古道走去。鹅卵石铺着的人行古道，两边都是菜圃和浅水池塘，夹着路的是小树和短篱笆，十足的乡村风光。路上有三五个挑鲜菜的农民经过，有一阵菜香迎人。后面稍远，一个白胡老人，骑着一头灰色的小毛驴，"嘚嘚"而来，驴颈子上一串兜铃响着。他们过去了，又一切归于岑寂。向南行，到了一丛落了叶的小树林旁，在路边有二三户农家的矮矮的房屋，半掩了门。有个老太婆，坐在屋檐下晒太阳。我想，这是南京的奇迹呵！走过这户，是土山横断了去路，裂口上有个没顶的城门洞的遗址。山岩上有块石碑，大书三个楷书字："虎踞关"，石碑下有两棵高与人齐的小树，是这里惟一的点缀。我站在这里，真有点怔怔然了。

在明人的笔记上，常看到"虎踞关"这个名字，似乎是当年南都一个南北通衢的锁钥。可以料想到当年这里行人车马的拥挤，也可以遥思到两旁商店的繁华，于今却是被人遗忘的一个角落了。南京另一角落的景象，实在是不能估计的血和泪，而六朝金粉就往往把这血泪冲淡了。

回到开首那几句话，东亚大都市，有许多处要被毁灭，这次在抗战时期，南京遭受日寇的侵占与洗劫，也不知昔日繁华的南京，又有哪几条大街变成清凉古道了。

（选自重庆《新民报》，一九四五年一月二十三日）

秦淮暮雨

倪贻德

乡愁

想我初到这秦淮河畔来的时候，正当秋蝉声苦，月桂香清。这秋色的故都，自不免有一番萧条落寞的景象；何况是生世飘泊，抑郁多愁的我，逢到这样的时节，处在这样的异乡，这客中的苦况，更要比别人加倍难受呢！所以我整日的伏处在斗室之中，只是想到故乡，想到久居的黄浦江滨，想到我朝夕相处的几个朋友，觉得今昔相较，哀乐殊异，而自悔不该谬然远走他方。

那是一天的午后，同事万君，看我寂寞得可怜，他就过来邀我说：

——这样闷坐着岂不苦恼，我们还是出去跑跑罢。

——好，好，我们一同去跑跑罢——我当然是欣喜的对他表我的同情。

弯弯曲曲地行过了几条狭长的街道，行过了古罗马城堡似的城门洞，城市一步步的远离，山乡一步步的展开，奇形古怪的驴背客可以看见了，兜卖石子的江北小团也可以看见了，哦，我们已经到了方孝孺葬身埋骨之地，自古兵家必争的雨花台畔了。

雨花台上，还剩有前朝战血的痕迹，深深的壕沟，高高的堡垒，令人犹想见当年横刀跃马，金鼓喧天时豪壮的气概；而今衰黄的枯草，和颓败的瓦砾，默然躺在午后秋光之下的那种情景，则又令人想到沙场白骨，战士头颅的惨状。我更放眼四望，只见一座雄厚崔巍的石头城，包住了几万人家；卧龙似的连山，绵亘不断的在四处起伏着，现出了许多远近高低的岗陵丘壑；一线的长江，隐然粘在天地交界处，而这日又值黄沙天气，澹薄的阳光，从昏蒙蒙的天幕中射下来，更觉得这荒凉的古战场上，有一种浩荡荡的，莽苍苍的气概，直逼人来，好像有百万雄师，潜伏在那里，正要预备作战的样子。

我正在这样呆呆地四望的时候，旁边站着的万君，忽而指着一处山上白色的小点对我说：

——哦哦，那就是天保城！

——哦哦，那就是明孝陵——他又指着一处山脚下的几块红墙。

——那就是钟鼓楼——他又指着一处庞然雄镇的大建筑物。

他又指着许多远近的名胜古迹，一一的告诉我，面上露出很得意的神色，大概他是故意想在我面前夸示他们本乡风土的佳胜罢！但是，他何曾晓得我——我是曾经沧海难为水的！这些干燥无味的景色，哪里及得来我故乡的百一呢？故乡有杜鹃花开遍的春山，故乡有黄莺鸟鸣彻的柳堤，故乡有六桥三竺中缥缈的云烟，故乡有绿水中柔波清丽的人影，故乡有……啊啊！我可爱的故乡哟！你终竟是我儿时青梅竹马的伴侣，你那明媚的容颜，你那纤纤的倩影，你那婉曼的歌声，是早已深深地印在我的心目之中了，虽有异乡的花草，时来引诱我，但是我无论如何不会把你忘记了的哟！可不知何日里，我能够飘然归来，投在你的怀中，把我的相思苦痛来和你从头细数呢？

白鹭洲

此后我对于这秦淮河畔的感情就一天一天的浓厚起来了。这其中有两层原因存在着：其一，是不多几日之后，我在所住的学校后面，发现了一个可爱的地方——

白鹭洲
（一九三二）

是足以使我无聊时闲游的地方。那儿是一片优秀的水乡，有清可鉴人的溪流，也有纡回曲折的堤岸，有风来潇潇的芦荻，也有朦朦含烟的白杨，有临水的小阁精椽，也有隔岸的农家草屋……然而我起初也不过淡然置之而已。

后来我和人家谈起，他们告诉我说：

——这就是白鹭洲哟！

——噢噢！那就是二水中分的白鹭洲吗？

——那正是一处前朝诗歌中的遗留物呢！

这样一来，我更觉得这地方的亲密可爱了。真的，我每到下午四五点钟的光景，总要邀住一二个朋友，慢慢地踱到那边去闲逛的，而恰恰在那时候，四方的景色，最是变化得复杂，在落日这一边呢，好的是深暗昏蒙的林木和晚烟蒙住的远景，衬在橙红的天空上的那种黄昏情调，但是倘若再回过头去一看，则又是一别种样的风光，那正是因为受着对面落日返照的原故，所以一切的景物，都在灼灼地闪烁，都在耀耀地发光，那背景的天空，更觉得昏暗下来了。这两者所呈的色调既如此不同，然而他所给我们的诗意，却是一样的能使我们低徊咏叹，徘徊而不忍遽去的。当那个时候，我快乐得把一切都忘怀了，一个人不知不觉地哼起郑板桥的几首道情来，自己也好像变了一个樵夫渔父，在山林烟水之间逍遥的一般。

其二，是在我学校前面，也发现了一个足以使我无聊时闲游的地方，不过这地方的情调，趣味，和前者恰恰绝对的相反。原来这就是娼妓游民行乐之地，三教九流聚会之场，所谓夫子庙者是也！那儿的规模，格局，观瞻，虽然没有上海那么繁华绮丽，虽然没有北京那么伟大雄壮，但是一到了晚间，那些六街灯火的辉煌，楼头的清歌曼舞，妖艳的肉体的倾轧，以及隔江一声声的檀板丝弦，街心夜游者欢狂的嘈音，都足以使人心荡目迷，而陶醉在醇酒一般的境地里的。

在灯火黄昏之时，在一弯凉月之下，我是常常牵拉着三五年少，漫步的踱到一家茶社的楼上，踞坐在一张板桌旁边，烟雾迷漫的中间，惨绿的瓦丝灯底下，看看那同透加所绘的跳舞里面一样的病弱的可怜虫，听听她们从竹棍藤鞭之下逼迫出来的哀音，和四周浸淫着的那种靡靡的空气，我又好像变了一个群集在咖啡馆里度浪漫生活的青年艺术家了。

——哦哦，你们看！这不是一种极好的画材吗？我们倘若把这惨白窈窕的歌女当作了画面上的主体，那么这灰黄憔悴的乌师不是一个极好的背景？这缭绕的烟丝又不是一种极美妙的衬托吗？……

——你们看！这瓦丝灯光下的色彩是多么闪烁而活跃！这歌妓的红唇是多么硗薄而可爱！她颊上的肌肉……她胸部的曲线……

红叶

重阳节前后的那几天，可说是秋天的精神发挥得最充分的时候。倘若不相信这句话，你不妨到野外去走一趟看看，最好是到那丘陵起伏的高旷之地，又还须骑一匹蹄声嘚嘚的驴子，那么你就可以在驴背上看见缓缓地从你两旁经过的秋山野景。知道大自然是如何的在那里表现着庄严灿烂的精神，又如何的在那里发挥着崇高悠远的诗意了。

如今佳节又近了重阳，寥廓的天空，只是那般蔚蓝一碧，灿烂的娇阳，想已把青青的郊原，晒成一片锦绣的华毯；葱郁的树木，染为几丛灼嫩的红叶了罢。紫金山麓，灵谷寺前，正是秋色方酣的时候。当这样的佳景，这样的令节，我们应当怎样的去遨游寻乐，才不致辜负这大自然赐给我们的幸福呢！

于是我们又踏过断碣残垣的明故宫，走出了午朝门，在城脚下一个驴夫那里雇了几匹驴子，踽踽地直向前面山道中进行。山道是迂回曲折，高低起伏，驴儿也跟了它一蹬一颠的缓步，或左或右的前进。

在驴背上一路的贪看着荒山野景，饱尝了许多以前所未曾接触过的清新的美点来，这美点倘若要精细的描写出来，抽象的文字恐怕还嫌不足，最好是用具象的绘画，或者可以更直接更真确些。哦哦，这秋阳中倾斜的山坡，山坡上铺满着不知名的野花——那五色斑斓的野花，远远的一角城墙，城墙上的天空，天空中流荡着的白云，这不是一幅极好的风景画的题材吗？哦哦，这几间古旧的茅舍，茅舍旁有垂着苍黄头颅的向日葵，茅舍前有半开半掩的年久的柴扉，柴扉前立着一个孩子，他抱了一束薪，在那里对我们呆看的神情，那又好像在什么地方的一张名画里看见过的样子。哦哦，这一带疏林枫叶，枫叶经了秋阳的薰染，经了秋风的吹拂，也有红的了，红得如玛瑙般的鲜明；也有黄的了，黄得如油菜花般的娇艳，也还有绿的，那仿佛还在长夏时一般的滴翠；后面有红墙古屋的衬托，上面有蓝天的掩映！……这又好像是我的一个好友曾经在那里表现过的一幅画境……

我这样的在驴背上默默的看着想着，其余的几个朋友也都默默，这空山之中，除开得得的蹄声，也没有鸟唱，也没有虫鸣，也没有人语，大概这时候，大家受了大自然的引诱，都不知不觉的为它伟大的力量所慑伏了。总之，我们好像已经不是现世的人，而变成了中古世纪浪漫时代的人了；我们已经不是现实的人，而变成了山水画中点缀的人物了。

游兴还是很浓的，太阳却缓缓的打斜了，影子也渐渐的修长起来，一切的景物自然更增长了她们的华丽灿烂。然而这无限好的黄昏，偏又在催游人归去。归途，随处拾着红叶，摘着野花，笑看那斜阳中的樵牧，那种快乐的遭遇，真使我有终老是乡，不愿再返尘世的感想了。

（选自《创造月报》一九二四年第四十三、四十四号）

桨声灯影里的秦淮河

俞平伯

我们消受得秦淮河上的灯影，当圆月犹皎的仲夏之夜。

在茶店里吃了一盘豆腐干丝、两个烧饼之后，以歪歪的脚步踅上夫子庙前停泊着的画舫，就懒洋洋躺到藤椅上去了。好郁蒸的江南，傍晚也还是热的。“快开船罢!”桨声响了。

小的灯舫初次在河中荡漾；于我，情景是颇朦胧，滋味是怪羞涩的。我要错认它作七里的山塘；可是，河房里明窗洞启，映着玲珑入画的曲栏干，顿然省得身在何处了。佩弦呢，他已是重来，很应当消释一些迷惘的。但看他太频繁地摇着我的黑纸扇。胖子是这个样怯热的吗?

又早是夕阳西下，河上妆成一抹胭脂的薄媚。是被青溪的姊妹们所熏染的吗?还是匀得她们脸上的残脂呢?寂寂的河水，随双桨打它，终是没言语。密匝匝的绮恨逐老去的年华，已都如蜜饧似的融在流波的心窝里，连呜咽也将嫌它多事，更哪里论到哀嘶。心头，宛转的凄怀；口内，徘徊的低唱；留在夜夜的秦淮河上。

在利涉桥边买了一匣烟，荡过东关头，渐荡出大中桥了。船儿悄悄地穿出连环着的三个壮阔的涵洞，青溪夏夜的韶华已如巨幅的画豁然而抖落。哦!凄厉而繁

秦淮灯船
(一九一〇)

的弦索，颤岔而涩的歌喉，杂着吓哈的笑语声，噼啪的竹牌响，更能把诸楼船上的华灯彩绘，显出火样的鲜明，火样的温煦了。小船儿载着我们，在大船缝里挤着，挨着，抹着走。它忘了自己也是今宵河上的一星灯火。

既踏进所谓“六朝金粉气”的销金锅，谁不笑笑呢！今天的一晚，且默了滔滔的言说，且舒了恻恻的情怀，暂且学着，姑且学着我们平时认为在醉里梦里的他们的憨痴笑语。看！初上的灯儿们一点点掠剪柔腻的波心，梭织地往来，把河水都皴得微明了。纸薄的心旌，我的，尽无休息地跟着它们飘荡，以至于怦怦而内热。这还好说什么的！如此说，诱惑是诚然有的，且于我已留下不易磨灭的印记。至于对榻的那一位先生，自认曾经一度摆脱了纠缠的他，其辩解又在何处？这实在非我所知。

我们，醉不以涩味的酒，以微漾着，轻晕着的夜的风华。不是什么欣悦，不是什么慰藉，只感到一种怪陌生，怪异样的朦胧。朦胧之中似乎胎孕着一个如花的笑——这么淡，那么淡的倩笑。淡到已不可说，已不可拟，且已不可想；但我们终久是眩晕在它离合的神光之下的。我们没法使人信它是有，我们不信它是没有。勉强哲学地说，这或近于佛家的所谓“空”，既不当鲁莽说它是“无”，也不能径直说它是“有”。或者说“有”是有的，只因无可比拟形容那“有”的光景；故从表面看，与“没有”似不生分别。若定要我再说得具体些：譬如东风初劲时，直上高翔的纸鸢，牵线的那人儿自然远得很了，知她是哪一家呢？但凭那鸢尾一缕飘绵的彩线，便容易揣知下面的人寰中，必有微红的一双素手，卷起轻绡的广袖，牢担荷小纸鸢儿的命根的。飘翔岂不是东风的力，又岂不是纸鸢的含德；但其根株却将另有所寄。请问，这和纸鸢的省悟与否有何关系？故我们不能认笑是非有，也不能认朦胧即是笑。我们定应当如此说，朦胧里胎孕着一个如花的幻笑，和朦胧又互相混融着的；因它本来是淡极了，淡极了这么一个。

漫题那些纷烦的话，船儿已将泊在灯火的丛中去了。对岸有盏跳动的汽油灯，佩弦便硬说它远不如微黄的灯火。我简直没法和他分证那是非。

时有小小的艇子急忙忙打桨，向灯影的密流里横冲直撞。冷静孤独的油灯映见黯淡久的画船(?)头上，秦淮河姑娘们的靓妆。茉莉的香，白兰花的香，脂粉的香，纱衣裳的香……微波泛滥出甜的暗香，随着她们那些船儿荡，随着我们这船儿荡，随着大大小小一切的船儿荡。有的互相笑语，有的默然不响，有的衬着胡琴亮着嗓子唱。一个，三两个，五六七个，比肩坐在船头的两旁，也无非多添些淡薄的影儿葬在我们的心上——太过火了，不至于罢，早消失在我们的眼皮上。谁都是这样急忙忙的打着桨，谁都是这样向灯影的密流里冲着撞；又何况久沉沦的她们，又何况飘泊惯的我们俩。当时浅浅的醉，今朝空空的惆怅；老实说，咱们萍泛的绮思不过如此而已，至多也不过如此而已。你且别讲，你且别想！这无非是梦中的电光，这无非是无明的幻象，这无非是以零星的火种微炎在大欲的根苗上。扮戏的咱们，散了场一个样，然而，上场锣，下场锣，天天忙，人人忙。看！吓！载送女郎的艇子才过去，货郎担的小船不是又来了？一盏小煤油灯，一舱的什物，他也忙得来像手里的摇铃，这样丁冬而郎当。

杨枝绿影下有条华灯璀璨的彩舫在那边停泊。我们那船不禁也依傍短柳的腰肢，欹侧地歇了。游客们的大船，歌女们的艇子，靠着。唱的拉着嗓子；听的歪着头，斜着眼，有的甚至于跳过她们的船头。如那时有严重些的声音，必然说："这哪里是什么旖旎风光！"咱们真是不知道，只模糊地觉着在秦淮河船上板起方正的脸是怪不好意思的。咱们本是在旅馆里，为什么不早早入睡，掂着牙儿，领略那"卧后清宵细细长"，而偏这样急急忙忙跑到河上来无聊浪荡？

还说那时的话，从杨柳枝的乱鬓里所得的境界，照规矩，外带三分风华的。况且今宵此地，动荡着有灯火的明姿。况且今宵此地，又是圆月欲缺未缺，欲上未上的黄昏时候。叮当的小锣，伊轧的胡琴，沉填的大鼓……弦吹声腾沸遍了三里的秦淮河。喳喳嚷嚷的一片，分不出谁是谁，分不出哪儿是哪儿，只有整个的繁喧来把我们包填。仿佛都抢着说笑，这儿夜夜尽是如此的，不过初上城的乡下佬是第一次呢。真是乡下人，真是第一次。

穿花蝴蝶样的小艇子多到不和我们相干。货郎担式的船，曾以一瓶汽水之故而拢近来，这是真的。至于她们呢，即使偶然灯影相偎而切掠过去，也无非瞧见我们微红的脸罢了，不见得有什么别的。可是，夸口早哩！——来了，竟向我们来了！不但是近，且拢着了。船头傍着，船尾也傍着；这不但是拢着，且并着了。厮并着倒还不很要紧，且有人扑冬地跨上我们的船头了。这岂不大吃一惊！幸而来的不是姑娘们，还好。（她们正冷冰冰地在那船头上。）来人年纪并不大，神气倒怪狡猾，把一扣破烂的手折，摊在我们眼前，让细瞧那些戏目，好好儿点个唱。他说："先生，这是小意思。"诸君，读者，怎么办？

好，自命为超然派的来看榜样！两船挨着，灯光愈皎，见佩弦的脸又红起来了。那时的我是否也这样？这当转问他。（我希望我的镜子不要过于给我下不去。）老是红着脸终久不能打发人家走路的，所以想个法子在当时是很必要。说来也好笑，我的老调是一味的默，或干脆说个"不"，或者摇摇头，摆摆手表示"决不"。如今都已使尽了。佩弦便进了一步，他嫌我的方术太冷漠了，又未必中用，摆脱纠缠的正当道路惟有辩解。好吗！听他说："你不知道？这事我们是不能做的。"这是诸辩解中最简洁，最漂亮的一个。可惜他所说的"不知道？"来人倒真有些"不知道！"辜负了这二十分聪明的反语。他想得有理由，你们为什么不能做这事呢？因这"为什么？"佩弦又有进一层的曲解。哪知道更坏事，竟只博得那些船上人的一哂而去。他们平常虽不以聪明名家，但今晚却又怪聪明，如洞彻我们的肺肝一样的。这故事即我情愿讲给诸君听，怕有人未必愿意哩。"算了罢，就是这样算了罢"；恕我不再写下了，以外的让他自己说。

叙述只是如此，其实那时连翩而来的，我记得至少也有三五次。我们把它们一个一个的打发走路。但走的是走了，来的还正来。我们可以使它们走，我们不能禁止它们来。我们虽不轻被摇撼，但已有一点杌陧了。况且小艇上总载去一半的失望和一半的轻蔑，在桨声里仿佛狠狠地说："都是呆子，都是吝啬鬼！"还有我们的船家（姑娘们卖个唱，他可以赚几个子的佣金。）眼看她们一个一个的去远了，呆呆地蹲踞着，怪无聊赖似的。碰着了这种外缘，无怒亦无哀，惟有一种情意的紧张，使我们从颓弛中体会出挣扎来。这味道倒许很真切的，只恐怕不易为倦鸦似的人们所喜。

曾游过秦淮河的到底乖些。佩弦告船家:“我们多给你酒钱,把船摇开,别让他们来啰嗦。”自此以后,桨声复响,还我以平静了,我们俩又渐渐无拘无束舒服起来,又滔滔不断地来谈谈方才的经过。今儿是算怎么一回事?我们齐声说,欲的胎动无可疑的。正如水见波痕轻婉已极,与未波时究不相类。微醉的我们,洪醉的他们,深浅虽不同,却同为一醉。接着来了第二问,既自认有欲的微炎,为什么艇子来时又羞涩地躲了呢?在这儿,答语参差着。佩弦说他的是一种暗昧的道德意味,我说是一种似较深沉的眷爱。我只背诵岂君的几句诗给佩弦听,望他曲喻我的心胸。可恨他今天似乎有些发钝,反而追着问我。

前面已是复成桥。青溪之东,暗碧的树梢上面微耀着一桁的清光。我们的船就缚在枯柳桩边待月。其时河心里晃荡着的,河岸头歇泊着的各式灯船,望去,少说点也有十廿来只。惟不觉繁喧,只添我们以幽甜。虽同是灯船,虽同是秦淮,虽同是我们;却是灯影淡了,河水静了,我们倦了,——况且月儿将上了。灯影里的昏黄,和月下灯影里的昏黄原是不相似的,又何况入倦的眼中所见的昏黄呢。灯光所以映她的秾姿,月华所以洗她的秀骨,以蓬腾的心焰跳舞她的盛年,以饧涩的眼波供养她的迟暮。必如此,才会有圆足的醉,圆足的恋,圆足的颓弛,成熟了我们的心田。

犹未下弦,一丸鹅蛋似的月,被纤柔的云丝们簇拥上了一碧的遥天。冉冉地行来,冷冷地照着秦淮。我们已打桨而徐归了。归途的感念,这一个黄昏里,心和境的交萦互染,其繁密殊超我们的言说。主心主物的哲思,依我外行人看,实在把事情说得太嫌简单,太嫌容易,太嫌分明了。实有的只是浑然之感。就论这一次秦淮夜泛罢,从来处来,从去处去,分析其间的成因自然亦是可能;不过求得圆满足尽的解析,使片段的因子们合拢来代替刹那间所体验的实有,这个我觉得有点不可能,至少于现在的我们是如此的。凡上所叙,请读者们只看作我归来后,回忆中所偶然留下的千百分之一二,微薄的残影。若所谓“当时之感”,我决不敢望诸君能在此中窥得。即我自己虽正在这儿执笔构思,实在也无从重新体验出那时的情景。说老实话,我所有的只是忆。我告诸君的只是忆中的秦淮夜泛。至于说到那“当时之感”,这应当去请教当时的我。而他久飞升了,无所存在。

……

凉月凉风之下,我们背着秦淮河走去,悄默是当然的事了。如回头,河中的繁灯想定是依然。我们却早已走得远,“灯火未阑人散”;佩弦,诸君,我记得这就是在南京四日的酣嬉,将分手时的前夜。

(选自《名人同题散文九十九》,中国青年出版社一九九二年版)

南京与文学

胡小石

一

中国古都，除北方之长安与洛阳外，在长江以南，当首推南京。南京自三国时代，吴孙权于纪元二二九年定都建业以后，有东晋（三一七— ）、刘宋（四二〇— ）、南齐（四七九— ），梁（五〇二— ）、陈（五五七—五八九），皆都于此。合之孙吴，即所谓六朝是也。再后又有南唐（九三七—九七五）、明（一三六八——一四二〇）、太平天国（一八五三——一八六四），及最近之国民党政府（一九二七——一九四九）。此地之有南京称号，则自明永乐十八年（一四二〇）北迁以后始。

南京在先秦时之文学为状若何，因缺乏记录，不可得知。惟战国末期，地属东楚，意为楚文学（楚辞）所笼罩。因在西汉初年，其北有枚乘父子，其东有严忌父子及朱买臣等，皆显然受楚辞影响者。

南京文学之显著于世，当自孙吴以后。三国时代，文人多集中北方（曹魏）。孙氏王朝之末期，陆机、陆云兄弟起于吴中。陆机为当时最大诗人之一，其上辈为吴大将，自不能与其首都脱离关系。前代方志，多载二陆有宅，在秦淮之侧。陆机年二十而作《文赋》(杜甫诗所说),为中国最重要之文学理论。此时孙吴尚未亡国,或即作于首都耶?未敢定也。

严格言之,南京文学之最高发展,实为东晋以下南朝时期之诸代。而以后来之南唐为其尾声。盖以有创造性之事实言之,当如此也。愚意中国文学,及其有关诸方面,真正在南京本地创成者,以次数之,可有下列诸事:

(一)山水文学。

(二)文学教育,即文学之得列入大学分科。

(三)文学批评之独立。

(四)声律及宫体文学。

至若明、清两代之八股文,亦起于此地,虽其前身系来自金、元人之杂剧,然在此不拟论之。今日所述,仅上自东晋下至南唐,叙其特色而已。

二

今先言山水文学。

文学以山水作题材者,与图画中写山水,同为后起之事。《诗》三百篇言山水者,但有单句如"泰山严严"、"河水洋洋"之类,其描写技术亦颇简朴。至《楚辞》乃常有好句,亦非专篇。汉代诗赋多以人事为主,与传世之汉代石画大致相同。大约西汉自武帝尊崇儒术,以利用厚生等问题为要务。故汉人思想,大体偏于人世间的。东汉中叶以降,海内有长时间之丧乱,旧信条不复能控制现实,故士大夫思想乃由儒术解放而出。至魏、晋而改向道家,形成所谓玄学,轻人事而尚自然。晋室南渡,北来的玄学,与原先输入或继续输入之佛教相合,支配一般知识阶级之思想。此时一般士大夫之生活、动作与言论,吾人可于刘义庆所著之《世说新语》中见之。于是在人事以外,发现大自然之美,认为宇宙间最理想的完美之物,系以山水为其具体的表现。从此登临游览成为诗人生活之一部,谢安泛海,王羲之集兰亭,皆为佳话。外至大家闺秀(谢道蕴),佛教高僧(庐山诸道人)等,皆有山水名篇。王、谢等贵州从北来南,一方住于浙江东部山阴、上虞等地。一面在首都又各有其田舍,长干、清溪间第宅相望，故当时山水诗人实以南京为大本营。此派文学，至谢灵运、谢朓等而极。彼等赞美自然，多用诗赋韵语。其在河、洛对立之北朝文人，则用散文纪述（如《水经注》）。此南北之不同也。文学对象，由人事转向山水，为中国文学史上开一新境。而大江之浩荡，钟山之嵯峨，后湖之明秀，秦淮、青溪之曲折，方山之开朗，栖霞之幽静，又俱足以启发灵感。故以上诸名胜，在当时皆常常见诸吟咏。而晋末宗炳、顾恺之等，又为山水画开宗，与文学配合并进，皆南京艺术上掌故。

于此又有一人，当特别纪之，即曾为秣陵令之鲍照是也。鲍照乃一寒族，不能与王、谢等名门抗衡。而诗特遒丽，其写山水，别有风格。尤以工为长句，如《行路难》之类，翻腾壮阔，为唐人七言歌行作先驱，可谓此时之异军突起也。

三

次论文学教育。

文学在汉代主要是赋，武帝好赋，一般供奉文人等于俳优，故世人不甚重之，扬雄且以作赋为悔。建安（一九六—二二〇）中思想解放，魏文帝（曹丕）作《典论·论文》，首先确认文学之独立的地位。但其弟曹植亦一大诗人，而意见相反。后来首先接受而发扬《典论·论文》之意见者，为晋代人葛洪，其文学理论，可于《抱朴子·外篇》中见之。葛洪是句容人，去南京最近。于此有一大事足令人注目者，即《宋书·雷次宗传》中，记宋文帝元嘉十五年（四三八）在北郊鸡笼山（今之北极阁）开四馆教学，以雷次宗主儒学，何尚之主玄学，何承天主史学，谢元（谢灵运从祖弟）主文学，此为宋之国学。自汉武帝在太学立博士授经以来，由汉至魏所争者，为今文与古文，由魏至晋，所争者为郑（玄）学与王（肃）学，皆派别问题，不出经学范围。文学在国家大学中无地位。此次开四馆，可为世界分科大学之最早者。而以文学（诗赋）与儒学（经学）平列，又为文学地位增高之新纪录。此与唐代自开元起以诗取进士，有同等重要。吾人于此不得不言对于文学脱尽西汉以来之传统观点，真能明了其价值者，实从南京起也。

四

次论批评独立。

中国批评，首见于《论语》中所记，孔子之论《诗》，然皆单词片语，且偏于借诗以说教者。其有专篇论文，当始于曹丕之《典论》。陆机《文赋》，葛洪《外篇》，亦为专篇，且与南京有关。至若累卷巨著，则推南齐末年刘勰之《文心雕龙》。其书凡五十篇，前半具体的论文体，后半抽象的论文章得失，实为过去最大论文之专书。其主“为情造文”，不主“为文造情”，尤称卓识。至梁则有钟嵘之《诗品》，专论由汉至梁之各诗人，以上中下三品，定其价格。其论诗主“直寻”而蔑视粉饰雕绘，对于同时之修辞家，痛下针砭。为后来南宋严羽所作《沧浪诗话》“妙悟说”之所本，亦为名论。此时由齐入梁，为南朝文化最高之阶段。各种宗教，各种思想，各种艺术及科学，皆自由发展，各种批评，亦皆云蒸霞蔚而出。同时谢赫论画，首标六法，后世画家技术之原则，即本于此。庾肩吾复有《书品》，亦分上中下三格，评骘书家，为书道史不可少之资料。然诸书可能皆成于钟山、淮水间。

五

最后论声律与宫体。

文章之有声律，陆机《文赋》已首先注意及之。中间经过范晔、谢庄，以至齐、梁间沈约、王融、谢朓，此一运动乃告厥成功。由范至谢，并官京朝，故此一运动无疑的亦以南京为中心。

声律之启发，当由佛教僧侣梵呗之美，在昔曹植游鱼山已为之闻声流连。则其远源，实来自印度。而南京在南朝又为佛教盛行之地，当时文士几无不通佛典者。惟此问题原委，若详细言之，恐非一时所能罄。兹但撮要一谈，即此一运动成于南齐武帝永明之世（四八三—四九三），最后观其成者，为沈约耳。

所谓声律云云者，其要件之一，为以四声（平上去入）入文，约言之，则文中分平仄而已。中国单节音之字，两两相比时，前后上下，各以平仄声之字互相配合，谓之

前“浮”后“切”。易言之，即前“切”后“浮”亦可（浮切即平仄）。如四字为句之文，其分配之式，为

平平仄仄——南都石黛

仄仄平平——最发双蛾

仄仄平平——北地燕支

平平仄仄——偏开两靥

以二音为一节，四句为一周期。由此演进，中国古诗遂变为律诗。律诗必平仄调协，且其一篇之结构，皆四句（一周期）之倍数也。赋及散文亦同时用此原则。此为中国文体上一极大变化之关键所在。古赋成为律赋，骈文成为四六，乃至后来词曲之失律不失律，无不依此为准。试一读今日人家所悬挂之联语，上下文之平仄，亦甚谐和入耳也。此为修辞发展之极致，崇尚自然者固时时苦其束缚，如钟嵘之《诗品》即力反其说。然事实上其影响中国文学至千年以上。

言声律不禁令人联想及于当时之所谓宫体文学。宫体之名，虽至梁简文帝时始著，然事实上早已有之，谢朓、沈约并为此体之先进作家。所谓宫体者，以托咏宫闱，词旨轻艳，为纯粹抒情诗之一。此类专言人世男女恩怨之作，实起自民间多数无名人之歌咏。当东晋士大夫阶级创为山水文学，同时江南小儿女咏叹诉情之风，已非常流行。自晋、宋、齐不断有缠绵生动之短篇歌咏。后来郭茂倩《乐府诗集》所收，至为丰富。如《子夜歌》十二首，《子夜四时歌》七十二首，《上声歌》八首，《欢闻歌》一首，《欢闻变歌》六首，《前溪歌》七首，《阿子歌》七首，《团扇郎》六首，《七日夜女歌》九首，《黄鹄曲》四首，《碧玉歌》五首，《桃叶歌》四首，《懊侬歌》十四首，《华山畿》二十五首，《读曲》八十四首，总计约有三百首以上，皆回肠荡气，情感真挚。且皆为吴声歌。曲诗中言地名，更有扬州，唐以前南京白门等语，尤足证明其多出南京闾巷间青年男女之手。山水文学盛行后，一般文士更辟新路，即以此等民间俗文学为基础，而加之藻彩，复与声律之原则结合，以增声音上之铿锵，纯乎惟美主义。其描写闺阃女性，往往犯色情之诮。然是时帝王以至士大夫能诗者，殆莫不好此，此为南方文学特殊现象之一。陈后主叔宝，即以好作此等诗，荒淫失政以至亡国。

其乐府名篇，如《春江花月夜》、《玉树后庭花》等，亦属此体。隋人平陈，固取得征服者地位。然炀帝杨广，即为一出色之宫体诗人，其平陈也，乃并南京之文学而接收之。如《春江花月夜》一曲，陈代原作已失传，今世所见者，反以炀帝所作二首为最早也。

陈氏王朝被灭时，南京之城郭宫阙，悉毁为丘墟，为中国文化之一大厄运。从此繁华中心，不复在江南，而移至今日江北之扬州。唐代诗人过此者，但有凭吊慨叹而已。五代（九〇七—九六〇）时，区宇分裂，群雄割据，南京复建立偏霸之局，即南唐是也。地小而祚短，然文学却有可称。

宫体文学入唐至开元前后，受复古影响，颇遭批评家之抨击，唐诗乃一变颓废之习。然至晚唐而又渐起，故世称温庭筠、李商隐诸家之艳诗。此时五七言定型小诗，渐伸缩而成长短句，为词中小令之起源。五代之际，盛行于长江上下游诸地，上自蜀（成都）下至江南，作家林立，而以江南称最。南唐中主李璟、后主李煜、宰相冯延巳等，君臣上下，并以词相矜尚，而以后主为词中之圣手。影响至北宋，词家如二晏（晏殊、晏几道）、欧阳修，皆不宗蜀词而偏重南唐之词。南唐后主李煜与陈后主叔宝，皆以好文学，不务政事而亡国，身为俘虏。后世论者，至以为帝王非诗人所宜作。盖此二后主，皆同为历史上悲剧之主角也。前此梁氏三祖（武帝萧衍，简文帝萧纲，元帝萧绎）亦均为帝王之能文者，而皆不得其死。

后主之词，可分为二期，前期在国内者，多属酣宴嬉游一类，极端颓废，而描画技术则极高。被俘入宋之数年，一变而为悲凉凄咽，有类于庾信留北而作《哀江南赋》、《拟咏怀诗》，以身世所遭之惨痛，为其文学成就之代价。以文学言，又非陈后主所及。今所存词，不过三十余首。然其晚年之《浪淘沙》、《虞美人》、《相见欢》诸阕，顿入名理，其境地之悲哀与高邈，古今词人殆无有出其右者。宫体文学发展至最后，往往浸入玄想，初唐之张若虚、刘希夷诸家之长歌，堪为好例。词则后主如是。近人王君国维论词，谓其伟大处有基督代人类担负罪恶之意，诚不虚也。

六

今说南京文学，暂止于此。合而观之，则南京在文学史上可谓诗国。尤以在六朝建都之数百年中，国势虽属偏安，而其人士之文学思想，多倾向自由方面，能打破传统桎梏，而又富于创造能力，足称黄金时代，其影响后世至巨。

自唐而上，中国文学，以诗为主体，故述至南唐而止。赵宋以来，平民文学次第高张，戏曲小说起而代诗之地位。在此有足注意者，即明末清初之历史戏剧《桃花扇》本事，殆全出于此地。清代二大小说，一为曹雪芹之《红楼梦》，一为吴敬梓之《儒林外史》。前之作者少年住南京，其书即以金陵为背景。后者为南京寓公，其书专以讽刺当时在南京之知识分子的弱点为主题。以不及详论，请俟异日。

（选自《胡小石论文集》，上海古籍出版社一九八二年版）

定居南京

杨步伟

日子真快，十七天一大些朋友们差不多每天聚会就觉得更快，真舍不得匆匆就回到上海。在上海只住了九个月又须往南京迁移。所址是在考试院旁，北极阁下面（北极阁是南京的古迹），除气象台研究所外其余新盖的房子多数是宫殿式的。元任的研究室在三层，特别讲究，隔音的地毯都是从北平定制的，照全房间的大小，是一色灰白色的厚地毯，所有各种仪器也都是由外国定购的。这些并不是元任特别的要求，全是孟真预备的（所以因此也特别招人妒忌）。因孟真想这些以后都是大家终生的事业了，所有的研究人员都可以安心一意的发展他们专行了，所以各人员们对自己的家庭也都打永久的计划。我因为生长在南京而老家里的人还很多在那儿，金陵刻经处也还蒸蒸日上，所以我比别人更觉兴奋多了。有人到新住宅区去买地，有的在左近打主意，因为大家都想盖房子，但左近地自然不够，因为多数已给教育部、考试院和中央大学的人早买了。我们从肖友梅手上分了两亩，因为他们的音乐院规定在上海他不须要有那一块地在南京，所以卖了三分之一给我们，地名蓝家庄，我家是二十四号。蒋梦麟等人也买了些地也在路对面。那时南京真是一时之盛。我们回南京临时就给我家（金陵刻经处）内的那两间凶屋修理起来暂住（在我的《一个女人的自传》一书中提过那两间屋内死人和停棺材很久没人敢住了)，我给房顶整个修理，加了水道装了澡盆和抽水马桶，住了九个多月平安无事。只大女儿忽发扁桃腺炎而二女又得白喉症。家中哥嫂们急死了，要我们搬出去，说因为这屋子不利的缘故，我极端反对说，二女白喉症乃是由学校传染来的，与房子有何关系？(小孩由学校传染各种病症，不要说中国，连美国现在还是如此呢。)请王素宇医生来打了血清针几天就好了。但打针时王医生问我她当日得肺炎的时候打的是马血清还是牛血清？我说忘了，因为打过那一种以后不能再打重复同样的。那么王医生无法只得打了马血清再说，并嘱我守着看三小时内有无变化和反应起来，他再来想办法。但是我对看着病人几小时干着急有何用处呢？书又看不下去，叫别人来看着又不放心，我就给早买好了的几斤螃蟹煮熟了来剥肉子。家里人非常希奇我不知是何用意。等一下王大夫又来了一看见对我顿脚说，连我都不到三小时就来再看一下，赵太太！你那来的闲心剥螃蟹？我说不找事安心下来对看着，我干着急而对病人有何用处呢？这是一种安慰人的心理作用。以后在南京他们传出去说赵太太用剥螃蟹当心理疗法，那是以错传错了。我的意思是遇到最急的事干急是无用的，必须找一样不关紧要的事来安定你自己的精神，然后可以想其它对付的办法，乱急没有用的，所以我常常遇到紧急事的时候，总用一个不相干的事来打岔给精神松缓一点。

说到盖房子的事，我们不应该讨了公家一点小便宜，和李方桂两家从上海买了两个洗澡盆和两个抽水马桶，就是不该讨了公家一点小便宜把买来的东西交给所里，和所里的东西一同运到南京，所以人家就以此借口说我们连盖房子的东西都由公家运送。以后在南京撤退到后方去的时候也以此为借口连元任的重要文件都不让带，并且声明不带私人的东西，可是有权者连洗衣板子都带全了，天知道。在南京住定下来后各家就忙了盖房子，有在蓝家庄的，有在新住宅区山西路的，纷纷的动手，但是盖房子第一是要钱。我们这些穷读书匠很少人有现钱在手上的。听说上海新华和金城等银行在南京大投资开了分行，可是我们不认识行里的任何人怎么去接头呢？新华南京的分行经理徐振东指示上海总行的总经理王某(清华学生)

和元任认识的到上海去一趟接好头，在南京分行拨多少都可以的，元任就到上海去了。王还请吃饭，没料到同桌上遇到一个元任中学同学的瞿季刚先生(瞿现在还住在美京呢)。他是国华银行的总经理，他听见元任要借钱盖房子，他们也愿借。元任觉得已经和新华接过头了还是归南京分行办便当一点。徐振东以后都是和我接头的，说赵太太借多少都可以(现在的加州柏克莱的美国银行经理对我也是一样的)。我就找了一个包工的，自己画好一部分蓝图外，再找人斟酌斟酌，到银行把图给徐一看，一点问题没有，就借了二万，每月还三百元，签字时叫元任去，元任也不看多少就签了字。徐说了笑，你知不知道你太太借了多少？(因元任薪水在中央研究院也是最高的，和所长们一样，这也是使人气不愤的之一，但是这是蔡孑民先生亲自批的，并且蔡先生每到南京来，夫妇两人总亲到我们家来拜望一次，这位续弦的蔡太太是周子竞的妹妹，周乃元任康奈尔同班之一，所以并不是孟真私心。)等我们房子一动手而好多人都纷纷到新华去借钱买地盖房子了。有的是我担保，有的就由介绍而去的，因此新华银行好像我的银行似的。凡是我担保的徐一点不问就签合同，这样所以我的程家表妹已动念头了。她是我一个出家的二姑母的承继人，除庵房以外还有些空地想盖一所房子，可以收租钱以维持庵中开支。因为此庵向不用化缘，当日都是由先祖每月津贴开支，现表妹此举当然我赞成。这个房子盖好了李济之家就租了去住。庵后还有一块地，二姑母死后，邻居欺表妹年轻，给地占了去。我又找了一个表亲的律师给弄清楚了。律师费和庵中还有点欠账我就和六弟两人照时价给买了。我们盖了两所房子。但是这所房子盖好只八个月，日本人就占领了南京。可是这个房子现在听说还在，表妹给我租出去了，但是我想租钱一定不够付税的，也许被没收了，现在已久无消息。

中山陵也开放给公务人员领买，我们和月涵由我三哥名下领买了两块，每块三亩，地段在汪精卫的地对面。月涵凡来南京办公时，我们总一道到那儿去砍树和在地上野餐一下，他打算将来盖点房子叫梅村，我们的打算叫杏花村。

在南京盖房子的时候，我虽然一切设计和画图都弄好了，可是登记手续等等，须两个月后执照方能批下来动工，我就利用这个时间，随元任到安徽的徽州去调查方言。他们做正事，我就到燕子矶、宜兴、无锡等处各处去游玩，并且最喜欢注意各乡的民间风俗等等，又到黄山去大玩了几天。黄山的风景每一处都真是出人意外的好看而又雅致，各种的天然气象比外国各处开辟了坐汽车上山好玩的多了。

我们回南京后自然就是忙着盖房子的事了，房子的设计画图等等都是我打草稿，再给人画蓝图，包工的人也就照葫芦画瓢做。没料到车房顶上加的一间和正房接头的地方，因为车房低了四尺接不起头来，人走不过去，只可以跳下去。无法办，只得在上面加了一个台子，下面的楼梯才可以通过去，人人看了都要莫名其妙一下。朋友们以后都笑我这个好设计家，他们一盖房子就说不要像赵太太样，楼梯下不去，上面加一个台子。元任就拿那个阁楼完全堆重要的书和杂志，成了个书库。

新房成功，很多人送搬家礼物蜡烛、发糕、花等等，我们又回常州去了一趟，给他们家内所有应该归他的东西都搬出来，给他母亲的十六口大红描金的箱子内的衣服等等都打算不要，就只装了书籍字画带走，元任伯母说不行，如此办法要招家乡人骂，老衣服等不要，带到南京再扔好了。又到当铺店给存在内的二百六十多件皮子皮衣等拿出来要我们一同带走，所以这次几十件行李，幸梅月涵和唐擘黄夫妇一同去的，帮着照应带回南京，给三楼都堆满了。我向来有多的东西就喜欢分给人家，这么些穿不了的皮货，自然也分给大家穿用了，连用人每人都有一件老羊皮裤，当然也招人妒，也招人骂，我可不管那些了。元任就给些书籍等分类归齐，定做些有玻璃门的柜子装好，房子虽然盖的大一点，为将来扩充计划。可巧房子成功不久，钱端升娶第二个太太，就借了我们打算做书房的一边两间暂住，一共住了半年。元任暂时就给书房做在车房顶上那间。这间房子因为开了两个窗户，和邻居俞诚之两人还闹了不少麻烦呢。因为这两个窗户正可看见钟山，并不干俞家的事，是在他大门外路边旁，又是楼上，和他来人进出一点不相干。他说我们犯规，非要对起来不可。他是王雪艇先生连襟，雪艇去调解无效，我也气上来了，既是朋友不讲交情，我也可以不必讲交情，他们房子在我们的后面，大门进出必经过我们，而他们路只有十尺宽，旁边就是七八尺深的田，他汽车往来非借我们一点路不好开，我气起来就给照定界打一排竹篱隔起来，他到我们门旁就非下车不可。本是可以说得通的朋友,而他要摆官架子(也不过是一个铁道部的司长而已),弄到两个不便不欢而已。并且他的太太还在女子大学音乐系做过元任的学生过,舅兄肖友梅又是我们很好的朋友呢。

我生平最爱养花,中山陵园管林木花草等是林家八哥周生管理,他们常到法国去选玫瑰种。我总托他代买,光是黄玫瑰花就是三十多种。我每早六点多钟就起床,带着洋车夫和园丁做捉虫、上肥料、浇水等等工作。我还想养菊花,因为我三哥他们也最爱养菊花。这时我们真是快乐极了,像退休养老似的了,什么都不想做了。所以当日孟真总骂我们不知国难,尽是小资产家的作风。可是有一样还是有兴趣,就是盖房子。亲戚朋友们看见我的房子材料好又便宜,就都来和我商量,那时南京正造新都,家家造房子,也都是太太们来管和监工等等,变成一种风气了,所以成天的一大阵东跑西奔的忙。到银行借钱也是我担保最多。结果一面帮人,一面自己又盖了一所在同院内。李方桂初到南京在那儿住了将一年光景,以后卖了给丁绪宝家,但是抗战后我想我们虽然是破产出来的,可是他们在内地的人比我们更苦,所以我们就照战前的原价又给还给他们了,不过两所房子都在抗战期间全烧了,在出国以前徐振东本已告诉过我们,而我们还是帮助了丁家。我们两个人对钱财上向不注重,友谊比钱是看重多了,所以朋友中欺我们的,和负我们的最使我们伤心,因为我们永不负人的。这是后话,现在又得说回头来当日的情形了。

我们搬进新屋不久,元任到江西、湖北、湖南等处去调查方言的计划又实行起来了,我因家事未大定不能同去,不料半途中间元任在赣州病了,电报来,我只得又坐长江船赶去,没料到九江下船时,他病已好,到码头来接我了。可是因此我又有机会看新地方和买瓷器(当日到过庐山,可是未到过九江城里细细的玩过)。九江是中国瓷器最出名最好的地方,可是没工夫去看烧窑,只得在店内看看,可是一看就想买,一共买了两套全桌的和其他零零碎碎的一大网篮。(可惜还没很用,就在南京和房子一同烧了,元任还买了一对瓷驴子带回来,放在书架顶上,真是活灵活现的,也一同葬在火内了。)回家不久,梅月涵到南京办公事,抽空和我们还有唐擘黄夫妇、李济之又一同到黄山去玩,半路遇见陶孟和夫妇、丁西林夫妇(还有一两个人不记得了),一见到我们,就大叫好了,遇见赵太太就有办法了。我还以为是谁摔伤了或是病了。那知他们是饿了几天,没有荤东西吃,知道我总有准备的,并且一定多带,一问果不其然,这次比上次带的东西更多,就分了些罐头牛肉等等给他们,在分路以前,还在山上野餐了一顿,陶太太向不吃牛肉的人,罐头牛肉更不吃,现在忽然吃起来了,我就大笑她真是饿不择食了。

这次珠砂温泉不能洗澡了,我们就到一个所谓龙口温泉去洗澡。这个是露天人人可以看见的,不是在山洞里的。我不管三七二十一就和元任两人换了浮水衣就进去洗了,轿夫们不愿我们进去,说这是个龙口从无女人进去洗澡,恐怕龙王爷以后就不给泉水出来了。我对他们说不要紧,我是龙王的亲家,他不会怪我的。同去的人大笑,说你如何不说你是龙王奶奶,岂不更好?我说不行,回头龙王真来给元任抓去了。大家真快乐的不得了,大玩了几天,才回南京。

蓝家庄房子正在盖好之时,忽然发现市政府要开一条马路穿过去,直达城外。征收的土地,影响左近新盖的几十家住宅。(最奇怪的是申请盖房时,市政府都批准,并未提到开路,也许政府和市政府没接过头,因为城外直通幕府山炮台,恐与军事有关的缘故。)我们大家就组织了一个请愿团到行政院去请愿,开了两次会,一想所有的人都是教育部行政院和中央大学的人,恐不便争论,大家就举我领队的出头说话。一到行政院,他们出来办交涉的人,就是蒋廷黻,他看见我赶快回头就跑,口内说我去找翁文灏先生去,他可以作点主。翁出来了稍为讨论一下,又推到市政府去了。那时是马超俊先生做市长,他倒亲自出来见我们。(提起马先生也许还记得那一幕吧?)他见领头的是我——一个女人,他睃了一下,以后听我们都是教育界的人置产不易的苦衷,就很表同情的回说容我慢慢和政府商量或能改道也未可知,就如此算告一段落了。(岂知外患又来了。)

那时大家在南京的人正在兴高采烈的盖房子,观名胜,真是最起劲的时候了。

有一天我们很多人在玄武湖内游船,船家对我们说从前的安徽督军柏文蔚就住在湖心洲上。(湖中有一个小岛,大约有十几家人家住在上面,并且樱桃是出名的。)说他在一所民房内,清修念佛,我一听说我就对大家说,我们去拜访拜访他去。

有的人不愿去的就另回去了。我和元任叫船上人给我们开到湖心洲去，一打门果见柏文蔚手拿一串佛珠出来了，一看见我们两人很诧异的说，杨先生你怎么知道我住在这块。我说我早一点不知道，刚从船家告诉我的，所以就来拜望你了。一下他太太和儿媳妇们都出来了，他太太并且直叫大姨太太也出来见见杨先生(我早听见他在安徽督军下任后又娶了两姨太太)。柏文蔚快快的摇手说不必不必，杨先生他们是不喜欢见这种人的，这不过是一种孽缘而已。我赶快说怎见得我们不喜欢见她们，我很高兴见见你的尊宠，结果还是没出来。柏又再三对我说，杨先生慧眼识人，嫁着如此清高学者，除自己两人的幸福外，对国家前途的贡献是不可限量的。元任还客气的说岂敢岂敢。我又接嘴说怎么知道我们将来不离婚，他不另爱人呢?柏又觉得我笑他似的，但他随时很慨叹说他自己一点无用了。我还安慰他自古英雄名臣未尽所志的不知有多少，而国家还是多事之秋，仍要你们老辈出来帮忙，他只笑笑。这是我见他最后一次，没想到他以后还加入了“扩大会议”，也许他们另有深意也未可知。

果不其然，外患一天一天的紧张起来了，日本侵犯我国的情形更比以前明显出来，而我们当局和人民也是日渐醒悟，各种的准备和各事的进步快到日本人觉得不安了。(连南京各街要道，例如新街口都放个大炸弹的模型，以示人民想到有敌人来轰炸的情形及防备而不要惊乱，家家还挖防空壕以备避炸，有汽车的人家一定要预备多少汽油和粮食等等。元任就只注意那些标语的古怪文法，什么“大家要提心吊胆的恢复民族固有的地位”之类。)

(选自《一个女人的自传》，岳麓书社一九八七年版)

南京三年

赵元任

自一九〇七年至一九一〇年，我第一次离家，住在南京江南高等学堂宿舍内，我时常找寻借口返回常州，纵然不是假期。我先去南京投考 Shang Chiang Middle School 和江南高等学堂，两校都录取了，我选择了后者。我被列入预科一年级，江南高等学堂实际是一所专科学校，预科等于高中。录取后，我便搬入学校宿舍等候春季始业，因为两地的交通起初是迂回而费时的。南京位在常州之西约一百英里，可是我第一次于一九〇七年三月去南京，须乘小火轮东行到苏州，然后换乘较大轮船到上海，在旅馆住一夜，再换乘扬子江大轮船（即两旁装有划水板轮，而由钻石形状的高大肱木所发动）前往二百英里之外的南京。所以我们须行三百英里，费时五天，去到一个相距仅一百英里的地方。但惟有在冬季才这样走法，冬季常州到镇江之间的运河河水太浅，不能行驶轮船。一九〇七年暑假，我便搭大轮船到镇江，换乘小轮直回常州。以后沪宁铁路逐渐扩展，交通更为便利。那年夏天，我到常州小北门第一次看火车，十一月便可以从南京乘轮船到镇江，然后第一次坐火车从镇江回常州。我一直以为那次回家是吃淡水蟹的，可是查阅日记，我发现那时南京开运动会，学校停课数天，所以我才能回家吃螃蟹。一九〇八年四月三日，沪宁铁路完成，全线通车，那年暑假我搭乘一点钟开行的火车，在镇江穿过走了五十秒钟的山洞，不到四小时（而非五天）便到达常州。

江南高等学堂位于延龄巷南端的门帘桥，杨文会（一八三七——一九一一）创立的金陵刻经处就在延龄巷。那时我毫无所知在我们学堂附近有一个女孩——杨文会的孙女——十年后我们见面并结了婚。很可能在近邻的花牌楼商店购买物品时，曾见到过她。

高等学堂校址颇为广大，宿舍几可容纳三百学生，六个人住一间，还有若干大教室、一座体育馆、一个大操场和一个池塘。高等学堂所教的课程和普通中学大致相同，惟比较高深一点。从下面一段我写的日记（中文所写，掺杂英文字），可以看出一九〇七年我初进学校时的情形：

三月二十日星期三，第一堂英文，默写。老师讲解新课，让我们读。轮到我读，我读的颇快。赵老师云："读到 fool-stop（译者按：句点之意，应为 full stop），应该稍停再继续读。"每人获得一本练习簿。第二堂数学，有三种习题，一是三角，一是代数，另一是算学。我作了第一种。每人分到一厚本数学（作者附言：中文课文是直写的，代数方程式是横写的，有时整页只有一两行课文，方程式占了很宽地位，然后又是直写的课文）和一本带格子的练习簿。第三堂是历史，常熟籍的丁老师还未到，由其远房叔公丁孟舆代课。我们每人分到八本历史教科书。他并未开讲。午饭后，和 Shih-Ch'un）及其他同班同学去裕昌巷（Yüchang Hsiang）裁缝店量制服。体操未上课。第五堂到图书馆上绘画课。我们每人分到一册苗（Miao）老师编的图画模范和一支画笔。今日老师教我们定点（make points）。我画的通过。国文课教完第一课。

整个说起来，这和一年以前在常州上学的日记，无何不同，只是一切较为高深而已。和前一年一样，若干日记由于名词及数字缩写和英文音译，颇不易明了，例如，一九〇八年八月八日的日记，我写了这么一句："世界及世界人民在一巴拉格拉夫"（即英文 paragraph［段落］之音译）。一九〇八年四月二十七日，头一句我用英文写了"In the morning I rose very late"（今晨起床甚晚），然后继续用中文写。有一

金陵刻经处
（一九八〇）

天，我提出一个问题："My father and my grandfather's only son are or is the same person?"（我父亲和祖父的独子是同一人，"是"字应该多数还是少数?）我未写出答案。

国文课程颇为高深，我们念的是《古文辞类纂》，每星期六下午，半天作文，我们认为是一件大事。我不记得是不是须要习字，不过我经常练习颜真卿的《家庙碑》，颜体字笔划粗壮，我不再练欧（欧阳询）体笔划细的字，以后短时期改习柳（公权）体《玄秘塔》，最后又改习颜体。几年后，我在康奈尔大学读书，主编《科学》期刊，须要写字写得快，无怪自那时起我的字被人批评颇为难认。

数学课程先是代数，后是几何，最后三角。代数老师是苏北通州的崔（Ts'ui）先生。他的家乡话母音如 bee 发腭音如 z。代数上的字母，他都以家乡音读。a＋b＝c；b＋c＝d；a，b，c，d，用上海话读是 ei chia bi tengyü si，bi chia si tengyü di，ei，bi，si，di；崔先生读成 nae chia p'z' tengyü shz'；p'z' chia shz tengyü t'z；nae，p'z'，shz，t'z。那一整年，我们便是这样学的代数。

在绘画班，我们也有语言问题，老师是日本人，不会说中国话，翻译员不太懂绘画。可是老师看到我们的作品，都给高分。

有些学生一直想到美国留学，所以美国老师来教我们英文，我们大为兴奋。他名叫嘉化（David John Carver），田纳西州那什维尔市（Nashville）人，是我的第一位美国老师，在学生中颇孚众望，不似常州溪山学校那位沈老师，他很小心，对我们讲话很慢。在他教导之下，我们发音进步很多，惟我们也学得若干美国南方口音，如 zero 读成 dzero，lamp 读成 liamp，直到多年后，我才知道这不是美国一般标准发音。不过不久，我的中式英文便被改正。在一次非正式有唱歌有朗诵的晚会上，我诵读一首名为 Clear and Cool（清与凉）的诗句，到了末尾时，我心情紧张，含混支吾了一会儿，才继续读完。事后，嘉化先生告诉我最好习读短篇而充分了解，不要习读长篇而了解不够，我觉得玩耍英文和玩弄中文，同样有趣，例如我曾问同学 OICURAB 是什么意思。（译者按：谅为 Oh I see，you are a bitch。）

另一位美国老师是查理（Charles）先生，教我们物理。他极为羞怯、紧张，他说的话难于了解。我不记得谁教我们生物学，可是有一天，高等学堂和预科全校学生齐集在大礼堂观看解剖死狗表演，我们认为是一件了不起的大事。我在南京读书的末期，选修了德文，以后留学考试成了我的第二外国语，我觉得颇有裨益。体育是教体操和军事训练，最后使用真枪。

除正常课程之外（我在常州入学一年，觉得这里课程颇为轻松），我自己读了不少课外读物。我买了一本《马氏文通》，乃马建忠所撰之中文文法书，完全比照西方语文的文法，读起来极感兴趣。我们在校内不须作诗，惟我继续早年在北方时的课业，我早年的试作如下：

恼人最是雨绵绵　忽忽光阴又七天
转念明朝犹路泞　挑灯独坐小窗前

有一位真正说英语的嘉化先生作老师，我们全都乐于在正课之外，多学一点。我借他的 World's Work 一书看；读过林肯传。为了查生字，我以五元买了一本韦勃斯特所著的大学字典（Webster's Collegiate Dictionary），现在我书桌上仍有一本（版本不同）。我最喜观看的书是福兰克林的自传，看过之后，我决心作一个完人。我也看过迈尔所著世界通史（Philip VanNess Myers' General History），忘记是历史课本呢还是课外读物。我被书内倡议的"世界国"所强烈吸引，当即决定参加成为世界公民。我的英文诗习作不像我的中文诗那样古典，早期的习作如下：

How useful is the rain!
We'll have very much to gain.
How pleasant it will be,
In braces we'll play with thee.

（我忘记我所写的 braces 是什么意思。）我的课外读物绝不限于英文，我看的中文书自然要比英文书多。事实上，在溪山和高等学堂那几年，我看过许多西方小说的译本，到了美国之后，就很少再看小说。我最喜欢的小说之一是海加德爵士所著的《她》(Sir Henry Rider Haggard's "She")，由翻译大师林纾(号琴南)译成文言文。我极喜欢这本书，几乎看了三遍。类似常州励进社的组织在南京以"凉脑社"(Cool Brain Society)的名称建立，惟不如前者活跃。

早在北方玩弄透镜和倒影时候，我对科学事物便已发生兴趣。现在我开始在管子里安装两个或三个透镜，试造望远镜和显微镜。如今我不再在炉灶上给煤油加热，而是学习用冰块和盐作冷冻混合物，使得温度低到百度表零下二十度，即华氏表零下四度。观看星星那时一向是我最喜欢的消遣，特别是那时的街灯和屋灯还不够明亮，不足以妨害夜景。一九〇七年八月十二日及十三日夜晚，我在东方天空上看到一颗彗星，长几达十度，最近我曾查阅彗星纪录，惟不能断定是恩克彗星(Encke's Comet)还是莫尔豪彗星(Morehouse Comet)。一九一〇年我在北京的时候，我曾于五月二十六、二十七、二十八连续三夜清楚看到海莱彗星(Halley's Comet)。

除了我尚不认识的将来妻子住在离校不远之外，我在南京不觉生疏的原因是所有的教师极为友善，还有若干同学来自溪山学校。此外，几个亲属也在南京，大哥就读于两江师范(东南大学的前身，以后改称中央大学)。一位远房叔父——Chin-Sheng Third Uncle 在高等学堂本部，几乎每隔一天便看到他。国文老师之一是我的远房表叔公，对我极好，可是他思想颇为保守，批评省长核准开运动会"以儒为戏；劳民伤财"。和我住在同一房间的同学之一 Shao Sheng-Wu 是福州人，我们两个互教方言，我学福州话，他学常州话。我从阿姆娘已经学了一点福建话，阿姆娘在回常州以前住在福州。现在我完全学得一个新的第六种方言，这种方言和我以前所知的毫不相同。就像德文和英文不同一样。嘉化老师对我及同班章元善同学特别好。在他返美结婚回到南京后，常请我们两个到他家吃晚饭，有时私下作礼拜，由嘉太太奏风琴，以后弹钢琴，那是我第一次看到钢琴。在平日，他介绍我们唱《甜美的家庭》(Home Sweet Home)和《别离歌》(Auld Lang Syne)。在嘉化家，我遇到裴达斯(W. B. Pettus)太太，几年后，我才第一次晤见裴先生，当时他是"华北语文学校”(North China Language School)校长。天津青年会的罗勃生(C. H. Robertson)先生两次来江南高等学堂演讲,一次是在一九〇九年三月,一次是在十月,他说的一口纯粹北方话,略带天津口音,但毫无美国口音,使我印象颇深。

我们这群高等学堂学生比溪山学校学生要顽皮得多,我们常在餐厅起哄,菜肴要是不好,我们便用筷子敲碗,叫侍役调换。有时厨房不换,全体学生当即站起来散开,直到新菜摆好为止。我在那里读书三年之间,这种事发生过三次。

和以前在溪山一样,我们这个年龄的学生大多数向往革命,认为满清政府为日无多。一九〇八年十一月,光绪皇帝和慈禧太后相继去世,我们得俯伏在灵堂前叩头,赞礼人高呼“举哀!”时,我们全都低着头,齐声大笑,没有人能分辨出我们是在笑还是在哭。

在南京,我们当然不完全生活在校内。在初到南京的某一天,我和大哥及堂兄K'o-An走上北极阁去看四周美丽的风景,二十七年后,我主持的中央研究院语音实验室就建在那里,每天我都观赏那儿的景致。我们常去的另一个地方是南门外的雨花台。每逢雨后,我们可以在那座小山上捡到半透明的美丽有色卵石,这是南京著名的事物之一。市内火车由城中心通到江边下关,往返家乡更为便捷。那条支线通车时,我去到车站附近,将一枚铜板放在轨道上,让火车轧过,车轮把铜板一面花纹轧平,我将它翻转来再让另一列火车轧过,另一面也便平滑,我就说我找到一枚古钱。校园面积很大,无须走出校外便足够玩耍。在操场一边水池旁,我常和同学比赛在水面上漂掷石子或瓦片玩,看谁掷的石子碰到水面的次数多。我常在宽阔的庭院散步,有一晚,迅雷震耳欲聋,幸而我未在雷击到的地点。雷电击毁了秋千架(我们刚刚玩过荡秋千),我拾了几块碎片,作为纪念品。我也常玩单杠,由此谈到我那几年的健康情形。

那时我仍然时常心跳,一发病便万念俱灰,而且想家,尤其想依姑。有一天,如我前面所说,我决心做一个完人,戒除一切恶习,如吸烟、喝酒、手淫,并开始按时锻炼身体。我买了一本桑道所著的《力量培养法》(Eugene Sandow's Strength and How to Obtain It)。在日记中我常记载作深呼吸、长距离散步、跳高、练哑铃、荡秋千、在单杠上引体上升和翻筋斗，有时这些动作在一天之内都作。我也和同学比赛吃饭，有一次午餐我吃了四碗，另一次我吃了两碗，第一个吃完，当时在餐厅用餐的同学共为二百七十三人，惟多数不晓得我在比赛快吃。直到今天，我虽然吃的不多，通常我第一个吃完。我的体育活动有一天出了事，我在单杠上作前后摆动动作，不幸松手跌落，胸部着地。幸而地面填有松土，我还能自己站起来，当时无人在场。我似乎并无不良后果，惟以后有一年左右我屡次发生肋膜炎现象。整个说起来，在南京修业三年，我身心发育颇为良好。

由于交通改善，自南京旅游的次数增多，不但在假期，且在其他时机。一九〇九年一月，我去苏州为我外婆拜寿，一月十八日是她七十寿辰。我还去常熟去看“大寄爹”姑母。是在一九〇八年，我从表哥庞敦敏学会 UE-fen 即倒转的反切，并非一九〇六年，以前我记错了。假期在家中，我们玩得很愉快。有一次我甚至和堂兄 K'o-An 到上海在 Kelley & Walsh, Ltd. 买外国书，并买碘酒，当时碘酒对我们尚颇新鲜。二叔父 Li-Ch'ing（正式姓名为赵 Hang-Nien）自新加坡返家，带来许多有趣的物品，其中之一是立体透视镜和特制眼镜与幻灯片。每个人当然争着使用特制眼镜。可是我以前从注视壁纸图案上学过两眼随心所欲自不同角度斜视，不须戴上特制眼镜便能看出幻灯片的立体景象。二叔因我说过要去国外留学，还给我一本 Rules and Manners of Good Society（《善良社会之规范与礼仪》），艾宓莱·波斯特（Emily Post）的前驱（译者按：波斯特为美国女作家，写过社会礼仪的书籍，逝于一九六〇年）。

（选自《浪漫人生》，江苏文艺出版社一九九八年版）

南游杂感(五)

梁实秋

我到南京,会到胡梦华和一位玫瑰社的张女士,前者是我的文字交,后者是同学某君介绍的,他们都是在东南大学。我到南京的时候是下午,那天天气还好,略微有些云雾的样子。梦华领我出了寄宿舍,和一个车夫说:“鸡鸣寺!怎么?你去不去?”车夫迟疑了一下,笑着说:“去!”我心里兀自奇怪,我想车夫为什么笑呢?原来鸡鸣寺近在咫尺,我们坐上车两三分钟就到了,这不怪车夫笑我们,我们下了车自己也忍不住笑起来。梦华说:“我恐怕你疲倦了……”

鸡鸣寺里有一间豁蒙楼,设有茶座,我们沿着窗边坐下了。这里有许多东大的学生,一面品茶,一面看书,似乎是非常的潇洒快意。据说这个地方是东大学生俱乐部的所在。推窗北眺,只见后湖的一片晶波闪烁,草木葱茂。石城古迹,就在寺东。

北极阁在寺西,雨渍尘封,斑驳不堪了,登阁远瞩,全城在望。

南京的名胜真多,可惜我的时间太短促了。第二天上午我们游秦淮河,下午我便北返了。秦淮河的大名真可说是如雷贯耳,至少看过《儒林外史》的人应该知道。我想像中的秦淮河实在要比事实的还要好几倍,不过到了秦淮河以后,却也心满意

中央大学礼堂
（一九三一）

足了。秦淮河也不过是和西直门高粱桥的河水差不多,但是神气不同。秦淮河里船也不过是和万牲园松风水月处的船差不多,但是风味大异。我不禁想起从前鼓乐喧天灯火达旦的景象,多少的王孙公子在这里沉沦迷荡!其实这里风景并不见佳,不过在城里有这样一条河,月下荡舟却也是乐事。我在北京只在马路上吃灰土,突然到河里荡漾起来,自然觉得格外有趣。

东南大学确是有声有色的学校,当然它的设备是远不及清华,它的图书馆还不及我们的旧礼堂;但是这里的学生没有上海学生的浮华气,没有北京学生的官僚气,很似清华学生之活泼朴质。清华同学在这里充教职的共十七人,所以前些天我们前校长周寄梅到这里演说,郭校长说出这样一句介绍词:"周先生是我们东南大学的太老师。"实在,东大和清华真是可以立在兄弟行的。这里的教授很能得学生的敬仰,这是胜过清华的地方。我会到的教授,只是清华老同学吴宓。我到吴先生班上听了一小时,他在讲法国文学,滔滔不断,娓娓动听,如走珠,如数家珍。我想一个学校若不罗致几个人才做教授,结果必是一个大失败。我觉得清华应该特别注意此点。梦华告诉我,他们正在要求学校把张鑫海也请去,但因经济关系不知能成功否。下午梦华送我渡江,我便一直地北上了。我很感激梦华和张女士,蒙他们殷勤的招待,并且令梦华睡了一夜的地板。

(选自《清华周刊》一九二三年第二八〇期)

琐记

鲁　迅

衍太太现在是早经做了祖母，也许竟做了曾祖母了；那时却还年青，只有一个儿子比我大三四岁。她对自己的儿子虽然狠，对别家的孩子却好的，无论闹出什么乱子来，也决不去告诉各人的父母，因此我们就最愿意在她家里或她家的四近玩。

举一个例说罢，冬天，水缸里结了薄冰的时候，我们大清早起一看见，便吃冰。有一回给沈四太太看到了，大声说道："莫吃呀，要肚子疼的呢！"这声音又给我母亲听到了，跑出来我们都挨了一顿骂，并且有大半天不准玩。我们推论祸首，认定是沈四太太，于是提起她就不用尊称了，给她另外起了一个绰号，叫做"肚子疼"。

衍太太却决不如此。假如她看见我们吃冰，一定和蔼地笑着说，"好，再吃一块。我记着，看谁吃的多。"

但我对于她也有不满足的地方。一回是很早的时候了，我还很小，偶然走进她家去，她正在和她的男人看书。我走近去，她便将书塞在我的眼前道，"你看，你知道这是什么？"我看那书上画着房屋，有两个人光着身子仿佛在打架，但又不很像。

正迟疑间，他们便大笑起来了。这使我很不高兴，似乎受了一个极大的侮辱，不到那里去大约有十多天。一回是我已经十多岁了，和几个孩子比赛打旋子，看谁旋得多。她就从旁计着数，说道，“好，八十二个了！再旋一个，八十三！好，八十四！……”但正在旋着的阿祥，忽然跌倒了，阿祥的婶母也恰恰走进来。她便接着说道，“你看，不是跌了么？不听我的话。我叫你不要旋，不要旋……”

虽然如此，孩子们总还喜欢到她那里去。假如头上碰得肿了一大块的时候，去寻母亲去罢，好的是骂一通，再给擦一点药；坏的是没有药擦，还添几个栗凿和一通骂。衍太太却决不埋怨，立刻给你用烧酒调了水粉，搽在疙瘩上，说这不但止痛，将来还没有瘢痕。

父亲故去之后，我也还常到她家里去，不过已不是和孩子们玩耍了，却是和衍太太或她的男人谈闲天。我其时觉得很有许多东西要买，看的和吃的，只是没有钱。有一天谈到这里，她便说道，“母亲的钱，你拿来用就是了，还不就是你的么？”我说母亲没有钱，她就说可以拿首饰去变卖；我说没有首饰，她却道，“也许你没有留心。到大橱的抽屉里，角角落落去寻去，总可以寻出一点珠子这类东西……”

这些话我听去似乎很异样，便又不到她那里去了，但有时又真想去打开大橱，细细地寻一寻。大约此后不到一月，就听到一种流言，说我已经偷了家里的东西去变卖了，这实在使我觉得有如掉在冷水里。流言的来源，我是明白的，倘是现在，只要有地方发表，我总要骂出流言家的狐狸尾巴来，但那时太年青；一遇流言，便连自己也仿佛觉得真是犯了罪，怕遇见人们的眼睛，怕受到母亲的爱抚。

好。那么，走罢！

但是，那里去呢？S城人的脸早经看熟，如此而已，连心肝也似乎有些了然。总得寻别一类人们去，去寻为S城人所诟病的人们，无论其为畜生或魔鬼。那时为全城所笑骂的是一个开得不久的学校，叫作中西学堂，汉文之外，又教些洋文和算学。然而已经成为众矢之的了；熟读圣贤书的秀才们，还集了《四书》的句子，做一篇八股来嘲诮它，这名文便即传遍了全城，人人当作有趣的话柄。我只记得那“起讲”的开头是：——“徐子以告夷子曰：吾闻用夏变夷者，未闻变于夷者也。今也不然:鴃舌之音,闻其声,皆雅言也。……”

以后可忘却了,大概也和现今的国粹保存大家的议论差不多。但我对于这中西学堂,却也不满足,因为那里面只教汉文,算学,英文和法文。功课较为别致的,还有杭州的求是书院,然而学费贵。

无须学费的学校在南京,自然只好往南京去。第一个进去的学校,目下不知道称为什么了,光复以后,似乎有一时称为雷电学堂,很像《封神榜》上“太极阵”、“混元阵”一类的名目。总之,一进仪凤门,便可以看见它那二十丈高的桅杆和不知多高的烟通。功课也简单,一星期中,几乎四整天是英文:“It is a cat.”“Is it a cat?”一整天是读汉文:“君子曰,颍考叔可谓纯孝也已矣,爱其母,施及庄公。”一整天是做汉文:《知己知彼百战百胜论》,《颍考叔论》,《云从龙风从虎论》,《咬得菜根则百事可做论》。

初进去当然只能做三班生,卧室里是一桌一凳一床,床板只有两块。头二班学生就不同了,二桌二凳或三凳一床,床板多至三块。不但上讲堂时挟着一堆厚而且大的洋书,气昂昂地走着,决非只有一本“泼赖妈”和四本《左传》的三班生所敢正视;便是空着手,也一定将肘弯撑开,像一只螃蟹,低一班的在后面总不能走出他之前。这一种螃蟹式的名公巨卿,现在都阔别得很久了,前四五年,竟在教育部的破脚躺椅上,发见了这姿势,然而这位老爷却并非雷电学堂出身的,可见螃蟹态度,在中国也颇普遍。

可爱的是桅杆。但并非如“东邻”的“支那通”所说,因为它“挺然翘然”,又是什么的象征。乃是因为它高,乌鸦喜鹊,都只能停在它的半途的木盘上。人如果爬到顶,便可以近看狮子山,远眺莫愁湖,——但究竟是否真可以眺得那么远,我现在可委实有点记不清楚了。而且不危险,下面张着网,即使跌下来,也不过如一条小鱼落在网子里;况且自从张网以后,听说也还没有人曾经跌下来。

原先还有一个池,给学生学游泳的,这里面却淹死了两个年幼的学生。当我进去时,早填平了,不但填平,上面还造了一所小小的关帝庙。庙旁是一座焚化字纸的砖炉,炉口上方横写着四个大字道:“敬惜字纸”。只可惜那两个淹死鬼失了池

江南水师学堂：操练用桅杆

子，难讨替代，总在左近徘徊，虽然已有“伏魔大帝关圣帝君”镇压着。办学的人大概是好心肠的，所以每年七月十五，总请一群和尚到雨天操场来放焰口，一个红鼻而胖的大和尚戴上毗卢帽，捏诀，念咒：“回资罗，普弥耶吽！唵耶吽！唵！耶！吽!!!”

我的前辈同学被关圣帝君镇压了一整年，就只在这时候得到一点好处，——虽然我并不深知是怎样的好处。所以当这些时，我每每想：做学生总得自己小心些。

总觉得不大合适，可是无法形容出这不合适来。现在是发见了大致相近的字眼了，“乌烟瘴气”，庶几乎其可也。只得走开。近来是单是走开也就不容易，“正人君子”者流会说你骂人骂到了聘书，或者是发“名士”脾气，给你几句正经的俏皮话。不过那时还不打紧，学生所得的津贴，第一年不过二两银子，最初三个月的试习期内是零用五百文。于是毫无问题，去考矿路学堂去了，也许是矿路学堂，已经有些记不真，文凭又不在手头，更无从查考。试验并不难，录取的。

这回不是 It is a cat 了，是 Der Mann，Die Weib，Das Kind。汉文仍旧是“颖考叔可谓纯孝也已矣”，但外加《小学集注》。论文题目也小有不同，譬如《工欲善其事必先利其器论》，是先前没有做过的。

此外还有所谓格致、地学、金石学……都非常新鲜。但是还得声明：后两项，就是现在之所谓地质学和矿物学，并非讲舆地和钟鼎碑版的。只是画铁轨横断面图却有些麻烦，平行线尤其讨厌。但第二年的总办是一个新党，他坐在马车上的时候大抵看着《时务报》，考汉文也自己出题目，和教员出的很不同。有一次是《华盛顿论》，汉文教员反而惴惴地来问我们道：“华盛顿是什么东西呀？……”

看新书的风气便流行起来，我也知道了中国有一部书叫《天演论》。星期日跑到城南去买了来，白纸石印的一厚本，价五百文正。翻开一看，是写得很好的字，开首便道：——

“赫胥黎独处一室之中，在英伦之南，背山而面野，槛外诸境，历历如在机下。乃悬想二千年前，当罗马大将恺彻未到时，此间有何景物？计惟有天造草昧……”

哦！原来世界上竟还有一个赫胥黎坐在书房里那么想，而且想得那么新鲜？

一口气读下去,“物竞”“天择”也出来了,苏格拉第,柏拉图也出来了,斯多噶也出来了。学堂里又设立了一个阅报处,《时务报》不待言,还有《译学汇编》,那书面上的张廉卿一流的四个字,就蓝得很可爱。

“你这孩子有点不对了,拿这篇文章去看去,抄下来去看去。”一位本家的老辈严肃地对我说,而且递过一张报纸来。接来看时,“臣许应骙跪奏……”,那文章现在是一句也不记得了,总之是参康有为变法的;也不记得可曾抄了没有。

仍然自己不觉得有什么“不对”,一有闲空,就照例地吃侉饼、花生米、辣椒,看《天演论》。

但我们也曾经有过一个很不平安的时期。那是第二年,听说学校就要裁撤了。这也无怪,这学堂的设立,原是因为两江总督(大约是刘坤一罢)听到青龙山的煤矿出息好,所以开手的。待到开学时,煤矿那面却已将原先的技师辞退,换了一个不甚了然的人了。理由是:一、先前的技师薪水太贵;二、他们觉得开煤矿并不难。于是不到一年,就连煤在那里也不甚了然起来,终于是所得的煤,只能供烧那两架抽水机之用,就是抽了水掘煤,掘出煤来抽水,结一笔出入两清的账。既然开矿无利,矿路学堂自然也就无须乎开了,但是不知怎的,却又并不裁撤。到第三年我们下矿洞去看的时候,情形实在颇凄凉,抽水机当然还在转动,矿洞里积水却有半尺深,上面也点滴而下,几个矿工便在这里面鬼一般工作着。

毕业,自然大家都盼望的,但一到毕业,却又有些爽然若失。爬了几次桅,不消说不配做半个水兵;听了几年讲,下了几回矿洞,就能掘出金银铜铁锡来么?实在连自己也茫无把握,没有做《工欲善其事必先利其器论》的那么容易。爬上天空二十丈和钻下地面二十丈,结果还是一无所能,学问是“上穷碧落下黄泉,两处茫茫皆不见”了。所余的还只有一条路:到外国去。

留学的事,官僚也许可了,派定五名到日本去。其中的一个因为祖母哭得死去活来,不去了,只剩了四个。日本是同中国很两样的,我们应该如何准备呢?有一个前辈同学在,比我们早一年毕业,曾经游历过日本,应该知道些情形。跑去请教之后,他郑重地说:——

“日本的袜是万不能穿的，要多带些中国袜。我看纸票也不好，你们带去的钱不如都换了他们的现银。”

四个人都说遵命。别人不知其详，我是将钱都在上海换了日本的银元，还带了十双中国袜——白袜。

后来呢？后来，要穿制服和皮鞋，中国袜完全无用；一元的银圆日本早已废置不用了，又赔钱换了半元的银圆和纸票。

（选自《莽原》，一九二六年第一卷第二十二期）

孙中山先生的奉安大典

项德言

一九二九年春，南京紫金山中山陵工程已基本竣工。中国国民党中央常务委员会通过决议，成立总理奉安委员会，决定于一九二九年三月十二日，为举行总理奉安大典日期，即孙中山逝世四周年纪念日。因一九二八年冬雨雪多，迎榇大道未能如期竣工，中常会决定把奉安典礼展期至五月二十六日至六月一日举行。五月十八日，宋庆龄偕同孙科、戴恩赛夫妇赴北京碧云寺，瞻仰孙中山灵柩，二十二日将孙中山遗体重殓，准备南移。

国民党中央常务委员会决议选派林森、吴铁城、郑洪年等为迎榇大员，各部处派秘书一人及职员若干人随行。中宣部为张廷休，中组部为张道藩，中训部为史维焕，中秘处为王子壮。一行先赴北京，做好一切准备工作，恭迎灵榇南下。

当时，我在中宣部指导科任代理总干事，主要工作是负责审查报刊的出版工作，对一星期中的宣传纲要进行指导。中宣部每星期都要制定宣传要点，都由我赴电台，将中宣部宣传要点向电台作扼要说明，并由我向全国口播本星期宣传要点的新闻稿。中央广播电台就设在湖南路的中央党部内。林森、吴铁城、郑洪年三人赴北京之日至六月一日这段时间里，仍由我去电台播发了一星期的新闻宣传要点四五条，主要内容即为中常会关于奉安的决定、回宁时间及奉安内容等。

中宣部具体负责奉安的是部长刘庐隐（曾任考试院长），属下设三位秘书，分别为肖同兹、张廷休、朱云光。五月二十二日之后，国民党中央党部秘书长叶楚伧到中宣部召集各科负责人会议，布置有关奉安大典的具体工作，部里科主任（当时科不设科长）以上人员均出席会议。中宣部的指导科主任为傅启学，编纂科主任为钟天心，出版科主任为崔唯吾，征审科主任为肖同兹，国际科主任为郎醒石，总务科主任为沈君匋，我以指导科总干事名义也参加了这次会议。会上，根据各科原来的工作范围派定了任务。指导科负责奉安大典的具体宣传工作，编纂科编写孙中山先生的生平及《哀思录》等，出版科负责有关奉安典礼的文字印刷发行，征审科对外征集孙中山先生的史料，国际科负责对外宣传奉安大典实况，总务科负责接待事宜。

五月二十八日，总理灵柩到达浦口，中宣部负责具体工作的人员均前往码头迎灵，国民党党政军要人悉数云集此处。约下午五时，灵柩由“威胜”军舰载运过江，停泊在中山码头，宋老夫人偕宋蔼龄在此迎候，再迎至城内丁家桥中央党部，停放在大礼堂讲坛上。

次日至三十一日，奉安委员会决定将中央党部大礼堂对外开放三天，进行公祭，市民可以自由出入瞻仰孙中山先生遗容。公祭由国民政府内政部主持。二十九日，为中央委员、国民政府委员、党政军警代表公祭，中宣部全体职员也于是日参加。三十日，为群众代表公祭；三十一日，为各国使节、外宾公祭及家属祭奠。具体引导、招待、迎送由中秘处派专人负责。公祭期间，各界人士争先恐后，络绎不绝，急欲一睹孙中山先生逝世四周年后的遗容，大家饱含沉痛，依依不忍离去。直到三十一日下午五时多，举行封棺典礼，瞻仰人群方告别散去。

六月一日凌晨，举行起灵典礼，狮子山炮台鸣放礼炮一百零一响致敬，参加恭送人员在送灵队伍总指挥孔祥熙的带领下，全体肃立致哀。从中央党部至中山陵，二十多里的公路两旁，夹道灵榇经过的群众，男女老少，万头攒动，无不自觉地肃立默哀致敬。灵榇由中央党部出发，从丁家桥、狮子桥前外交部门前经过，转鼓楼直向中山大道、新街口，再转中山东路，出中山门，到陵园路。灵榇由国民党中央及国

奉安大典时陵墓全景
(一九二九)

民政府要人谭延闿、蒋中正、胡汉民、戴季陶、于右任、王宠惠、林森、蔡元培、张继、宋子文、丁惟汾、叶楚伧、何应钦、朱培德、李烈钧、邵元冲、陈果夫、陈立夫、朱家骅、罗家伦、孙科等执绋前导，缓缓徐行；女眷则有宋庆龄、宋老夫人、宋蔼龄、宋美龄、孙科夫人、戴恩赛夫人及其子女，在行至鼓楼后始分乘几辆马车随后驰行；后面是各机关、团体的男女职员身穿素服，依次步行。送灵队伍一边行进，一边同声高唱奉安歌（歌词为罗家伦所作）："大道兮填填，哀吹兮极天，肃奉安兮国父，灵輀兮计迁……"歌声此起彼落，悲壮感人，伴着乐队奏的哀乐，悲戚气氛萦回在整个南京城、紫金山上空。送灵队伍总指挥孔祥熙，骑着高头白马，驰骋在队伍行列之间，指挥队形，维持秩序，肃穆前进。约十时后，灵榇抵达紫金山麓停下。由执绋人员轮换着、一步步地拾级而上，舁上中山陵堂。十二时正，移入陵寝，狮子山炮台再次鸣放礼炮一百零一响致敬。这时，举国上下，全体人员，就地肃立默哀三分钟，表示深切沉痛哀悼。

陵下，有一碑竖立，上有谭延闿书"民国十八年六月一日中国国民党葬总理孙先生于此"几个大字。

奉安大典结束后，奉安委员会向参加奉安人员各颁发了一枚奉安纪念章和一本《哀思录》，作为永恒纪念。

奉安纪念章呈圆形，黄铜铸造，直径七十六毫米，厚四毫米。正面是孙中山先生浮雕正面头像，双目炯炯有神，威严庄重。背面是中山陵祭堂缩影，祭堂是花岗石建造，正面三拱门，装置了紫铜双扉，门额顶端分别镌有篆文书写三民主义的"民族""民权""民生"等字样。中门顶端镌有孙中山先生手书的"天地正气"直额一方，堂前石阶辟为三道，整个祭堂庄严肃穆，图案清晰可辨。图案上方周边镌有"孙中山先生安葬纪念"和"中华民国十八年三月十二日"字样。奉安日期实际系六月一日，纪念章上却为三月十二日，系因纪念章事先委交美商制造，以致日期上出现这个失误。每枚纪念章用一个蓝绫镶制的硬盒子盛装，十分精致美观。

《哀思录》由总理奉安委员会和中宣部合编，系蓝底封面，优质白纸铅印，呈狭长型，二十四开本。内容刊登了孙中山先生逝世后，全国各界赠送的挽联、祭文和治丧委员会、总理奉安委员会成立经过，以及各委员会的委员和职员的姓名录。凡参加奉安人员都载入职员录。封面哀思录三个字，由中宣部长刘庐隐题签。

以上这两件珍贵纪念品，由于我是亲身参加者，有幸也各获得一份，一直珍藏在南京马家街我家书房里。一九三七年“七七”事变爆发后，接着又发生了“八一三”事件，南京经常遭受敌机轰炸威胁，妇女老少多疏散到安全地带暂避，我则因为参加中央前线视察团的工作，要经常奔赴各前线巡视，无暇顾及家中事物。不料当年十二月十三日，南京即告沦陷。随着战火的蔓延，这些珍贵纪念品连同我家一切财产（只剩下一个房子空壳），都毁于兵燹。

南京中山陵从孙总理奉安以后，经历了南京沦陷、日寇长期占领、汪精卫统治等几个阶段，始终安然无恙。

（选自《老南京写照》，安徽文艺出版社一九九九年版）

中央大学迁校记

罗家伦

我回到庐山出席(一九三七年六月)十七日上午的庐山谈话会,蒋委员长就在那里坚定而激昂的宣布现在最后关头到了。隔了两天,他在海会寺举行训练团毕业典礼,他对于华北的军事和中国最后的立场,有一个明白的宣布,继续有一篇很长的演讲,题目是“建国的道理”,在结束的时候,他又说:“现在我们到了最后关头,明天我们就要分手到各地去,站在自己的岗位上,为国家民族做生死存亡的斗争,我们今天在此可能是生离死别,希望大家为国珍重。”这篇演讲在烈日底下(因为海会寺在五老峰的山脚,鄱阳湖的湖边,气候非常的热。)接连三个钟头,凡是在场的人,都是感奋万状,奔腾的热血,沉痛的心情,相对无言,可是大家都有千千万万说不尽的话,第二天我们就下山了。我回到南京一方面很镇定的举行(中央、浙江、武汉)三大学联合招生考试,考完之后,催促教授们赶快看卷子,一方面限定大家在二星期之内把重要的图书、仪器一齐装箱,八月十三日,上海的战争爆发了,八一四南京遭受日本大队重轰炸机的空袭,这队飞机是日本著名的木根井航空大队,由台北松山机场起飞的,那天倒很好,一口气打下他六架,以后南京天天有空袭,但敌人的目标还是在光华门外的机场和若干军事据点。以中央大学为主体并且参加了若干浙大、武大教授的阅卷委员会,在十五日已经把全部卷子阅完(那年投考的有一万一千人左右,评阅的卷子有六万多本),到八月十九日下午所有的分数一律算好了,有三所大学合组的考试委员会在大石桥中央大学校本部图书馆阅览室开会,大致到了六点钟吃饭的时候,大体的决定已经有了,不过还有若干附带问题尚待继续商讨,六点钟,我们在图书馆楼上开始用晚餐,刚刚大家放下筷子的时候,天空的敌机不断的盘旋,我们起初以为它所找的仍是军事目标,不至于会炸到大学,所以不曾十分注意,那时中大的警卫队长李治华君跑上楼来对我说:"敌机在上面盘旋,不怀好意,请赶快到图书馆最下一层半截在地下的书库里坐一下。"于是我约集其他两校的代表和本校的教职员,一共一百多人到地下书库,我为了要结束这个会起见,约集其他两校的代表坐成一个圈子,我自己拿了一把扶手椅,手放在扶手上正要坐下去的时候,忽尔听见一声剧烈的爆炸,像天崩地坍一样,屋顶上的水泥纷纷像暴雨般的掉下来,这种强烈的爆炸声音,继续不断有十余分钟,飞机声音稍小,李治华君又赶下来向我报告道:"后面化学室起火,女生宿舍全部被炸。"于是乎我立刻出来,站在图书馆前的一个大日晷前面,督促本校员工救火,正在救火的时候,又听见一连串不断的爆炸声,天空红色的碎片横飞,响了十分钟之久,我们还是不问,把化学馆的火救熄,女生宿舍被炸变为平地,围墙以外成贤街农场的男生宿舍二三层楼的门窗,几乎全部被震碎,可是男女宿舍两处均未伤人,只有正在建筑牙医专科学校大楼的工人炸死了五人,校工炸死二人,是最不幸的牺牲者。说到女生和男生宿舍受到这种损毁而不曾伤人,几乎可以说是一个奇迹;但是其中有一段经过,是当时在场的人都知道的,我不妨补说一下。南京从八月十四被空袭起,来找我的客人大大的减少了,我的办公室在大礼堂的二层楼上,这个礼堂是为当年开国民会议建筑的,相当坚固,我的办公室就正对大门,女生宿舍靠近大礼堂的左边,是中国式的平房,因为客人稀少,我一个人在办公室里走来走去,忽尔注意到邻近的女生宿舍,感觉到不妥当,于是坐下来下了一个条子,请女生指导员陈美瑜女士(她原是金女大教授,当时在中大卫生教育科任教),要她把住在宿舍里的女生限定在十九日上午一律搬出去,家在南京的回家,家不在南京的搬到三牌楼中大农学院女生宿舍里暂住。这个条子写好以后,我又在办公室走了若干个圈子,又想到男生宿舍二三层楼不妥,因为男生当时没有空袭的经验,常常喜欢跑到屋顶上去看敌机,所以我又写了一个条子给男生宿舍管理员吴茂聪和汪瑞年二位,要他们把二三层楼的男生,一起搬到一层楼居住。这二个条子送出以后,他们三位负管理责任的人,前后都来对我说,这个命令很难得执行。女生指导员说:女生因为暑假之后,宿舍人少,洗澡又便利,觉到凉爽舒服。男生管理员说:因为这是热天,二三楼房屋比较风大,男生也不肯搬。我很严厉地坚持非要他们做到不可。到了下午二点钟,吴、汪两君来报告我说:他们费了很大的气力把二三层楼男生搬到一楼。在四点钟的时候,陈美瑜女士到图书馆会场里同我说:费了很大的唇舌,把女生搬出校本部的宿舍,方才搬完,她要请假二星期回浙江省亲,我自然答应了的。可是在三小时之内,女生宿舍被炸,他们报告我说炸的时候,陈女士正在宿舍里,于是我下令叫他们赶快去挖,不想正预备了器具去发掘宿舍废墟的时候,这位女教授从倒坍了的宿舍旁边爬了出来,狂奔到图书馆门口来找我,只见她一身都是灰,后头跟着一个女工,原来陈女士从图书馆出来,正准备收拾行李明天回家的时候,忽尔炸弹落下来了,女工王妈正帮她在理东西,立刻上前把陈女士抱住往地下一滚,她说:“陈小姐,我们死在一道吧!”那知这一滚,正滚在水门汀的洗脸台之下,这幢房屋倒坍下来的时候,虽然是石瓦横飞,可是他们在洗脸架之下却得到了庇护,等到轰炸停止,这一排架子底下成了一条小的弄堂,他们就从这弄堂内爬了出来,这是女生宿舍的情形。至于男生宿舍,为什么二三楼炸得门窗无余,而一层楼学生所居之地没有一人受伤呢?这些炸男生宿舍的炸片却与日本飞机所投的炸弹无关,因为北极阁上有若干门高射炮,有一辆装满高射炮弹的卡车,正准备开上北极阁去时,正值敌机当头,于是就在成贤街中央大学宿舍的墙外停下来,想不到这车炮弹受到了敌机炸弹的破片起火爆炸起来了,因为高射炮弹是挥发性向上的,他穿透的力量不大,又在墙外,所以它爆炸的弹片向上飞,把围墙里的树木炸了许多,碎片再飞上去,破坏了男生宿舍二三层楼的门窗,底下一层反而无恙;那一天单是在围墙里敌机投下的炸弹二百五十公斤的一共有七枚,计四分之三公吨,来炸毁一个不成为军事目标的大学,其中离我最近的一个，就在图书馆书库的外面，炸弹坑距外墙只有三公尺，若是不是一个钢骨水泥的墙隔着，那不只是我，在里面的一百多人，恐怕大部分毁灭了。第二天早上，我站在大门里马路旁的法国梧桐树下，拿了一支铅笔一本拍字簿，正在发号施令督促大家工作的时候，有四个女生跑来谢我，我说："你们真是小孩子！昨天你们还不搬，以为是我的虐政，今天倒谢起我来了。"也有许多男生来对我作同样的表示，这是一件很巧的事。许多迷信的人，或者以为我有什么神灵帮助，说不好听一点的话，或者是有什么巫术，其实我以为灵感都说不上，只是一个有责任心的人，他在危险的时期，把他责任以内的事，多用了一点心思罢了。那一天还有一件可庆幸的事，就是在被炸毁的牙科临时房屋之内，有几十箱贵重的仪器，就在那天早上搬到下关，上了轮船向上游起运。

我虽然把一部分图书仪器开始搬运，可是这种措置，并未奉到命令，对于校址设在何处，虽然我自己胸有成竹，可是并没有呈奉政府决定。说到把中央大学迁移这个问题，当时正是议论纷纭，主张不一：卫戍司令部为了怕动摇人心，是绝对不希望中央大学搬的；教育部当时仍然希望中央大学在郊外选择比较安全的地点开学；胡适之先生主张我搬到安徽的九华山去；张岳军先生主张我搬到牯岭新造的图书馆和训练团里去，学校里许多教职员受了"蜀道难"的影响，都不主张远迁，有的主张至多迁到武汉，暂借武汉大学上课，说得顶远的，也只是到宜昌为止，到重庆几乎是一件不可想像的事。我研究一切军事、地理和经济上的条件，有迁到重庆的决心。可是在中央大学没有轰炸以前，这个问题是在任何方面都难于得到赞同的，现在受了这种严重的轰炸以后，自然我说话容易一点。

自从南京第一次大轰炸以后，中央大学又受到过三次轰炸，第一次被炸以后，大礼堂已相当残破，于是我搬到图书馆办公，总务处在附近的文学院办公，如斯者有一个多礼拜，忽然我发现文学院办公的单位，搬到农学院去了，我很不高兴，对总务长说："我尚在此，为什么同人们要搬到那边去呢？"我要他们搬回来，经总务长婉劝以后，我放弃了我的主张，可是我自己还不搬，不想第二天文学院果然被炸，若是当时我固执一点的话，可能有若干位同仁会受到灾害。在这个时期，无论是总务方面的人员也好，各系的教授、助教也好，都是一有工夫就到学校来为图书仪器装箱，在九月底以前，凡是可以装运的，都已经运出，其中有件很笨重的仪器，就是航空工程系的一个风筒，这个风筒是试验飞机模型所必须的设备，大约要值二十几万美金，其中最大的一件机器无法分拆的有七吨多重，要运上轮船，是件极不容易的事，因为没载这么重的汽车。我和航空工程系主任罗荣安先生说，请你负责把这个风筒运到重庆，他下了决心，风筒不运走，他决不走，居然以愚公移山的办法，把这庞然大物搬上了轮船，载往重庆，像这种的精神，实在是值得赞扬。在这段期间，中央大学每次轰炸，我都在场，我自己家里的物件器具全部放弃，什么事先尽公家，亦只有这种作法，才可以对得住中央大学这些同事，若是我做校长的先顾自己的东西，我能责备谁应当先为公家着想？到九月底，学校的图书仪器搬完以后，我于十月初离开南京，到安徽屯溪为中央大学实验学校主持开学典礼，我是坐小汽车去的，我动身以前，安徽中学校长姚文采先生想搭我的车，要我到夫子庙莲花池去接他，我临出家门的时候，只带了两个小手提箱，不过装些换洗的衣服，就是书桌上的陈设，也一点没有带走，临走的时候，把各个房间巡视一番，心里觉得：第一、要带也带不了这许多；第二、在这伟大的抗战揭幕以后，生死都置之度外，还管什么东西？所以看过以后，只拿了一瓶香槟酒，是我在清华大学做校长的时候请客没有用完，带到南京的，我拿了这瓶酒上汽车的时候，指着这瓶酒发誓道："不回南京，我不开这瓶香槟"，不料正上车的时候，空袭警报又响了，我仍然在紧急警报下到达莲花池，接了姚先生一同出小南门，转向芜湖的国道。在路上遇着一队日本飞机，共二十一架去炸芜湖的机场，我们汽车在中途照常开行，因为我想它决不会因为我一部汽车，来变更他原定的目标，等到我到芜湖的时候，这一队日本飞机，又在我上面回航了。

（选自《罗家伦先生文存》，香港中文大学出版社一九九六年版）

感慨过金陵

范长江

镇江登岸，想在南京看看再走汉口。镇江朋友们满腹忧郁地谈论着时事问题，对于上海前线的撤退，得到不安与恐怖的印象。他们单纯地看到各方面的军队一批一批地上去，伤兵们一车一车地下来，十四日那天，客车已不能再通苏州，只能在常州止步。前方和接近前方的后方，见不到军队以外的政治动员工作，军事的真相，民众不能知道，而官方消息又是那样一贯的没有变更，这样大家不但不相信报纸，而且总想像有多少可怕的现象。这种浮动的心理，最容易让谣言产生和传播，谣言的内容，通常是超过多少事实的实际程度。

抗战已经三月以上，我很想此时来看看抗战中枢首脑部的气象。我想像中一定是严肃热烈与紧张，因为这里是全国抗战机构的发电所，这里应该是充盈着热力，让在城外经过的敌人们，也要感到这是一所神圣庄严壮气横溢的城堡。因为现在南京是中华民族五千年历史断续存亡之所系，我们这一代四万万五千万同胞和子子孙孙是否作奴隶牛马，都要靠南京的领导来决定。

在时间限度之内，尽可能在南京看些前辈和朋友，出乎意料之外的是不少人为"苏州失守"的传说所惶惑，对于东战场的移动，除叹息怨惜于我艰难万状的抗战军

国民政府人员从洛阳返南京抵下关
(一九三二)

队外，只有摇首悲观，了无活气。

在南京官场里，尤其不应该有这种失败恐惧的感觉。政府人员应该比一般民众更了解这次战争的形势和它的性质，初期失败是不能免，亦不足奇的，如果政府官吏还妄想着中日东战场的战争会在苏州上海间解决，而对于南京存着永久安乐窝的幻想，那就是不懂得中日战争的性质，不配作抗战政府的组成人员，免得因为自己的无知与慌张，影响了我们最高统帅的安定和动摇了社会的人心。

紧接着来的事实，是南京各重要机关都向内地迁移。“迁都”的严重事实，压在每一个人的心上。“林主席走了！”“……迁重庆！”“……迁长沙！”“……迁武汉！”“某部长说：南京在一周以外就成问题！”“限各机关×日内迁出南京！”“东线军事不好！”……这些或真或假的消息，骚动了南京的官场。彼此见面只问“什么时候走”和“如何走法”，有的是江轮，有的是浦口搭火车，高等的到芜湖坐飞机，有私人汽车的，就奔江西跑长沙。

顿时，南京的交通工具大忙而特忙起来，汽车租用一空，公家汽车和私人汽车，一齐在街上紧张地跑着，马车从鼓楼到下关，涨价到五元。人力车跑得没有休息机会，疲劳的身体对于很好的买卖，也摇头不愿接受了。

似乎日本军队明天就要到南京，许多重要官吏先行“轻装就道”，吩咐些下级职员收拾公物，设法运往指定地点。每一个机关都仓卒装箱和运输，集南京许多文武机关，同时动作，于是整个南京尽成了“搬家”世界，车水马龙地拼命向下关码头和江南车站集中。一般民众莫名其中究竟，看到这种严重现象，听到些加甚其词的谣传，于是更亟亟不可终日，也不自主地逃奔，车票船票早已买不到，于是挤到车站码头再说。集结下关的逃难官民，为了等抢登太古公司长沙轮，冒着大雨，预先乘无顶铁驳到江中专候终日者不下一千余人！实际苏常一带难民已在镇江将少数交通船舶挤满，过京能容旅客，已经有限。岸上候船者不计，甚至有江中露立候船至次日未能成行者。

我们主张对×抗战的人们，当然应该预料到有“迁都”的节目、“预料的迁都”不是失败，正如我们最高统帅对上海撤兵的谈话：“不是战场的终了，而是战争的开始。”战争展开在苏嘉线上，是东战场第二期战争的开始，双方使用之兵力、战场面积和作战方法，都进入新阶段，这时把南京“首都”的外衣脱去，使它以森严的军事堡垒资格而出现，这是完全正确的。这一节目的排开，是明白告诉日本军阀，从苏嘉路到南京，全是军事堡垒区，准备几十万人来冲吧，我们凭借南京四周的堡垒，准可以给日本来一次大会战；纵然日本打下了南京，也只是我们一个战场的得失，不是战争的终了，而是另一期战争的开场。所以迁都是保证长期抗战的便利，而不就是失败。

可叹的是若干政府官员，不了解迁都的正确意义，不了解最高统帅的决心，而认为是“逃亡”，丧失了宁静，丧失了理智，弄成动摇人心，贻笑外人的现象。

下关各码头堆着千千万万的箱笼，没有秩序，没有区分，没有适当的管理，这一部，那一署通通挤在江岸上。公物固然有些，而其中最大部分，都是官吏私人的家具和行李。成包的箱柜不用说大小悉搬，似乎还顾虑内地物质缺乏，铜床沙发亦在急运之列。许多人同声太息的是：各码头都有不少的桌椅澡盆梳妆台，天上不断地下雨，如山的什物都在露浴之中，保护得最好的是私人行李，而公物则听它们自己的造化。

所谓正确的迁都，是将领导抗战的中央政府向后方迁移。应迁的内容，主要的应该是：（一）物质与技术职工。支持全国性的物质储藏及重要的制造机器及技术员工，此类物品应在政府决心迁移之时，先期秘密地运出南京，不动声色。（二）图册。行政机关特别是财政、经济、外交机关工作上必须之图书典册，当顺次从容运出。（三）第三步始在有秩序有计划的交通布置中，将各机关人员，分批运往指定地方。

因为我们今天抗战最缺乏的条件是物质，许多重要军用品和制造军用品机器，都是来自外国，海路被封锁后，补充更为艰难。我们英勇的将士，必须凭借相当物质基础，始能打胜敌人，完全信赖血肉以求胜利，那是不可能的。所以哪怕是一颗钉，一个弹壳，都是我们争取抗战胜利最重要的工具，我们要好好保持，把它转变为歼灭敌人的力量。我们现在只有抗战是高于一切，胜利高于一切。惟有抗战始能免于作××军阀的奴隶牛马，而又惟有抗战到达胜利之后，始能保持我们的自由与康乐。因此，对于抗战有关的物质，我们应该看成自己的生命的一部分。假若抗战失败了，我们的沙发铜床搬到拉萨也安稳不了！

偌大一个迁都大事，就是交通工具的管理上，也该有点秩序，有点办法，以供国民的模范。某天走某机关,大致有多少人多少物件,应该分配多少吨数的船,指定他在什么时间什么码头上船,把所有可用的船只和可用的码头通盘筹划一下,对于每一个应搬走的机关,事先和它的负责人接洽好,并不要他们事先都乱七八糟地堆到下关来,要到船都预备好了,然后在指定时间到指定地点,很迅速地把人、物运到,即刻上船,上好就走,如此既不纷乱,船舶使用也可以经济。然而今天他们不管有船无船,不管船大船小,首先把东西运到江边,往往两三天没有走了的很多。日人对于我们迁都的消息,毫无问题地老早知道,设若不是这几天大雨,日人很可能来几次空袭,试问码头上集中如许多的东西,如何得了!

船舶管理所把大小轮船扣了大批,商运完全停止,普通人民要走,只有搭外国船。而差船的分配,并不能迅速而确定,各机关彼此还相互争执,又看机关主管力量的大小。命令也不统一,我们搭一只开汉口的商船,最初说不打差,后来说下半部打差,上半部搭客。许多客人已经上船,又来了四个机关的代表,争船不相下,最后还是维持半部打差的原议。正要上公物行李等,一会又被这个机关赶走到那个码头,一会又被那个机关赶得不能靠岸,我们逼得在江中无依无靠地停泊了半天。东耽误,西耽误,共耽误了三天才能动身。如果是有效的管理与支配,这只船动身的时候,应该是在到了汉口再返南京的途中了。

许多人民受了这次迁都的刺激,一部分青年官吏对于这种败北主义的表现,都起了绝大的不安。他们怀疑抗战是否还有前途,他们恐惧中华民族是否还可以复兴。这全然是过虑的。这是政府的舆论动员不够,机械的新闻束缚政策,把报上只留了些毫无内容的刻板新闻,大家每天都抢着看报,但是谁看了报也不肯相信。南京这样大的搬家事实,报上一个字不提,以为这样就瞒过了民众,免得动摇了人心,这无异偷铜铃恐怕被人听见,而自己堵塞了耳腔。这种作法只有加强人民的恐慌,强化社会的不安。正当的办法,此时的新闻政策,应当尽量公开讨论迁都问题,而且尽量说明战局的发展和敌我的形势,尤其要说明迁都的意义不是败退,而是安全的策动抗战的步骤。就是要在舆论上说服人民,并且指导人民以应付新事变的态度和方法,这样人心自可稳定,后方人心稳定,始可坚定前线的军心。南京安全的地方，已经如此慌张，那前线数十万的将士，不知将如何过活了。

上述不合理的事实，不足以说明抗战前途的悲观，不足以说明最高统帅的抗战决心不够，更不足以说明中华民族将不会有辉煌的前途，这只是若干官吏表现了腐败与无能。为了抗战，为了保障我们自己和子子孙孙不作奴隶牛马，我们要求刷新政治机构，要求舆论有批评政治腐败部分的自由。我们要后方的政治机构，能如前线将士一样，发出强大的支持抗战的力量。

一、洋管事

船快到南通天生港，太古公司船上的"管事"和旅客们谈话。旅客们问他南通天生港下船后的交通情形。他以不圆满的神气陈述南通口岸间交通状况，因为那一段完全是中国人经营的交通路线，对于英商太古公司的利益，当然不会十分无抵触的。末后，他又兴奋地打着上海腔，内中夹一两句英语，他说："口岸就有了我们的——当然这个'我们'是指太古公司——船了。'我们'现正在调动小火船，打算把口岸和天生港的内河航路，也由'我们'来行驶。以后搭'我们'公司的客人，就方便得多了。"

也是这位管事，在船上正开午膳的时候，他在大餐室正忙于伺候外国上宾。住在大餐间的朋友陈国光先生，却放弃了他在大餐室进餐的权利，而一定要陪我这统舱客到官舱里去买饭吃。因为时间上还有等待，我们就在他的房间里按电铃叫茶房拿开水来。谁知来的是那位管事，新装上一副盛气凌人的面孔。这可奇怪了，我们正想不出这个奇事的缘故，管事先生开尊口了："外国人——他说这三字又重又轻，重是表示他对于'外国人'的尊崇，轻是恐怕他的说话被'外国人'听见——正在吃饭，你们按什么铃！要是外国人知道了，他又要怀疑在大餐间用膳客人外，我还私卖了票位。"他知道我们是要开水，赶紧和我们解决以后，又匆匆去换上另一副奴颜婢笑去伺候外国人。

生活是人类活动的中心，人的意识根据这个来决定。这位管事，他生活在外国轮船公司里，而且有着较好的地位，较好的生活，眼看着还有较好的前途。他不自觉地忘记了他所属的国家和民族。改造意识,只有从改造生活环境下手,才是最有效的办法。

二、官僚行径

下关中国旅行社的大门上,白粉笔写着:“某日某日某日船票已经卖光,欲乘某轮者,请自己在某码头等候。”所谓“自己……等候”的意义,是票没法可想,你如果能挤上,那看自己的造化。旅行社是被人相信在交通上总有办法的,大门尽管不开,比较有地位的逃难者会从后门走进旅行社来,要求里面的办事员想法。他们被逼不过,只好想出一个不负责任的办法:船位是没有,如果客人一定要票,只好无限制地卖,但是声明两点:(一)有票不一定有船,更谈不上固定的舱位。(二)走不了可以不打折扣地退票。于是若干官员们你买十五张,我买二十张,顿时间卖出去了几百张票。有一位大约平日用惯了“密谈”的方法,他轻语要给那位卖票员以某种好处,而以安慰他“太忙”为口实。谁知那位青年卖票员,在百忙中很简单地答复他:“忙是我们的本分!”于是他要卖票员“不找零头”,送他“喝茶”,卖票员却坚持要“了清手续”。最后他拉着卖票员的衣袖,要他到旁边“说个话”,而卖票员头都不抬地说:“我太忙,要说话把这些事完了再说。”似乎这位“厚情厚意”的老经验家急了,他声音提高了:“来,我有事,一会就走了,……”对方的回声是仍然自尊地平淡:“好的,说不定我们不久也要到汉口。”

三、离奇消息

在民生公司负责人方面,知道了官方同意民俗轮可以卖票,于是我们一些旅客买票上船。当天已经看到几次变化:有时说官方要封,有时又说可以放行,茶房看形势不对,已经把铺开的卧具收回去了。看看已经不行,晚间公司方面又来喜讯,说民俗半截搭客的办法,仍然交涉成功,我们于是开始重新铺开就寝。

次晨,大概四时光景,我为船上纷乱的脚步声和谈话声惊醒;原来是民生公司南京负责的两位经理,上船通知客人们重大消息,说是差船管理的当局通知他们,民俗轮仍要封差，只是不是开往旁的地方，而是为某部长要在大江中办公之用，并且限令客人们于晨七时前即刻下船，十时某部长即要驾到。这是值得重大思维的消息！已三番五次周折而得了一半自由的船只，在这深更漏夜突然说某部长要在这船上江中办公，岂不是天明后南京军情有什么重大变化吗！当然，战时军事高于一切，我们只好起身准备下船。而且考虑到如果是日机大举轰炸南京，我们就跑到远离码头的空野地上，敬候我们的命运。

幸而来了一只民宪轮，差轮管理员也过意不去，把我们这些如羔羊式的客人再哄上船去，经公司经理提出以民宪替民俗的办法，几经往复，我们才又被放过。

四、无理羁留

民俗轮好容易从下关开动了。四小时的夜航，二十一日晨间三时，到达芜湖。因为预定要装某机关的公物，装好再继续西开。但是到芜湖查问，货并没有到，据负责人说是二十日夜间从南京用火车运芜，则无论如何二十一日晨可到，因为京芜间只有三小时的车程也。然而东等无消息，西等无消息，改装他项重要公物，亦遭坚决拒绝，一直停了二十五小时，在全船愤怒之后，多方说项，仍不能得押船人员之许可，他一切都要等候南京主管机关的命令。货既未到，而天气已晴，久苦阴雨之日机，定在京芜一带码头车站大肆活动。我们无端停在芜湖码头上，不是把已装公物和如许多的客人，一齐放在不必要的危险线上吗？幸船中有黄膺白夫人在，她不愿受政府差船上免票的待遇，而自己购票乘民俗，她本于旅客本身的权利，仗义主持，民俗轮始得开出。开出不久，船中无线电即接南京空袭警报，接着来的消息是：“日机二十二架袭南京！”全船客人无不同声感谢黄夫人。

五、纵谈

船上餐室是大家的俱乐部。

左舜生先生本来是国家主义派的巨头，他籍隶湖南，因此过去和毛泽东林祖涵徐特立诸人有相当的来往和交情。他说毛泽东之为人，生活刻苦严正，相当受中国理学影响。他的岳丈杨昌济有英国“绅士风格”，因他是杨的得意门生，所以亦不无影响。毛在长沙时，不相信“洞庭湖八百里”这一句，他想实验洞庭湖究竟有无八百里，因此穿了湖南木屐，绕着湖走了一圈！

话又转来问李景汉先生，因为他同定县平教会有关系，因此就问起他关于晏阳初先生最近所鼓吹的“农民抗战运动”。目前中国表现着民众运动的有两种方式：一种是政府的保甲运动，一种是共产党所提出以改善人民生活为基点的民众运动；前者是由上而下的，命令式的，后者比较是自下而上，注重人民的自发性；前者是义务单纯的增加，后者是权利义务比例的发展。王又庸先生在杨永泰、熊天一诸氏所主持的剿匪保甲运动中，实施上有不少的经验，他认为那种保甲运动，只是行政机构的延长，为便利政府更切实地指挥民众。这里无民众利益可言，而且组织上只有纵的系统，没有横的联络，这只可以叫做“马尾式的平列”，谈不上“机构”，谈不上“组织”。李先生对于名词上参加了深刻的意见。因此一般说来，晏先生的农民抗战运动，恐怕是仍比较多含战时农民抗战教育运动的成分。

六、李杜时代

因为杜重远先生从芜湖上船，住在李景汉先生原来的铺位，左舜生先生说是：“走了李白，来了杜甫”，大家于是从李杜两大诗人的时代背景，想到今天的情况。生死存亡所系的抗×战争，演变到今天这样重大的局面，而政府官吏及地方政治之表现，又如此难令人满意。田汉先生最近从上海到南京，看到迁都景象，慨然叹息：“如何肉食锦衣者，竟向江干买客舟！”南京凌乱的时候，许多痛心国事的人都慨然念着“金陵王气黯然收”之句，田汉有一天在某青年军人处会着，他知道南京虽然如此令人不快，实际上仍在某几方面有多少进步，国家大局并不因这一班“肉食锦衣者”之可怜的行径而绝望，于是他的诗上又表现着“国事原来尚可为”“金陵王气未全收”了。

似乎李景汉先生感伤得最深。他在河北平原工作之时间很长，然而北平丢了，后来他到绥远、山西，顺次看着绥远、大同、太原之失陷。他离太原南下之时，眼看着增援军队以及伤兵没有车运，而南下火车一列一列的尽是军官和大吏们的家眷、行李、家具，甚至于顶不值钱的木器杂物，也堂而皇之地装在车上！这回他到南京不几天，又遇到南京这样的搬家，“走一处，送一处终！”他感到太无味了。——这种大动乱的时代，构成伟大的诗歌、戏剧和记述的题材。我们可以预料：在这一大时代中，很可能产生比李杜更为充实，更为积极的近代李杜。

七、和不得

南京支那内学院大师欧阳竟无先生，是中国佛学研究上的泰斗，特别在法相宗方面的研究，他有独到的见地，真可以算是这方面光芒万丈的成就；中国名佛学教授汤用彤、熊十力这些大师，都是他的学生。他也搭民俗轮去重庆。现在我们江防重镇的欧阳恪先生，是他的独子。提起“佛”字，令人想起“出世”之想，谁知这位大师出人意表。民俗经理成质夫请他题字，鼓励船员水手，他却写了一篇极有抗战热情的短文，内中有“黄帝子孙决无下人者”之句。随后我问他：“听说有人对于目前战局主和的，大师意见如何？”他听到“和”字，愤怒到非同小可。他本是大头隆准巨目的大师，此时特别张大了龙眼，挺着高鼻，举右手直指我的胸膛说：“和？哪个说和？和不得的！”歇了歇，他又说：“中国过去就误在‘和’字上。宋朝亡国，就吃亏在‘和’字上。如果‘九一八’当时就和日本打仗，东四省就一定不会失掉。现在还有什么可和！讲和就是汉奸，和，就要万劫不复地亡国！”这位老先生，六十岁了，想不到这样有力；他不仅不是感情主义者，对于胜利的途径，仍有他的研究。他说：“只要继续打下去，不怕败，哪怕败到四川、广西；不和，日本就不得了。日本不能令我们屈服，日本又无永远战争的可能：所以终究是我们的胜利！”对于外交与抗战的关系，他也有正确的见解：“不过，此时我们能有力地灵活地运用外交，早些在国际上造成对日本的压力，那么我们可以少受些损失，早点获得胜利。”他为了加强国人的信心，反复说明“黄帝子孙决无下人者”的诸种理由。中国不会亡，一定可以最后胜利，他看得清清楚楚。

（选自《感慨过金陵》，大江出版社一九三八年版）

失掉南京得到无穷

聂绀弩

上海抗战开始后四个月,我们的首都南京失陷在日寇手里了。那时候被困在南京的部队听说有多少师,人数有多少万,在寇军的飞机大炮的追击之下,仓皇退却,夺路而走,所谓“兵退如山倒”,不说直接死于敌人的炮火,就是自相践踏而死的战士听说也要用千,甚至用万来计算。我想南京的市街,那时候一定成了血的长江,血的大海,无论是敌人或自己的战士,活过来的,恐怕都免不了有一双红的脚和腿了。敌人自然是喊杀连天,声威百倍;就是我们的奉令撤退的大军,料想也有悲壮的呼号和怒吼,如果这样,那声音恐怕会遮没了飞机炸弹的声音,吞蚀了大炮和步枪的声音,一句话,人的声音压倒了一切的声音。有人不知道帝国主义国家怎样屠杀弱小民族的人民么?不知道日本法西斯蒂的疯狂到了怎样的程度么?请到我们中国来,在这里,南京的失守,已经不是第一次的大血战,大概也不会是最后一次的。哦!多么大的一笔血债哟!

然而我们的损失还不仅这些。那从异族手里夺回了汉家天下的朱洪武的墓上,那推翻了爱新觉罗氏的统治,一生里高喊打倒帝国主义的孙中山先生的墓上,如今,圣洁的贞女被淫污了似的,有了侵略的脚印了。十年来政府的建筑(这里通常用“建设”)：大学、研究院、图书馆，一切文化事业上的设备，军械库、飞机场、汽油汽车的堆栈、无线电台，一切军事或交通上的设备，都被敌人或自己烧成灰烬了！豪商、小市民、公务员们的产业，贫民的草棚，种田的、种菜的人们的田庄或菜圃一定也给彻底地破坏了，多少逃出了的人民失了业，失了家，离开了家人父子，在百里之外，千里之外，遥遥地望着那龙蟠虎踞的石头城里，从自己的产业，自己的辛勤的成果上发出来的烟火而悲伤叹息！

南京是我第二故乡，我在南京足足住了五年之久。初到南京的时候，城内还没有一条宽阔平坦的马路，街面上尽是破旧低矮的瓦屋。从北门桥到唱经楼那一条又窄又短的小街，在那时候还是南北交通的要道，汽车、马车、人力车和步行的人们，每天都挤得水泄不通，每天都会有几件为了拥挤而发生的争吵，撞伤而至撞死人的事情。至于路边的建筑，更是什么都没有，古拙的鼓楼算是这城里惟一的壮观。一年两年，五年十年，南京完全改换了面目，有了全国最好的柏油路，有了富丽雄伟的会堂、官廨、学校、戏院、商号、饭店、菜馆、咖啡店乃至私人住宅，不说别的，只说那荒凉空寂的玄武湖，在最近一两年去的时候，都几乎认不出是什么地方了。南京，猛进中的南京，繁荣的南京，如今，全被日寇的炮火毁得干干净净了！

然而南京的失守，对于全面抗战决不算是严重的打击，刚刚相反，在无意中倒给予抗战一个莫大的帮助。何以见得呢？这里让我讲一个故事。

有一个朋友是和我同时到南京的，也和我一样是个穷光蛋，凭着一张法政什么学校的毕业证书特地到新的首都来找职业。我觉得他是诚朴、豪爽而又热情的青年，在那时候，像那样的青年，要找个小小的位置还不很困难，似乎没有多费力，就到某机关办公去了。薪资很微薄，他的生活也很简单，他一面做事，一面很努力读书，年纪轻，离开学校不久，对于所学的东西有着不小的自信力，常常表示，只要职业能够保存，只要不至于真正饿饭，对于法学总要继续研究下去，三年两载，总会把研究的心得发表一点出来，一句话，很有点想成为一个法学家的野心。他不但留心书本子，还留心各种各样的问题，像医生看社会上人们的生活，许多都不合乎卫生，许多人的行动都是病态表现一样，在这位未来的法学家的眼睛里，就到处都是无法非法玩法违法的现象。前面说过，他是个热情的青年，无论什么，一认为不满，就表现出极端的愤慨，一点也不含蓄。然而这种态度，和他的生活环境并不适宜，为了这我也曾费过不少劝慰的唇舌，甚至于使他认我为富于妥协性的分子，终于不大和我来往。五年以后，我离开了南京，似乎不到一年，忽然听说他不知由于怎样的因缘，平地一声雷似的做了某某部的司长了。在社会上混了好些年，人多少变得乖觉些了，虽说知道他所学的东西和所担任职务没有丝毫关系，也并没有觉得稀奇，只是想像他那样的青年，既然占得相当高的地位，总会多少认真做点事吧。但是等我再会见他的时候，他已变成了汽车阶级，有一个极其摩登的太太，人发了胖，脸上添了不少的红润，那样子几乎比从前还要年轻些。这自然都不足为奇，奇怪的是他，和我谈了大半天的话简直没有对于任何事情表示不满。从前那种愤慨的辞色，似乎完全绝了迹。

南京的官员们，不，公务员们，有一个共同的嗜好，喜欢买地皮盖房子。旧的南京，本来很少或者说简直没有适当的住宅，连那旧式的不适当的住宅，因为人口增加，房租也被抬高到教人难以相信的程度。于是和机关造衙门一齐，公务员们只要怎样能弄几个钱就把钱拿来盖房子。由于那些公务员们的努力，南京就有了许许多多的什么里什么坊什么村和许多单家独院的崭新的洋房子。每月只有百十块钱的薪水的都有人住着自己的新的住宅，甚至于房子租给别人。大概他们除了节俭之外，还有我们不懂得的办法。

这位朋友既然已经是汽车阶级，盖房子的能力当然比许多人要充分得多，这时候他已经在某某部背后造起了一座相当宏敞的楼房了。我正是在他的府上会见他的，大门以内，正房四旁，是一片青葱的草地，有各种各样的花木，房子的某一边凌空架着不少的鸽子笼，成群的鸽子在旁边飞舞。他告诉我许多种鸽子的名字，出产的地方，购买的价格，以及烹调出来的滋味，他对于鸽子的知识，似乎超过了他的法学的知识，至少是更有兴趣些。那园里的动物，并不只鸽子，还有猴子、兔子、小狗、小猫之类，没有事的时候，他就很高兴地和那些小动物们玩耍。

这房子的楼下有一间宽大的客厅。墙上糊着不知是什么图案的花纸，玻璃窗上绝对寻不出一颗灰尘，浅碧色的细致的窗帘使光线变得比较阴暗，虽然天气已经很热，但在屋子里，纵然没有那天花板下的电扇不停地转动，也正像休息在大菩提树底下一样凉爽。西洋油画，都锦生彩色织锦，宋徽宗、仇十洲以及几个当代名人的书画，挂在壁上；我不能辨认的什么瓷瓶，瓷罗汉，金属的小小的工艺品之类摆在红木案上，收音机，钢琴，书橱，沙发茶几……都陈设在好像由各自选择的一个最适合于自己的位置上，并且各各有一点点糊糊的倒影，被摄进那光亮的地板里；那地板，除了我刚才踏上的灰土的脚印以外，没有一处有半点不应该有的痕迹。

我那时候的心情已经记不很清楚了。对于炫赫在自己眼前的陈设，大概有些羡慕的吧。然而那完全是个陌生的地方，我面前的主人也完全是个陌生的人！我想，这位华贵的私邸里的老爷，不，公务员，就是七八年前的我所熟识的那位穷光蛋么？就是那立志要做个法学家的法政学生么？就是那对于这也不满，那也不满，成天在愤慨里讨生活的热情的青年么？我把周遭的环境打量了一下，又把他从上到下，从下到上打量了一下，发现他和从前那一位，简直没有丝毫相同的地方。啊！一个人的变化是太大了！

我和这位朋友是从小在一块儿长大的，他家里的景况，我知道得清清楚楚，这房子和房子里的一切自然不是他家里原有的东西，却也决不是现在做了官特为从家里拿一笔钱来造房子撑门面的。他家里根本就没有钱，不言可知，都是做了一两年什么长的成绩。于是我一半开玩笑，一半也是真实地说：

"'富贵不归故乡，如锦衣夜行'，只凭这客厅里的这点东西，如果是在故乡，该使多少人缩不进舌头去呀！"

"莫乱说！"他有点忸怩却又很正经似的说，"这算什么呢，这是一种腐化的生活呀！"

"真的么？"我的反问是一种欣悦的表示，我想，他既然知道这一点，总该有把自己拯拔出来的可能，我很希望他能够真正自觉。可是这意思很难找出适当的话来传达，口里只是离题万里似的说："你近来对于法学自然格外进步了？"

"哪里哪里，我的法学知识本来很浅，又丢了几年，早已摸头不是脑了。年纪一天大一天，记忆和颖悟的能力也不比从前，做了官，要办公，要应酬，要帮亲戚朋友想法子……在这种生活里头，还谈什么呢。”

“你不是嫌这生活腐化么？我相信这腐化只是表面，你个人一定还有不腐化的私生活。”

“没有，惭愧得很，真正没有。我只是觉得这种生活不对，有时候还真想摆脱，不过，有什么法子呢？我有父亲，母亲，丈人，丈母，弟弟，妹妹，老婆，儿子，我不过这种生活，这一大家子人就没有饭吃。中国这社会，真不叫玩意儿，把不知多少人的生活负担，压在很少的几个人头上。那些把自己的负担压在别人头上的人们，除了虚荣，除了物质欲望，什么也没有，什么也不懂得，并不说他们有意地这样干，可是事实上却真像摆下了诛仙阵万仙阵一样，向你包围，不动声色地逼你向堕落的路上走。朋友，我不是圣贤，也不是豪杰，对于自己的周围，看不十分清楚，所以不知不觉上了他们的当，而且现在纵然觉察了一点，却已经骑虎不能下虎了！你想像我这样的人在南京，简直要多少有多少，除了做官，还能做什么呢？一句老话：‘文不能当誊录生，武不能当担架兵’，只有还是做自己的官，做得一天算两个半天，自己咀嚼着自己的灵魂过日子！这自然只是我现在的心境，至于不久的过去却比现在更为麻木，成天在设法打洞找升官，找兼差，找发点不义之财的机会。你瞧，这房子这一切，你以为是靠规规矩矩的薪水换来的么？一个月几百块钱够什么用呢？不过，那不消谈的，反正你也不一定懂。虽说你在南京过过几年，政治舞台上的黑暗，官僚们的贪污和卑鄙，那情形你未必真正看见了什么。”

他脸上表露出来的苦闷，证明他的话有相当真诚，可是仍然不知对他说什么的好。于是我撇开他个人，就一般的情形说说。我说，国家的现势，可说是危亡无日，日本强盗随时都准备并吞中国；中国的政治机构如果不改革，政治舞台上的人们如果还不觉悟，一定无法抵抗，怎么这一班官老爷们还在为个人为家庭打算呢？

“对呀，”他说，“中国的政治这样腐败，决不能抵御外侮，不是老早就有这么一句话么？‘中国不亡是无天理’，你说这话在那些官僚们中间引起了怎样的反应？他们说，趁现在还未亡国的时候，多做几天官，多弄几个钱，多舒服几天，日本人一来，就什么都完了。”

这也许是个很高明的见解，可是也是个无药可医的病痼；我想说日本人一来，就什么都完了，也未见得，日本人来了，也需要中国人做官，并且正需要这样的官。不过这话不能告诉他们，一告诉，他们就更无忌惮了，所以当时对那位朋友也什么都没有说。

和这位朋友一别又是几年，最近偶然碰到一个故乡人告诉我说是他死了，起初我还以为是日寇轰炸南京的时候被炸死了的，那位同乡说不是，上海抗战发生后一个星期，他就请了两个月的假，送家眷回乡里，不知怎么，在乡下生了病，假期满了还不能去销假，于是撤了差。近来寇机无情地轰炸南京，南京不知受了多大的损失，他的房子好像也被炸毁了。走的时候仗打得还好，他没有想到会这样的，所以回乡也并不打算搬家，听说房子里很有些值钱的东西；他有病，又丢了官，丢了房子和一切东西，正是火上添油，病上加病，在南京失守以前就死了。

别人说他死的原因是这样，证以从前他对我谈的话，至少死去的心理还要复杂一点。不过我也无暇分析，只是想：他的房子毁了，那房子里的鸽子，猴子也一定毁了；名贵的书画古董，收音机，汽车之类自然也都毁了。他说过，在南京像他那样的人，要多少，有多少，那么，那些什么坊，什么村，什么寓的人，大大小小的贵人公子们是不是也受了和他一样的遭遇呢？纵然不完全一样，也该部分地一样吧；那么，他们要在亡国之前，多享受些舒服的企图，现在怎样了呢？为了生活的负担，为了供应父母妻子亲戚朋友而不能不贪污卑鄙的辩解又怎样呢？

不错，南京是中国的首都，然而是腐化的首都，不足以领导全国抗战的首都，像我的朋友那样的人们的房产的存在就是铁证！现在这首都失陷了，不用说，为了保卫它而牺牲了的战士，是应该哀悼的；文化机关教育机关，可以剿灭日寇的军火储藏机关，以及居民们的室家的被摧毁，是值得惋惜的；朱洪武孙中山的圣地的被淫污，是应该引为耻辱的；日寇的暴行是可憎恨的！然而只是如斯而已，其它的什么建筑之类，自然也是中国人的智力体力财力，中国老百姓的血汗的成果吧；可是都是于国计民生没有什么补益的东西！让那些秦淮河边的歌台舞榭去吧，让那些饭店，咖啡馆，影戏院……去吧，让那什么院什么部的衙门，什么礼堂会场之类去吧，让那些达官贵人们的宅邸和那里头的秦砖汉瓦，巴黎香水，纽约雪花膏之类去吧，在这抗战期间，那些都是无用的废物！

鲁迅先生有一句诗："金风萧索走千官"，现在这般"走"着的"千官"们，回想起在南京的高楼大厦及一切，是不是像做了一场春梦呢？如果是，现在是觉醒的时候了！彻头彻尾地忏悔吧，革面洗心地改过吧，诚心诚意地感谢抗战把你们从腐烂生活中拯救出来了吧！能够这样，没有了南京那腐化的首都，无论在什么地方都可以建立起一个坚强的能够抗战到底的新的首都来；能够这样，我们一定可以收回南京和每一寸失去了的土地。

南京是失陷了，然而官老爷们的腐化生活的凭借，贪污卑鄙的成绩，也在被摧毁了，如果这能够促成他们的觉醒，加强他们抗战到底的决心，于民族解放运动的前途是有莫大的利益的。失掉的是南京，得到的将是无穷。

（选自《历史的奥秘》，桂林文献出版社一九四一年版）

南京杂忆

许钦文

一九二一年，我在北京交通部铁路职工教育讲习会毕业，被派到南京的浦镇办铁路职工学校。浦镇是个小地方，因有机车厂在这里，工人很多，所以津浦线上的三个铁路职工学校，就有一个办在这里。学校是晚上上课的，日间有空，我可以从浦口坐船渡过长江，到南京城里去走走。走得口渴了，照例到夫子庙去喝茶，吃豆腐干丝。那豆腐干切得细，麻油浇得多，的确是清香可口的。有时也就在那里吃碗八果饭，当作了午膳。从茶馆里出来，往往就近走到秦淮河边去站一下，只觉得冷清清，不似西子湖畔热闹；人说秦淮河的热闹在晚上，但晚上我要去上课，不能赶这个热闹。所以，我终于不明了秦淮河的热闹是什么一番景象。

尽管如此，我还是常常在日间渡江到南京城里去走一走，看一看，寻访鲁迅先生到过和提到过的地方。

我在到浦镇以前，已在北京大学旁听过鲁迅先生的课，如《中国小说史》等课。我总觉得他的语调有点特别，既非绍白，也不是北京话。及至在浦镇住了些日子，才发现鲁迅先生说的是“蓝青（南京）官话”。他在南京读过三年多书，这原是很自然的。“没得”两字很明显。

下关江边
(一九三〇)

有一回，孙伏园从绍兴探亲归来回北京去，到了南京才知道大水冲断了津浦铁路。北上不得，只好到职工学校里来暂寓。那场水真大，浦镇街上可行舟，教室变成了池塘，楼梯已有三级浸入水中，学校不能开课，我们也出不得门，只好夜以继日地随便谈谈。孙伏园在绍兴时就是鲁迅先生的得意学生，那时正在北京编《晨报副刊》，刚登了《阿Q正传》。鲁迅先生和他的作品的许多事情，都是伏园这时候告诉我的。他谈到“阿Q”读做“阿鼠”，认为Q是个老鼠的背影，下面的一弯就是老鼠的尾巴。其实，《阿Q正传》的第一章上说得很清楚，桂、贵读音相同，只有写法不一。但有人偏要凭空瞎猜，又有什么法子呢？解放以后，我从《鲁迅小说助读》开始，陆续写了《〈呐喊〉分析》、《〈彷徨〉分析》、《鲁迅先生底幼年时代》、《语文课中鲁迅作品的教学》等书，究其根源，与当年在浦镇和伏园的畅谈是不无关系的。

南京是六朝古都，我也知道南京多古迹，无奈经济困难，只靠两脚走不远。于是，在进城而外，我就眺望那苍翠的狮子山，观看那江中的点点白帆缓缓地在山前移动。这无须花钱，也无须赶到江边去看，站在浦镇的高处就可以望见；而且观望时是面向家乡所在的南方的。望了白帆，未免低头思故乡。终于，在一年多以后，我接受了浙江第六中学的聘书，到台州去了，一则是乡情眷恋，另一则也因为那里的薪水稍多一点。

我走了，我离开南京了，但我的心情并不那么坦然，那么宁静。我觉得，我和南京、南京和我之间，总有着那么一种影响至今的关系，虽然我一下子也说不清所以然。

（选自《情系金陵》，南京出版社一九九二年版）

雪深一尺忆师门

唐圭璋

我以一个零丁孤苦的幼儿，竟能活到八十开外，并且还能在大学任教，还能进行科研工作，这都是由于解放后党对我的无微不至的关怀照顾，同时，也是我求学时期几位恩师对我循循善诱，谆谆教诲的结果。

我在南京上过小学、中学、大学，也在南京教过小学、中学、大学，除开八年抗战在重庆的大学里任教，解放后在长春的大学里任教三年外，整整七十年的光阴都是在南京度过的。回忆往事，历历在目，但对我一生影响最大，印象最深的，莫过于我在小学、中学、大学所受教的三位恩师。

我的小学恩师是陈荣之先生，他是奇望街小学校长。他了解我父母双亡，无依无靠的身世，同情我寄养在舅父家的困难处境，他不收我学费，还供给我书本文具，经常要我到东牌楼他家去谈心，安慰我不要悲观失望，勉励我好学上进，做一个品学兼优的人。在当时那样困厄境况中的我，得到陈先生慈祥的慰藉和物质上的支持，就好像和煦的春风，吹拂着曾经受到严冬的冰霜雨雪侵袭过的幼苗，使我获得温暖，获得力量，也更加启发我勤奋苦读的意志。在陈先生亲切的关怀与严格的教导下，三年中，我的学业进步较快，终于获得南京全市小学毕业会考第一名。陈先生这种扶危济困的高尚情操，为我后来的立志于学打下了坚实的基础，使我终生难忘。

我的中学恩师是仇埰先生。我在奇望街小学毕业后，考取了南京门帘桥江苏省立第四师范学校，校长就是仇先生。他是教育家、书法家，又是词人。他家住金沙井，藏书很多，他所延聘的国文教师，都是饱学的老儒，如刘辑之先生、王东培先生都是直接教我的老师。因此，在中学阶段，我对于历代散文的学习与欣赏，有了进一步的提高。“五四”以后，我师范毕业，仇先生退休居家，专治词学，他辑过《金陵词钞》，又自作《鞠䜩词》二卷。由于共同爱好词学，我们师生间的情谊更加深厚。抗战发生，我避地蜀中任教。他留居上海孤岛，三年后回南京旧宅，杜门不出，高风亮节，令人敬仰。我三个小孩留居南京利济巷岳家，他还亲往看望，并多方安慰孩子。他每函寄我，密行小字，动辄千言，深情垂注，至为感人。抗战胜利，我归南京，想不到他已逝世，灵前一拜，痛悼万分。我曾填《绛都春》词，表示我对他的深切怀念。词云：

愁痕一线。念彩笔尽题，江南归晏。细雨夜窗，相映孤灯应肠断。西园竟日飞莺燕，奈一霎，芳菲都变。佩兰餐菊，沧江自卧，白头吟倦。

难见。投荒万里，四年共负却、秦淮春晚。泛棹媚香，买醉吴宫，风流散。红阑俊语承平惯。怅此际、乌丝泪满。高楼凝望依依，暮云寄远。

我的大学恩师是吴梅先生。我进的是南京东南大学（旧址即现在的工学院）。我在师范学校学习阶段，只着重诗文方面，对于词曲，虽也爱好，但涉猎不多。吴先生是现代词曲大师，他从北大来到东南，便开拓了词曲研究的风气。先生理论结合实践，吹、唱、写作，无一不精，教学认真，精批细改，态度慈祥，诲人不倦，及门受惠成才的学生很多，我就是在他的熏陶下走上词曲研究的道路的。春秋佳日，先生常率领我们学生游览南京名胜古迹，每到一处，他都和我们填词作曲留念。有时我们师生也来到“夜泊秦淮近酒家”的地方作词唱曲，尽欢而散。先生家住大石桥，课余，我们学生常到他家练唱，玉笛悠扬，晚霞辉映，师生唱和，其乐融融。先生对我在词学上的研究工作，不辞辛劳，大力帮助，先后为我作过《纳兰词笺》序、《宋词三百首笺注》序、《词话丛编》序、《全宋词》序、《宋词纪事》序，每念及此，不禁临风怀想，铭感难忘。抗战军兴，先生避地湘潭，我曾去看望他，以后我入蜀，即不闻先生消息。一九三九年，先生病逝于云南大姚，噩耗传来，心伤已极，曾作《虞美人》词，以志悼念。词云：

乱山迷雾姚州路，不道騹仙去。两年避寇走天涯。白发飘萧、日日望京华。

豪情曾击琼壶碎，几度青溪醉。水磨白苎寂无闻，莺老花残、空忆石桥春。

（选自《情系金陵》，南京出版社一九九二年版）

玄武湖忆旧

程千帆

一九二八年秋天，我由于一个偶然的机会，从武汉沿江东下，初到南京，成为金陵大学附属中学(今第十中学)的学生。四年之后，进入金陵大学中文系，开始了其后几十年的学术生涯。

一九七八年秋天，我同样由于一个偶然的机会，又从武汉沿江东下，重到南京，成为南京大学(前身为中央大学和金陵大学)中文系教师。其间相距，恰恰是半个世纪。

看来，我和南京的缘分真是不浅。如果仔细回忆起来，可以写一本厚厚的书。但这不是我所能办到的。因此，我只想谈谈三十年代的玄武湖。我这个江南游子，几十年来，一直对它保持着美好的记忆。

那时，当然有着如今天所见到的水、洲和将这些环绕起来的城墙，但没有今天这么多的建筑、道路。它宁静、疏朗，充满了野趣。它是城市中的山林、江海。它"别有天地非人间"。当你在紧张的工作、学习之后，到湖里荡船，在洲上散散步，都可以迅速地弛缓神经，得到休息。记得汪辟疆老师有诗道：

五洲公园(玄武湖)
(一九三四)

北渚阻城闉，
未觉江湖远。
花时共经过，
冷处偏着眼。

那时，玄武湖还没有现在这么多的牡丹、芍药、月季、玉桂，但樱洲却名副其实，每到春天，便开满了樱桃花。再过些时，珊瑚珠子一般的樱桃便上市了。而到了夏天，则满湖都是荷花，不仅开时似“水殿风来暗香满”，而且一直到深秋，还“留得残荷听雨声”。所以汪先生的诗，的确传出了当时这一胜地的丰神和特色。

那时，游湖也就租用渔船。行船主要用篙撑，而不用桨划。如果你不会的话，就可以请一位渔家姑娘来撑。她们性情温和，体格健美，而且熟悉南京的历史传说、民间故事。请她们作导游，是很愉快的。在她们当中，有一位姓夏的，颇有美名。在我的金陵感旧诗中，就有这么一首：

四十年前侧帽郎，
北湖千顷踏秋光。
重来一事增惆怅，
不见风流夏五娘。

也许她还健康而快乐地活着吧，我想。我也这么祝愿。那时，每逢微雨的秋日，我就上台城登眺。从九华山附近登城一直向西走，随着视野的移动，玄武湖的风光尽收眼底。而烟雨迷蒙，远山近湖，若隐若现，眼前斑驳的树，脚下枯黄的草，比起万紫千红的春景，又是另外一番境界。春景使人蓬勃、热烈，而秋景则使人冷静、清醒。

岁月的流逝，淘洗掉了许许多多一度保存在记忆中的东西，但有一些，却是永远难以忘怀的。

（选自《情系金陵》，南京出版社一九九二年版）

六朝古都二度游

徐铸成

不是说我生平只游过两次南京，而是想回忆一下最难忘的两度。

第一次在一九二三年，距今恰已一“花甲”了。那时我考进无锡省立第三师范只有一年多。学校有一个春游的制度，预科生游苏州，本科一年级游镇江、南京，游程是四天。听说最初的几届，四年级曾去过日本——那时去日本不需签证，后来改为去北京，旅费绝大部分都由学校支付。目的自然是为了增长学生的见识，扩大眼界，也为了参观当地的学校，为将来当好小学教员积累些感性知识。

当时的南京，还在北洋军阀齐燮元的统治之下，马路高低不平，黄沙滚滚。三天的游览，除了从下关到寄宿的学校（好像是第一女子师范，因为她们也去外地旅行了。是否如此，我的同班学长管文蔚同志可能记忆得更清楚），来回坐过一段小火车外，全是步行。三天之中，几乎游遍了金陵所有的名胜，包括雨花台、明孝陵、玄武湖、莫愁湖、台城、鸡鸣寺、燕子矶，等等，尽管青年人游兴浓，腿力好，每天回到寄宿处，一坐下来，两条腿再也抬不动了。

那次旅游，迄今留下最深刻的印象。一是当时南京的水实在太混浊，喝口开水，也是黄澄澄的，煮的粥，还带一股盐味。二是莫愁湖实在清丽诱人，结构曲折有

雨花台江南第二泉
(一九三〇)

致,一池碧水,透出新长的荷苗,四周有垂柳繁花,好像比前一年游过的苏州园林还逗人留念。

另一次是一九四九年百万雄师渡江后不久,我们一批朋友,从北京南下,等待上海的解放。离京前夕,敬爱的周总理——当时大家还称为周副主席,特地在居仁堂为我们饯行。那时,铁路交通还在加紧抢修之中,专车从北京出发,历三天三夜才到徐州,淮河大桥尚未修复,徐州以南还不能通。改坐汽车,颠簸了一天才到蚌埠。第二天清晨即继续动身,又行驶了一整天。沿途的收获倒不少,顺路游览了传说朱元璋少年出家的皇觉寺,也曾在"环滁皆山也"的醉翁亭旧址打尖了一阵,深夜才到达浦口,大江中一片漆黑,只有昏黄的点点渔火。接待同志用手电筒照着搀扶我们上了特备的渡轮。过江乘车到了市军管会,刘伯承司令员和宋任穷副司令员——当时的军管会正副主任以及副市长柯庆施都热情地等候着接待我们。当时,这位"柯老"留给我很好的印象,他谈笑风生,平易近人,没有后来那副"一贯正确"的面孔。

我们被招待住在原国际俱乐部,第二天起自然又去游览名胜古迹。首先是去瞻拜雨花台烈士墓道,其次是游已改称五洲公园的玄武湖,其它古迹变化不大,莫愁湖已完全荒圮了,令人不胜惆怅。我还应学生会之邀,去中央大学作了一次报告,因为学生们都关心解放后的北平情况和对新中国的展望。

南京新闻界的进步朋友,接待我和王芸生、杨刚、赵超构、李纯青等同业特别热情,不时来访晤,还特地在夫子庙附近一家有名的酒店款宴我们,石西民同志也欣然参加。旧友重逢,热情如沸,大家都在盛年,豪情满怀,我记得喝干的酒壶,排列了"一字长蛇阵"。

从此以后,我没有再认真地游过南京,当时的胜侣,至少都经历了十年的坎坷,杨刚、王芸生等同志且已成了古人,其余的,都已华发盈颠,最轻的,也已年近古稀了。

而我对南京的怀念,则与日俱增,因为听说特别在这几年中,大力整顿、建设,她已更加年轻了,更加迷人了。

(选自《风雨故人》,浙江人民出版社一九八五年版)

怀念故乡南京

万籁鸣　万古蟾

每个人对故乡都怀有亲切的感情，这是“人之常情”。而我们对故乡却怀有非同一般的感情。我们对她如此眷恋、钟爱，以致几回梦里神游故土。这不独是因为我们生于斯，青少年时代长于斯；尤为重要的，是故乡曾经在我们幼小的心灵中，播下过艺术的种子。

我们未满二十岁就为谋生离开了故乡。足迹经过长城内外，大河上下。各方相处，语言庞杂，如果从中听到一声乡音，我们总有心灵震颤的感觉。“啊，是故乡来的！”不论识与不识，我们总要邀约这位同志相对聊天。我们尝过各地的山珍海味，佳馐奇肴，总认为比不上故乡的板鸭、香肚、小花生米……特别是一碗香喷喷的泡炒米，加上一个水氽蛋，佐以一根红萝卜干，真是风味无穷，百尝不厌。大概是“敝帚自珍”吧，然而这却是无法抑制的感情。

一八九九年十二月，在故乡半边营，我们两人在同一天呱呱坠地。我母亲共生了七个男孩。我们俩是老大、老二，下面还有超尘、涤寰等五个弟弟。我俩和弟弟们整天爬上滚下，叽叽喳喳，把全家闹得难以安宁。半边营父老今天如健在，定能回忆起我们这群“猴子”的顽皮劲。父母无奈把我们赶到院子里去。记得旧居的院子狭小得转不了几个身，那里树枯枝老，花草稀疏，地面坎坷不平，且时有碎砖绊脚，但在当时我们弟兄眼里却是个广阔的天地。我们弟兄在那里尽情玩耍，从而使我们对花卉虫鸟发生了浓厚的兴趣。

小院怎么锁得住我们七弟兄的童心？母亲安排我们围坐一张方桌，买来画册、纸笔要我们习画，以求太平。母亲哪里知道她的此举却为我们弟兄开拓了通向美术领域的道路呢！母亲心灵手巧，会绣花、剪花样。每到晚上，为了哄我们早点睡觉，便借助灯火，用灵巧的双手在粉墙上为我们做各种手影。那灵活生动、维妙维肖的手影使我们着了迷。母亲又哪里知道，她的这些迫于无奈的手影动作，竟成了我们兄弟几个走上动画片道路的启蒙。从这个意义上说，母亲确确实实是我们最早最好的启蒙老师。

我们进了离半边营旧居不远的私塾。学馆里一个典型的私塾老师形象逐渐出现在我们的笔下。我们热爱画画，并且进展神速。我们暗暗下了决心，立志要终生从事这一事业，这实在出乎“望子成龙”的父母的意外。在当时封建社会，绘画被视作雕虫小技，为人所不齿，是有辱“门庭”的；加上家境不裕，无力延师，而无师怎能自通?！困难是可以想像得到的。摆在我们面前的只有一条路：刻苦自学。那个自学与我们今天讲的自学相比，条件就差远了。父亲严厉地阻止我们学画，一经发现就扭着我们耳朵厉声呵斥。又是母亲这位启蒙老师，她见我们立志学画，夙志未懈，先是佯作未见，后来劝说父亲让我们两人走自己想走的路。

说来也奇怪，我们的另一些启蒙老师竟是夫子庙画室中那些穷极潦倒不知名的画师。半边营距夫子庙不远，经过乌衣巷，一溜小跑就可到达。当时的夫子庙确是个迷人的地方，说书唱戏的，跑马卖艺的，拉洋片看西洋景的，捏面人和卖泥人儿的，叫卖各种各样小玩艺儿的，不多久我们就看腻了。惟独夫子庙贡院西街一带的画室却接连几个寒暑吸引了我们。我们伫立在窗外，被画师们的手笔所折服，被画上的山水人物所迷恋，一站就是二三个小时，直到天黑才悄悄地溜回家去。我们偷偷地观察，回家就在灯下苦练，记得当时我们望着那些衣衫褴褛、满身油污的穷画师们，既同情他们的遭遇，又慨叹他们的高超笔力。

夫子庙前的摊贩和卖艺人
（一九二五）

当年秦淮河畔的杂耍场上，经常有民间艺人演出皮影戏。皮影戏中的人物舞枪弄棒，腾云驾雾，能说会唱，可比母亲的手影高明得多。我们七弟兄就在自己家里做试验，到后来，质量并不比杂耍场上演的差。“静止的人物真能动起来?!”从此我们脑海里经常思索着这个问题。皮影戏是我们心灵中最原始的“动画”雏形。动画——这颗在我们心灵中播下的艺术种子开始萌芽了。

我们在故乡旧居的油灯下，从少年到青年，坚持习画达十年之久。学画稍久，对画艺领略渐深。我们对古今巨匠名作，无论山水、人物，工笔、写意，无不悉心研摹。当我们的年事渐长，对石恪、梁楷、老莲作品，尤为倾心，受益甚多。后来西洋绘画技术传入我国，我们就专心于写生、学习，掌握其法则、规律，又旁及油画、雕塑、漫画及人物解剖等。我们两人穷年累月习画，画路就更宽了。我们尝试采西画所长，融于国画之中，扬长避短，逐渐形成了自己的绘画风格。在此同时，我们转而从事中国式动画的探讨和实践。特别是有了党的领导后，使我们在美术电影上逐步有所建树。

故乡，我们幼小心灵中播下艺术种子的地方，我们永远不会忘却您对我们的培育之情。“人杰地灵”的故乡，必将培育出一代又一代各行各业的专门人才。

（选自南京《周末》报，一九八二年四月十日）

闲忆南京

孙　望

南京，名副其实是我的第二故乡。我原籍江苏常熟（如今我出生的乡村已划归沙洲），但自十九岁（一九三〇年）来南京后，其间除八年抗战外，至今我已在此定居四十六年了。进高中，上大学，固然在此，以后长期工作也是在此。寝于斯，食于斯，呼吸于斯，南京供给了我生命所需的一切，无怪我对它有特殊的感情。

南京本是一座残破衰败的古城。在我记忆里，当年自下关一进挹江门，由此向南，大片地段遍布着野田水塘和竹园丛林，靠城西北一隅，则岗阜起伏，溪壑回纡，间亦零星地散布着一些村落茅舍。一派荒芜的景象，只能发人惆怅悒郁的思绪。

南京陡然成为一个政客角逐、官僚蝇集之所，是国民党政府建都以后的事。从那时起，官署衙门，不断营建，歌楼酒馆，应运而兴。特别是如今北京西路、西康路、宁海路一带栉比鳞次的花园洋房，那都是当年达官显贵们的私邸。这些豪华的“王侯第宅”，与城南一带老百姓聚居之所的住屋，形成十分鲜明的对比：一则结构精致，环境幽美，院落宽敞；一则巷道湫隘，房屋古老，污气窒人。我来南京之初，就曾在这后一地段的乌衣巷一带赁屋而居。

本来，秦淮河畔，乌衣巷口，当东晋“王谢”氏族鼎盛的年代，这里是赫赫高门所在，怎容得平民百姓徘徊溜达，而今我居然能在此落户！因此，尽管我的赁寓不过是陋室一间，但却往往引以为荣，意气之间，不免略带几分自豪。

自乌衣巷跨过文德桥便是夫子庙。夫子庙，理应是个隆礼崇圣、气氛极其肃穆的地方。但事实却不然。在国民党政府管治下，谁不知道这夫子庙乃是个藏垢纳污、淫娱风韵的去处！每当华灯初上，茶座始开，人们便可听到嘹亮的珠喉，伴以繁弦急鼓，杂以"谑浪笑敖"，透过沿街扇扇窗户，汇成"洋洋盈耳"的交响。这情景，与当局所标榜的祀孔圣域，是多么地扞格！

城南赁居期间，我还是个中学生。乌衣巷、秦淮河、夫子庙，每天来回穿梭，见闻所及，对我印象最深的就只这些。

随着考取大学，我终于住进了学府的黉舍。由于我出身寒门，胸无大志，所以除讲堂、课本而外，一向"两耳不闻窗外事"，同学们惯于把我归入"循规蹈矩"的一流。但我却自知，实则我也并非那么淳净的。因为每当块磊在胸，无可排解时，我也会发而冒"犯上"之险。以一九三四年为例，我就曾和几个同学，跟作为"民族主义文学"鼓吹手之一的王平陵氏，在笔墨上干过几阵。

事情是这样的：自一九三〇年六月，所谓"民族主义文学运动"敲起锣鼓后，好不容易挣扎了一年又半，就被鲁迅先生为首的左翼作家们击溃了。王氏惨败之余，深知中华文坛已无他立足之地，遂乃退守南京，据为封域，以为江东虽小，亦足以自王。他秉承二陈（陈果夫、陈立夫）意旨，主编《文艺月刊》、《读书顾问》等杂志，加上《中央日报》副刊的配合助威，发号施令，俨然以"青年文学导师"自居。这对于我们这些未出茅庐，还没见过世面的学生，颇不习惯。于是略一聚议，便组成了一个文艺社团，借《新京日报》副页，编了一个"春风周刊"，以与王氏相周旋抗衡。揭竿发难的文章是《论姿势》和《中国需要的作家》。此后每期都刊登一些批评讽刺的稿件。那时还有《新民报》、《大华晚报》等几家副刊，也写文响应，这就使得我们的"青年文学导师"大为伤神。举笔横扫罢，则须考虑到这些无名小卒，难道犯得着"导师"爰整貔貅，亲加挞伐吗？再说即使横扫，急切之际，又哪里能扫得干净！为防止事态的发展，王平陵终于甘受委屈，收起"导师"的招牌，向小卒们认错，并自认晦气了事。

从过去的生活琐屑中选这一小事来回忆，目的只是想说明：在国民党统治年代的南京文艺界，并不象有些同志所设想的那样是死水一池，连半圈涟漪也吹不起来似的，如此而已。

至于发难文《论姿势》的执笔者，即当年的程平凡，而今的程千帆先生者是也。解放以来的南京，不只气象全新，抑且本质迥异，这是人所共见的，不再多所罗唣。

一九八三年十月十五日

（选自《情系金陵》，南京出版社一九九二年版）

秦淮夜话

曹靖华

一

斜晖投到琉璃般的秦淮水面上，抽出万缕金丝的时候，一辆汽车，在汉中路牌楼巷旧五十一号门口停下来。一个中等身材、两鬓霜白的人，对大门打量了一番，进到长方形的院子里。

景物依旧，人事全非。梧桐的绿荫，已经长得把半个院子都罩严了。绿荫下，一位小姑娘戴着红领巾，一边温课，一边帮一位年迈的妇女学文化。两个小一点的孩子，聚精会神地在旁边堆积木。

这位不速之客，向前走了两步，说：

“对不起，同志，打扰你。谁住在这儿?”

说着，抬手向跟前一所座北向南的西式平房指了一下。

“我住的。啥事?”主人反问道。

“对不起，我取封信，是不是可以?”

“信？谁的信？在哪里?”

“我的信,一封普通的信,在这屋里。”

“你的信？在这屋里？真怪！我们从来没见过什么信。你的信怎会跑到我屋里?”她没待客人回答,就反问道:

“你是哪里来的?”

“北京来的。”

“北京？北京人的信怎会跑到南京人家里？真怪！咱们一点也不认得呀!”

“不认得没关系,信不妨让我取回。”

“真怪！我打解放就住在这里,咱们从没见过面,我家从来没有别人的信呀。”

“不过,有我一封信。我解放前是这儿的住户,有一封信,当时不能带,现在想顺便看看,把它带回去。可以让我进去看看吗?”

“看看,当然可以。不过,说老实话,什么信也没有。”

她一面说,一面起身让道:

“走,愿看就进去看吧。”

她说着,陪客人进去。客人象到自己家里一样,那么熟悉,那么自信地穿过一道门、两道门、三道门,最后,在极僻静而少人走动的后墙脚停下来。定神一看,呵,那块三寸来宽,二尺多长,没钉死的地板,依然照样靠墙铺在原地。真怪！地板呀,它无言地躺在那儿,直如久共患难的亲人,几经生离死别之后,又意外重逢,满腔心事,化作一片沉默似地对着他。

这时,他却突然迟疑起来,不敢直然去揭那地板了:一别之后,经过地覆天翻的变动,它还会在这儿吗？要是不在,那该多唐突啊……

唉,管它呢,既来之,则试之！他怀着赌场上赌客揭宝盒盖那种心情,弯下腰,轻轻儿把地板一掀,嗨,黑洞洞的地板下,一个西式信封,依旧白闪闪,直挺挺地立在墙跟前。这时,他象不曾失手的魔术师,把变得了的戏法,从地板下掏出来,说:

“就是这。没丢,也没烂。”

“真怪！……竟有这样怪事!”主人恍恍惚惚,如堕入梦中……

这所房子现在成了一个小工厂的工人家属宿舍。工厂党委书记路过，见门口停着一辆小轿车，就问司机：

“哪的车？”

“交际处的。”

“送谁的？”

“一位全国人大代表。”

“全国人大代表？找谁？什么事？”

“不知道。好象顺路随便看看。”

“看看……全国人大代表……真怪……”

书记边说边往院里走着。在院里听说这位不速之客来取一封莫须有的信，更奇怪起来。这时客人正出了房门，在院里碰着书记！

“真有信吗？”书记问道。

“有。”

“什么信？”

“一封平平常常的信。”

“谁的信？”

“我的信。”

“谁写的？”

“不相识的人写的。”

“可以看看吗？”

“现在当然可以了。”

说着，客人顺手把信递给书记。书记将那信封中间因年久受潮变色的，几乎要破的一页信，轻轻展开，一字不放地仔细看着、看着，眼睛随着一行行的字，越来睁得也越圆了。看后，正迟疑问，客人怕书记为难，便先开口说：

“书记同志，咱们互不相识，凡事认真总好些。公事公办，我把信暂留你这儿，随后找有关同志凭证件代取，好吗？”

"有交际处,况且全国人大……本没什么。不过,你说得对,认真总好些,就照你说的办吧。"

书记说着,随手从兜里掏出笔记本,写了一张权作收据的字条,撕下交给客人带走了……

二

秦淮河岸上,一座雅洁舒适的旧茶社,楼上临河隔成一间间的阳台,同每个房间相连。阳台上摆着藤躺椅、茶儿。两位客人安闲地躺在藤椅上品茶、谈天。他们貌似闲适,可是一天的劳累,虽然不曾从面容和举止上消失。阵阵轻风,似在尽心尽意代他们驱除疲困一样,轻轻儿拂着、拂着。月牙儿不知何时悄悄儿爬到对岸树梢上,窃听着他们款款面谈的秦淮往事。

秦淮呵,千百年来,多少苦难女儿的血泪,随着你这无情的流水逝去了!

秦淮河水缓缓流,
万载千年不到头。
盈盈秦淮苦人泪,
流向何处向谁诉?

"……唉,世世代代,秦淮河上被凌辱与被践踏的女子,当年都真正哭天无泪啊。"主人喝了口茶,从容闲适地叙说着。客人屏气凝神地静听着:

"当年这华灯初上时候,正是秦淮河上最热闹的时候,正是贪官污吏,特务把头们寻乐逞霸,为非作歹的时候,也正是为饥寒交迫的女子饮泣吞声,惨遭践踏的时候。倾秦淮之水,也写不出她们的悲惨遭遇于万一啊。日本投降后,特务们卷土重来,在这儿为非作歹,寻乐欺人,你一点孝敬不到,就要挨骂挨打,甚至被打伤打死,被推到河里活活淹死……有个歌女小红,她姐姐就是被特务一拳打翻到河里淹死的。当年小红阅历浅,不懂这些'世道',跑到警察局去告,在门口碰着警官,那满脸横肉，杀气腾腾的家伙，不问青红皂白，劈头骂道：'你们这些贱货，不小心孝敬爷们，死了活该！'接着问：'你叫什么？'她答：'小红。'警官没听完，凶神一样，把两道浓眉一扬：'妈的！光你这名字就该砍头！不用说你那婊子姐是大红了。该死！一切红的都罪大恶极，全该烧光、杀绝！……'小红象雷轰一样，脑子嗡嗡直响，转身飞跑了。倘迟一步，两条腿都会被警棍打断呢。她一口气跑回家里，左思右想，死都不明白为什么连自己的名字也犯了法，'光这名字就该砍头'。不明白也不敢问人。过了好久，有人才含糊地悄悄说：'红的就是革命，革命就是共党，共党就该砍头……'可是到底为什么？不懂。不懂更不敢问。这以前，一家六口，全靠她姐妹俩卖唱过活。现在生活重担，全落到她一人肩上了。特务呢，敲诈威逼，日甚一日。她提心吊胆，生怕再遭到与姐姐同样的下场。"

主人停了一下，点起一支烟，深深吸了一口，继续说：

"小红确实好，年轻，聪明、正直、淳厚。南京少有的好嗓子。可是这日子怎么过下去呢？这世道怎么熬下去呢？她是有心人，不甘心同流合污，醉生梦死鬼混下去。可是世道，世道呀，这怎么熬下去呢？她日夜想着这要命的问题。有一天，她不知从哪听来什么共产党、八路军、新四军这些话。听说这些人都是最公正，最好不过的人，是特务、把头们的死对头，是穷人的救命恩人。这些人一来，世道就变了，穷人就翻身了，都安居乐业了。她听到这些话，不懂也不信。觉得这大概都是唱本上的，都是闲人故意编的，都是哄人的。秦淮河的水不会倒流，人吃人的世道也永远不会改变。……可是，日久天长，她悄悄儿听到一人这样说，十人这样说，况且说的人又全都那样正派，可靠，不知不觉她半信半疑起来，心想：'这要是真的多好啊！这样好人都在哪里呢？……'"

主人从容地喷了口烟，喝了口茶，缓缓的说：

"盈盈秦淮苦人泪，流向何处向谁诉？秦淮河水不知又送走了多少苦人泪，更不知经过了几许周折之后，她终于找到可以向他诉苦的人了。经过培养，她作了不少工作呢。她机智、沉着，尤其善于运用自己的有利条件。这样，敌人的什么鬼胎、黑名单等等，就源源而来。说起黑名单呀，你的名字总是跑不了的……"

“可以进来吗?”

好象谁拿一把飞快的剪刀,从连接阳台的室中间,冷不防把这缓缓抽着的活丝剪断了。

“请进来,取来了吗?”主人从藤躺椅上坐起欠着身子说。

“取来了。”通信员同志进来,把一封信递给他,问道:

“还有事吗?”

“没有了。”

通讯员同志转身出去,主人把信递给客人:

“就是这信吗?”

“是的。你看看吧。”

主人起身把门楣上太阳灯管的拉绳一拉,柔和的白光闪了一下亮起来。他依旧回到藤椅上,展开信看起来:

敬爱的××先生:

我是一个爱读先生书的青年,长期受到先生书的启发和影响,对先生一直怀着仰慕之心。近受生活煎迫及求业无门,不得已来到这志与愿违的机关里混饭吃。顷见一张名单,上边不但有先生名字,而且名列前茅。本来,当局早就准备大举捕人,因国际观瞻所系,有所顾忌,现决定要下手了。我受良心的驱使和对先生的仰慕,特函奉告,希迅即远走,免遭毒手……

×八月二十二日

读毕问道:

“这哪年的事?”

“一九四八年。那两年我不断收到怪信,接到怪电话。我决定北上,动身前,又收到这封信。看后,随手掀起家中后墙跟前一块没钉死的地板,把信放下去,照样盖好，就扬长离家远走了。不料事隔十年，历尽沧桑，它却依然无恙……”

主人本想接着就信所勾起的满腔心事聊去，不料还没待开口，客人的发问就又把谈锋又扭到原题上了：

“请问，小红的下文呢?”

“小红？……后来卖唱也不可能了，辗转托人在一个毛巾厂当女工。就那，每天下工回来，受特务敲诈欺压。真是上天无路，入地无门！她咬紧牙关，决心在荆棘丛中闯下去。快熬到天亮了……”

主人怕是因心血冲击过猛吧，话突然中断了。他重新凝聚了精力，继续说：

“快熬到天亮了，在解放大军渡江前两天，也就是那个特务刽子手滚的那天，在黎明前，他带着一铁桶火油，一把锁，乘一辆美制小吉普，来到小红家门口，轻轻把门一锁，把火油往木板墙上一浇，一把火把全家葬在里边……邻人谁敢开门，就给他一枪。特务看着房子烧完才狞笑着滚开了……”

月牙儿听着这些秦淮往事，听着，听着，似乎听不下去了，不知什么时候从柳梢上悄悄溜开了。月牙儿的心肠怕是最软的。其实呢，秦淮的一切惨事，她比谁都知道得更清楚呢……

阵阵歌声，从水上传来：

秦淮河水缓缓流，
万载千年不到头。
百万雄师过大江，
血泪秦淮变清流。
万年垃圾全除尽，
艳阳当空照神州……

一九六四年秋于北京

（选自《曹靖华散文选》，陕西人民出版社一九八三年版）

重游玄武湖

许幸之

当我还在“上海美专”学画的少年时期，已经读过倪贻德同学在创造社的刊物上发表的《玄武湖之秋》的散文。在他的笔下，把玄武湖描写得十分妖娆、迷人。从此，我便常常憧憬着这个湖的明媚风光。

一九三〇年，由于“中华艺大”被国民党反动派封闭，我不仅受到迫害，而且面临着失业的悲哀，于是写信去南京大学，求职于我的老师吕凤子先生。经吕老师介绍，把我安排在金陵大学东方艺术研究所，翻译日本第一版《世界美术全集》中有关中国美术史的史料。于是第一次来到南京就业。

久已向往的玄武湖终于呈现在我的眼前，然而大出我之意外的是，她并无美丽风光，而只是一片荒凉的芦荡。可能因为入冬之季，湖水已经干涸，只在湖心的低洼处，留下一道弯弯的溪水，而且杂草丛生。除了两三只打草的破船外，更无一个游客光临。它和贻德《玄武湖之秋》中所描写的毫无共同之处，不禁使我想起文人真够浪漫，竟把一汪死水，描写得那么生气盎然，令人神往。

一九三六年，又由于“电通影片公司”被反动当局迫害，勒令停闭，我又面临着失业的悲痛。那时，田汉和阳翰笙同志被捕后已押解南京一年有余，他们虽已被保释出狱，但仍被软禁在南京，不能越金陵“雷池”一步。我闲居在上海，本拟改编《茶花女》为电影剧本，忽又听说阳翰笙也在改编此剧，我便径去南京，和翰笙商谈合作拍片事宜，不料剧本已被他人捷足先得。但没有想到刚到翰笙家中，就接到田汉同志打来的电话：说本日下午已经邀约了文艺界的朋友们一起去游览玄武湖，听说我已来到南京，特邀约我也一起去游湖。时值盛夏，湖水浮涨，湖上绿柳成荫，芦帐掩映。湖光山色竟呈现出一片潋滟葱茏的景象。轻风吹过，湖水掀起一丝丝涟漪。密茂的荷叶铺盖着湖面，莲花朵朵吐放着清香。湖上游艇纵横，游人络绎不绝。那天，文艺界的朋友们共租借了三四只游艇，我陪同田汉、阳翰笙同志共乘一条较大的游艇。那时政治空气十分紧张，田、阳二公还在被监视之中，除单纯游湖，即兴作乐外，以“莫谈国事”为宜。甚至连田汉所写的《风云儿女》剧本和《义勇军进行曲》等拍片工作也不便随便谈起，唯恐暴露以“陈瑜”为化名的田公身份。于是曼歌清唱，谈笑自若，嚼糖果以消忧，啖西瓜而解闷。一直到月上柳梢，大家才尽兴而散。

一九八一年，刚巧事隔五十年之后，我陪同老伴和孩子赴黄山与江南一带旅游写生，路过南京，兴会所致，又作第三次玄武湖之游。而这次游湖和前两次的环境与心情大不一样了。解放以来，江苏省党政机关十分重视环境卫生与生态平衡，绿化工作做得非常出色，古老的湖泊，被改造成现代化的公园。湖上山林绵密，湖水明净清澄。洲屿纵横，曲径交错。琼楼水榭各得其所，假山奇石穿凿其间。参天巨树密集成林，松杉梧桐散落成荫。鲜花香草吐芳争艳，珍禽异鸟自由飞鸣。更可贵的是在树荫之下，环湖之滨，到处都铺满了平坦而又宽敞的草地，有如绿色的地毯覆盖着大地。一反其他林园那种亭阁密布、假山堆砌的陈套设计。老年人可以在草坪上徜徉漫步，孩子们可以在草地上追逐游戏，青年男女们可以在草地上蜜语谈心。最可贵的是湖水的清澈和环境的安宁。还有那个陈设盆景的园中之园，用各种各样的奇山巧石、珍花异草培植起来的盆景，玲珑剔透，巧夺天工，能把人引入诗情画景之中。虽还有些地方没有尽兴游览，但仅此亦足以赏心悦目、心旷神怡了。

五十年来玄武湖的变迁，反映了新旧社会的变化是多么巨大啊！而我自己呢，经历了半个世纪以来的艰难岁月，已经从一个朝气蓬勃的青年，变而为白发苍苍的老人了。对我来说，已深深感到：

夕阳无限好，只是近黄昏。

而对年轻一代的人说来，正是：

云霞出海曙，梅柳渡江春。

一九八二年四月十七日

（选自《情系金陵》，南京出版社一九九二年版）

石头城旧梦

邓云乡

石头城是值得思念的地方，其值得思念的核心，在于其历史和文化，更在于其历史、文化和今天的结合，和思念者的结合。这样才有味道，有情思。秦淮碧水，门巷乌衣，如你不读一读《南史》，你是不会有“六朝如梦鸟空啼”的兴亡之感的。这你又如何能理解南京，南京又如何能联系你，“白门柳色残秋雨，玄武湖波淡夕阳”，对你也只是过眼云烟，不会引起你的思念了——那还不如到新街口买只板鸭，回去切半只蒸蒸，下下老酒，还是有滋有味，可能口角留香，在剔过牙齿、打过饱嗝、摸摸肚皮之余，也许会想起南京——不过，这也不容易，当年我在南京时，中央商场卖板鸭的，堆的像小山一样，几角钱一斤，春节时，十元钱买三只大肥咸水鸭，到上海亲戚家送礼过年，只用我月工资十分之一，潇潇洒洒白吃一个寒假，人家还说我礼品丰盛，今天能想像吗？

整整四十年前，我从遥远的北国来到这久已憧憬的六朝胜地，石头城、建邺古都、应天名府……说不完的陈芝麻、烂谷子在我脑海中盘旋，带着一脑袋这样的思念，从下关下车，坐三轮车两毛钱进了挹江门，经山西路、颐和路，一直到草场门角下，颐和路一转弯，除去 A、B 大楼两座建筑而外，一路只是菜园，秋山、竹篱……直到草场门，才看到新盖的楼房，而草场门却是不开的，只有封闭的城门和倾颓的长满了野草的城墙，萧瑟、寥廓，空气中充满了江南的湿度，即所谓六朝烟水气了。我深吸了一口气，似乎已溶化在它的怀抱中……

读熟俞平伯、朱自清二位先生的《桨声灯影里的秦淮河》，怎能不对之朝思暮想呢？何况还有余澹心的《板桥杂记》、孔尚任的《桃花扇》，到南京当天，晚饭后便巴不及待地约朋友由僻处西北隅的草场门，赶到南城边去逛夫子庙、访问秦淮河了。只是一些简陋的房舍，尘土的小巷，昏暗的灯光，感到十分扫兴。去的固然不是时候，找的可能也不是地方，或者是"萧条异代不同时"吧。真是乘兴而来，败兴而返，转了二三十分钟，便满足了我访问秦淮的绮丽梦幻，回宿舍睡觉了。在南京住了一年半，单身一人，课余多暇，后来又去了多少次夫子庙，想找找知堂老人文章中常提的六朝居吃杯茶，尝尝干丝。可是始终未找到，在一家店名奇珍阁的茶楼吃过几次茶，吃吃干丝，的确不差。近年听说一条臭水沟的秦淮河，已经治理好了，真想再去看看，坐坐画舫，不过，那自然也是别人的灯影了——仍旧让它存在于思念中吧，逝者如斯夫，四十年岂是一个短时间。

玄武湖是最寥廓醉人的所在，不知有多少次坐在那绿洲的藤椅上，望着烟水迷茫的湖水波光，望着一片屏障般的紫金山影、黛色，望着斜照中的一脉台城……消磨永日、喝茶、聊天、闲眺、沉思、写文、瞌睡……无不在斯。知堂老人诗云："疲车羸马招摇过，为吃干丝到后湖。"老南京把玄武湖俗称为"后湖"，只此一词，就可显现老人是本世纪初就在江南水师学堂读书的老南京了。不过玄武湖的干丝我却没有吃过，只记得三分钱一枚的大包子十分不错，星期天在此消磨一天，中午一笼五枚大包，一壶好茶，就吃的很饱了。而诗句中"疲车羸马"却十分引我遐思，不过这不是去玄武湖，而是去中山陵。当年我住草场门，年纪又轻，去玄武湖，散步走出来，经颐和路、山西路、过大转盘，再往前走，一出玄武门，便是玄武湖了，顺长堤走去，晨光中紫金山色，波光中霞光点点；还有那高大的雪松，一排排，郁郁苍苍，好不爱人，这都还是二十年代末，三十年代初南京政府经营五洲公园时的遗物，其兴速也，其亡忽也，"六朝如梦鸟空啼"，南京历来就是凭吊亡国之君的地方，作为首都，如何能和北京相比，只是这些高大的雪松，北京是少见的。

而坐马车去中山陵，对我说来，也可以说是“疲马羸车招摇过”了。那是由新街口西面马路边上乘坐，每人只两毛钱。当时正是春夏之间，妻子由沪来宁，青岛亲戚也来了，还带着小孩，大家先到新街口大三元吃中饭，饭后便坐了一辆这样的马车，一直向东，悠闲而潇洒地出发了。马是老马，车旧一些，也不太破，白垫子干干净净，马自然不跑，只是款段地行着。经过明故宫、博物馆，出中山门。在林荫路上更为宜人，悬铃木初出嫩叶，真是新绿照眼。空气中也弥漫着春夏间特有的暖香味，车的速度正好，其感受正像是西湖中坐游船，游人在自然的怀抱里，似乎现在任何旅游汽车都无法与之相比……

住在草场门，有一条小路，可以说是荒僻小径，可以步行到清凉寺、隋家仓、五台山一带，来去极少行人。记得第一次去时，正是满山黄叶的秋天，慢慢走到清凉山下，在高处红墙上，斜照中“六朝古寺”四个大字，已经显现在丛林黄叶中，充满了萧条古穆的气氛。上得山来，到了扫叶楼，吃了一杯茶，一个人静静地坐着，一面休息，一面闲看墙上一副陈旧的对联，是龙阳才子易实甫写的：“人不白头因水好，冬犹赤脚为师高”，大概是清末民初的遗物了。现在年轻朋友知道易实甫、易君佐父子的人已很少了。坐了一会儿，天已暗了，给了和尚两毛钱，下山循原路而返。这条路来往甚便，只是中间经过一处，胆小的朋友，不免有些恐惧，就是要经过一个日寇侵略时期的火葬场，有一日式四楞石柱碑，上刻“聚会一处”四字，每对此碑，总使人有毛骨悚然之感。想起日寇侵华时南京的大屠杀，学院门口有个卖粥的，他是幸存者，常常说起当年逃难时的恐怖。

人们常说南京是长江三大火城之一，夏天最热。其实我倒不怕热，夏天赤膊看卷子，手臂上的汗一擦，眼看着它又从毛孔冒出来，不停地喝茶，不停地擦汗，照样笔不停挥，十分痛快。但是南京的冷，我真是害怕，五四年冬，一场大雪，草场门雪有二三尺深，人倒在雪中，绝对看不见，宿舍中所有新装管道，卫生设备，全部冻裂，我这北国山乡出生的人，对这样的大雪，这样的寒冷，也是生平第一次经历……南京引起我思念的东西太多了，但是我最怕的却是它的寒冷。

离开南京近四十年了，近年偶然经过，也只是匆匆而来，匆匆而去，只见它高楼日多，变化日大，旧迹无暇寻找，旧梦已日渐渺茫了。文中又能留下多少印痕呢？

（选自《水流云在琐语》，辽宁教育出版社一九九五年十月版）

白下重吟《思旧赋》

吴调公

在去年一个秋天的傍晚，我陪伴两位来自远方的朋友游玄武湖。笼罩着晚照的堤边杨柳，渐渐地和天空、湖水融成一片。随着幽清而冷寂的湖风的飘拂，一阵阵悠扬的笛声，或高或低，或浮或沉地在耳畔回旋，像蛛丝飘曳碧落，又像泉水回旋溪涧，充溢着一派凄清、激越的音调。听到这不常聆听的乐声，喜欢笛子鸣奏的我便不禁放慢脚步，把身边的老友也忘记了。我沉浸在笛声中，由当前笛声的吸引而缅想起十九年前的笛声……

一九六二年暮春，有一天下午，我陪了前辈作家陈翔鹤同志游览玄武湖。那一次他来南京，正是他刚把《光明日报·文学遗产》有关纪念杜甫诞生一千二百五十周年的稿件发排完毕后不久。跟他一道来的还有他的助手王熙治同志。那几天，短短的聚叙，莫愁湖、玄武湖、夫子庙，都盘桓了一番。正可以说是我生平最幸福的时刻。陈老和冯至、陈炜谟等同志都是沉钟社的老将，也就是被鲁迅盛赞的“用自己的脚敲出洪大的钟声”的作家。对他的淳朴、耿介、坦率、热情待人、表里如一，我是素表敬仰的。也正因为这样，陪他徜徉于六朝故都的山山水水之间，不但感受到秾春芳华带给人的舒畅，更从他的浩瀚襟怀、渊博知识和淳真友谊中，得到心灵的滋润。然而偏偏就是玄武湖上闻笛的那一刹那，这位经常是不假思索、纵横倾谈老人，不知道为什么忽而瞿然有感，经过片刻的凝神结想，他告诉我，他想起了晋朝向秀的故事。原来向秀有两个好朋友，吕安和嵇康。由于他们都是抗怀高节的文人，不容于当时那个邪恶势力充斥的社会。当他们俩惨遭杀戮后，向秀重过他们旧居时，忽然听到一阵凄瑟笛声，不禁怆然有感，怀念故友，写下了有名的《思旧赋》，曾引起后代不少文人的共鸣。嵇康的光风霁月，反对虚伪礼教，胸怀坦坦荡荡，是陈老一向敬仰的。因此听到笛声，他就不期然地想起那位濒临极刑时依然顾盼自如，仰视日影在悠然弹琴的诗人和音乐家。他好象在问我，又好象自言自语："这嵇康真是了不起啊！人快被迫害死了，却依然这样从容、镇静，谛视日影，挥洒自如，哪怕有片刻时间，他也要弹完他的心曲！……究竟心曲是什么？他弹琴时是怎样一个心境？很可以把它写出来，这就是千古失传也是千古一绝的《广陵散》的妙处了。"我便说："你很可以写一篇小说嘛。"于是我立刻看到从这位丰腴浑厚的老人脸上，闪射出一缕心有所得的光彩，发出洪亮的笑声："我早就想写这样一篇小说了。我总想能够把这位刚直不阿的文人的思想境界写出来，可这真不是一件容易的事啊！"

果然，时隔未久，他那篇经过长期酝酿、刻画出一位绝代哲人内心深处的卓越小说《广陵散》问世了。但他哪里又想得到，后来他那篇意境深邃的作品，同《陶渊明写挽歌》一道被打成了"毒草"。因为憎恶和批判封建专制暴政，嵇康被杀了。因为封建法西斯鬼魅横加罗织，陈老的文章被打进冤狱了。历史原有其相通之处。

陈老生平，贯通中外古今，而对魏晋南北朝文学爱好和造诣尤深，因此，他对作为六朝故都南京的一草一木，分外兴趣盎然。郁金堂的莫愁画像，台城故址的婆娑垂柳，复舟山头的蒙蒙烟霭……一山一水，它们无不引起了陈老的深情驰想。即使来到南京师范学院时，他也还忘不了要问起袁枚的随园故址，问起他的四界大约是现在的一些什么地方……他是热爱祖国河山的。

然而，不幸的是他不能再来纵览"四人帮"粉碎后的湖山了。抗战期中，为了救亡运动他多次智避国民党的"缇骑"，终因李劼人同志的掩护，得以安然无恙。想不到当时未死于巴山蜀水之间，却在“文革”开始后的第二年含恨逝世了。

我永远不能忘记湖边闻笛时的陈老，不能忘记陈老的《广陵散》和他一度神驰的《思旧赋》，更不能忘记过去多次向他殷切求教和聆听他大睨雄诙的欢叙。

最后，附录我在一九七九年中国社科院举行陈老骨灰安放仪式时发给北京的唁电诗三首：

《广陵》一曲真成绝，白首含冤此恨长。终幸遗篇光万丈，察今汲古两当行。

玄黄龙战壮心兵，欲避缇骑半死生。岂料层阴重又结，十年风雨暗长庚。

老去元龙倍有情，胜棋楼下记鸥盟。春魂纵被罡魂簸，圣世湖山照眼青。（龚自珍有“罡风力大簸春魂”句）

一九八二年二月六日

（选自《情系金陵》，南京出版社一九九二年版）

我飞到南京的时候

冯英子

《南京日报》增刊《周末》约我写一点对南京的回忆。我这个人，虽然也浪迹天涯，萍踪万里，对于南京却始终有着一种特殊的感情，受命之余，不免也感到荣幸。

我到过无数次南京，也在南京住过、工作过，雨花台上，玄武湖边，曾留下我多少足迹；明孝陵的古朴，中山陵的庄严，曾抒发过我多少感情。然而最最使我难忘的，倒是我一九四五年最初到南京的那一次。

一九四五年，那是中国人民对日抗战的第八年。那年春天，我在湖南的晃县办一张《中国晨报》。不想报纸刚刚出版，日本侵略军发动了在中国大陆上的最后一个战役——湘桂战役，他的前锋直达金城江，指向贵阳。晃县正在芷江边上，而芷江又是当时美军在华最重要的空军基地之一，极大可能在日军这一战役的攻击目标之内。为了安全起见，我们把报社迁到了辰溪，但没有想到，我们在辰溪不到四个月，日本帝国主义投降了。形势急转直下，在八年的颠沛流离之后，竟然变成了一个“胜利者”。

那年八月二十一日，在南京的日本侵华军总司令冈村宁次，派了他的参谋长今井武夫乘飞机到芷江，接受何应钦“无条件投降”的命令。何应钦派了一个联络参谋同今井武夫一起到南京，跟着又由冷欣带了一批先遣人员飞到南京，布置受降和接收工作。

我以一个战地记者的身份，参与了芷江的那次采访，当然也想乘便去南京。一九四五年九月十六日，湘西已经微有秋意，晴空万里，碧天一色，是一个极好的飞行天气。那天上午，我同新六军的政治部主任周霁光，从芷江飞往南京。

抗战八年，作为一个战地新闻工作者，既面对着日本侵略军的屠刀，也面对着国民党的监狱。万里流亡，百战艰难，此中苦乐，只有自己才能体会。然而耿耿于怀、时刻不忘的，还是对故乡的怀念，对故乡父老兄弟的怀念。儿时的一颦一笑，故乡的一草一木，八年之中，近三千个日日夜夜，时常萦回于梦寐之中。在重庆的街头，在昆明的巷中，在湘水黔山之间，只要偶然听到一点乡音，就觉得分外亲切。而现在，只要几个小时，我就可以重回江南，投入故乡的怀抱了。飞机滑过跑道，腾空而起，在芷江上空转了一圈，振翼东飞，没有好久，就越过了洞庭湖，下望群山巍峨，长江如带，我的思潮好象随着长江的流水，蜿蜒东下，流向故乡。我想我这个离家八年的游子，一旦蓦然归来，故乡的父老兄弟，不知将怎样惊喜。我想当我踏上离别八年的江南土地时，我将怎样的激动？我陷入了沉思之中，有什么文字能写出这时的感情呢？

下午一时过后，我们飞抵了南京上空。同我一起的周霁光敲敲舷窗，指着下面告诉我："你看，那是中山陵！"我从窗口向下望去，白色的中山陵，静静地躺在群山之中。啊，南京到了。

一阵急剧的下坠感觉，飞机降落在光华门外的机场上，我走下飞机，踏上南京的土地，脚下是一片草地。自己也不知道一种什么思想在指导我，我跪下去，匍匐在草地上，我吻着土地，我泪流满面。呵，故乡的土地啊，我终于又站在你的上面，回到你的身边了。

我不是南京人，我的故乡更要向东一点，在长江三角洲的那一头，然而，这里不同样是江南吗？这里同我的故乡，不是山连着山、水连着水的吗？我不是诗人，没有那么多的形象思维，也没有那么多的夸张和创造，我不懂得什么泥土的芬芳。可是，此时此地，我确实闻到了江南土地上的芬芳，世界上有什么比自己的故乡更可爱的呢？何况它又被敌人的铁骑践踏了八年之久。

不知是胜利的欢乐，还是艰难历程的回忆，我匍匐在地上，喃喃地独白，似乎向故乡的土地、故乡的父老，倾诉着八年离乱之情，几乎有一刻钟之久。等我站起来时，周霁光他们已经走了。我独个儿踽踽地步出机场，好不容易才找到了一辆人力车，沿着光华门外满目荒凉的道路，进入这个既是陌生、而又熟悉的城市。

那次我只是南京的过客，匆匆而来，匆匆而去。一九四六年之后，我开始在南京工作，直到全面"戡乱"之后，才悄然离开。那一年多中，这个本来是陌生的城市真的使我熟悉起来了，我熟悉它的面貌，熟悉它的历史，熟悉它的生活，然而无论如何，任何东西都无法代替我那一次到南京的强烈印象，一直到现在，我好象依然闻到它泥土的芬芳，芬芳的泥土！

一个人一生中总有一些难以忘却的故事，我头一次飞到南京的时候，应当是其中之一吧。

一九八二年二月二十七日

（选自《情系金陵》，南京出版社一九九二年版）

金陵犹记著丹青

周而复

朱雀桥边野草花，
乌衣巷口夕阳斜。
旧时王谢堂前燕，
飞入寻常百姓家。

刘禹锡这首名诗，早在我五六岁的时候就背熟了。这首诗是父亲要我背诵的唐诗之一，给我留下很深的印象。稍长，我真的到文德桥附近的乌衣巷去寻找王谢的故居，当然，早就荡然无存了。聚宝门内镇淮桥是朱雀桥的遗址，文德桥可能就是镇淮桥改名的。

我幼年和少年时期都是在南京度过的。“江南佳丽地，金陵帝王州。”（谢朓：《入朝曲》）给我的影响不小。每读有关南京的著名古诗词和古散文，就到那些名胜去看看，徘徊在秦淮河畔，踯躅于桃叶渡头，抚今吊古，甚至还写过一些短小的散文。

到了十岁左右，我除了对文学作品的兴趣以外，颇爱好书法。因家贫，无钱买文房四宝，便找了一块一尺见方的大砖，用清水在上面练字。同时自己又创造美术字，把所临的颜真卿、柳公权、欧阳询、王羲之的帖，以油光纸照着双勾下来，在空白处绘上小圆圈，点上小黑点，或者划上横竖条纹。这些自然算不得美术字，但是引起我对美术的兴趣。

小时所看的绣像小说，前面都有人物插图，我就用薄薄的油光纸照着人物插图描绘，可以说是孩子涂鸦，乱绘一通。正式学画是我结束私塾学习生活，走进青年会中学初中一年级的课堂。国文老师是朱锦江先生，他同时也是绘画老师。他发现我对美术爱好，要我先从素描学习起。我于是买了一个石膏头像和维纳斯女神像，用炭笔在家里抽空画，也画一些静物，每画一幅就请朱锦江先生指教，他有时指点，有时动笔修改，改得比较象点样子。我的兴趣因此更浓了。

朱锦江先生在课堂上教的是水彩画，画静物居多。对我却特别关怀，我经常受到他个别指导。我的绘画成绩常常是A。

在家里，学习素描；课堂上，听讲水彩画；朱锦江先生还要我到名胜古迹的地方去写生。父亲对我学画也寄以希望，设法满足我的要求，给我钱买了画架、画板和绘画三脚凳，以及颜色画纸等等。一到了星期天，我便背上画架画板等工具出去了。

诸葛亮为了联吴攻魏，出使东吴，看了南京的山川形势，曾经用“钟阜龙盘，石头虎踞”八个字来形容。南京城郊东西两侧有两座山岭对峙，东边叫钟山，巍然壮丽，从远方望去，犹如一条盘曲在沃野之上的巨龙；西边叫清凉山，古代称石头山，巍然屹立在长江之畔，从长江船上望去，好似蹲踞在江边的猛虎。诸葛亮是从军事观点和山川形势说的。我却是以一个美术工作者的眼光看的。我背着画架先到了钟山，用画笔把钟山的不少景致留在了纸上。

我家住在中华门里，到钟山相当远，去清凉山的次数比较多。清凉山原名石头山，山上曾经筑城，又叫做石城山。南唐时候，在山上建筑过避暑宫，以后改称清凉寺。宋以前，长江曾经流过清凉山麓，江水把山坡冲刷成悬崖峭壁，山势险峻，成为守卫南京的屏障。山麓龙盘里附近，有清代著名诗人袁枚的随园遗址。西南山坡上有扫叶楼，是明末画家和诗人龚贤隐居的地方。扫叶楼中悬了一幅名画，一位僧人手持扫帚扫叶。这是龚贤的自画像。也许由于我读了一些古代诗词和散文，很喜欢到随园遗址和扫叶楼去绘画，有点怀思古之幽情。站在扫叶楼上，约略可以看到周围大小山丘，那些山丘都比清凉山低，象似汹涌的波浪，而突出山丘之上的清凉山如同浪尖一般。我有时在扫叶楼上摆好画架，绘画风景，累了，便喝一口扫叶楼的香茗；有时在山坡上绘扫叶楼一角，以清凉山为背景。

清凉山和钟山虽然我很喜爱，但更喜爱水。幼年时代，父亲常带我们这些孩子游玄武湖，在我幼小的心灵上便留下了美好的印象。特别是到夏天，我喜欢到玄武湖消暑。进了中学以后，我常常独自背上画架到玄武湖去。

玄武湖的南面是著名的台城。我受晚唐诗人韦庄《咏台城》诗的启迪，以台城为远景，绘了一幅宁静明媚的玄武湖。既赞赏湖光山色，也有抚今吊古的意思。

南京另一颗明珠是莫愁湖。

莫愁湖，在宋、元、明、清之际，被称作“南京第一名湖”，认为是“金陵第一名胜”。梁武帝萧衍有着《河中之水歌》：“河中之水向东流，洛阳女儿名莫愁。莫愁十三能织绮，十四采桑南陌头，十五嫁与卢家妇，十六生儿字阿侯。卢家兰室桂为梁，中有郁金苏合香。头上金钗十二行，足下丝履五文章，珊瑚挂镜烂生光，平头奴子擎履箱。人生富贵何所望？恨不嫁与东家王。”这首诗说的是南朝宋齐时代莫愁女的故事。南京人民同情和怀念莫愁女，便把原来水西门外的石城湖，改叫莫愁湖了。

莫愁湖和玄武湖比较起来，规模和气势小得多了，但是精致幽雅，说个不大贴切的比喻，玄武湖是大树，莫愁湖却是盆景。盆景有盆景的妙处。莫愁湖著名的地方是胜棋楼。传说明太祖朱元璋和中山王徐达在楼上下棋，朱元璋输了，便把莫愁湖赐给徐达。我不喜欢胜棋楼，我喜欢郁金堂。郁金堂院内有莫愁女石刻像，院外水池中间有座莫愁女郁郁寡欢的雕像。我曾经绘了郁金堂一角，衬以蓝天白云和幽静的湖面，寄托我对莫愁女的同情。

我所绘的南京风景和名胜古迹的习作，每一幅都送给朱锦江先生请教，一方面听到他过誉之辞，一方面又不断受到指点，有时还在画面上给我修改。大概在我上初中三年级的时候吧，青年会中学举行了一次师生绘画展览会，主要是朱锦江先生的中国画、水彩画和素描，朱先生也选了我的一些习作陈列在展览会上。布置展览会的时候，朱先生要我们学生帮助，当然义不容辞。布置完了，我自己就不敢再去参观了，因为一看到我的不成熟的习作和朱先生的作品放在一起，就感到汗颜。但我内心深处却希望将来真的能成为一位画家。这是我初中时期的美丽的幻想。进入高中，我对文学的兴趣越来越浓了，对绘画的兴趣自然就越来越淡了，最后终于放下了画笔，幻想破灭了。

因为绘画，使我对南京的山山水水有了深一层的了解，产生了深厚的感情，金陵那些名胜古迹留下了我年少时的足迹。现在，南京起了天翻地覆的变化，远在北京的我，至今常怀念我那少年时的画笔，多么想重画一两幅故乡的名胜、美景啊。我寄希望于南京的画家们，祝愿他们以饱含激情的彩笔，描绘出社会主义的新南京！

一九八二年五月十五日

（选自南京《周末》报，一九八二年五月十五日）

南京

孙　犁

第二站是南京。到南京已经是下午五六点钟了。我先赶到江苏省文联。那时的文联，多与文化局合署办公，文联与文化局电话联系，说来了一位客人，想找个住处。文化局好像推托了一阵子，最后说是可以去住什么酒家。

对于这种遭遇，我并不以为怪。我在南京没有熟人，还算是顺利地解决了食住问题。应该感谢那时同志们之间的正常的热情的关照。如果是目前，即使有熟人，恐怕也还要费劲一些。

此次旅行，我也先有一些精神准备。书上说：在家不知好宾客，出门方觉少知音，正好是对我下的评语。

在酒家住了一夜。第二天吃过早饭，我先去逛了明孝陵，陵很高很陡，在上面看到了朱元璋的一幅画像，躯体很高大，前额特别突出，像扣上一个小瓢似的。脸上有一连串黑点。这种异相，史书上好像也描写过。

从明孝陵下来，我去游览了中山陵，顺便又游了附近一处名胜灵谷寺。一路梧桐林荫路，枝叶交接如连理，真使人叫绝。

下午游了雨花台、玄武湖、鸡鸣寺、夫子庙。没有游莫愁湖，没有看到秦淮河。

这样奔袭突击式的游山玩水，已经使我非常疲乏。为了休息一下，就去逛了逛南京古旧书店。书店内外，都很安静，好书也多，排列得很规则。惜天色已晚，未及细看，就回旅舍了。此后，我通过函购，从这里买了不少旧书，其中并有珍本。

第三天清晨，我离开南京去上海。

现在想来，像我这样的旅行，可以说是消耗战，还谈得上是怡情养病？到了一处，也只是走马观花，连凭吊一下的心情也没有。别处犹可，像南京这个地方，且不说这是龙盘虎踞的形胜之地，就是六朝烟粉，王谢风流，潮打空城，天国悲剧，种种动人的历史传说，就没有引起我的丝毫感慨吗？

确实没有。我太累了。我觉得，有些事，读读历史就可以了，不必想得太多。例如关于朱元璋，现在有些人正在探讨他的杀戮功臣，是为公还是为私？各有道理，都有论据。但可信只有一面，又不能起朱元璋而问之，只有相信正史。至于文人墨客，酒足饭饱，对历史事件的各种感慨，那是另一码事。我此次出游，其表现有些像凡夫俗子的所到一处，刻名留念。中心思想，也不过是为了安慰一下自己：我一生一世，毕竟到过这些有名的地方了。

（选自《老荒集》，山东画报出版社一九九八年版）

三上南京

高晓声

一九四七年，我在常州一所完全中学读书毕业了，那年暑假，就到南京来考中央大学。其实，我晓得自己考不取；别的功课倒还好，害就害在英语上。那时候帝国主义侵略我们，我不愿学外国语，认为那就是文化侵略。所以，无论是英语也好，日语也好，我都把它们放在汤团店里养着。等我这一年考大学，日本人已被打跑了，好，日语不要考了，可是英语还非考不可，我这一关就过不去了。

但事到临头，我也不在乎。南京还是要来，学校还是要考。考不取就考不取吧，南京总玩着了！

常州离开南京虽然只有一百多公里，又可乘火车，但没有特殊原因，我这个乡下孩子就休想来得。这以前，我就没有到过南京。不但如此，我读到高中二年级还不曾坐过汽车和火车。有一次我同一位同学谈起，他觉得可怜，就在一个星期天陪我坐火车到丹阳去了一趟。这次到南京来，火车是第二趟坐了，公共汽车呢，还是第一趟。

当时，还有一位姓杨的同学和我结伴同来，他也是第一次上南京。来了之后，就住在丁家桥原中大校舍，当时无亲无故，怎样住进去的，已经记不起来了，临考之前，我们也不曾看书，倒是抓紧时间从宝塔街到四牌楼等地游了一转，觉得南京城里野豁豁，也摸不清东南西北，不敢放开胆子往远处跑。后来考完了，游了半天玄武湖。那时的玄武湖很荒凉，满湖是荷叶，只剩得几条极狭窄的水道，供小舟来往。湖水极混浊，坐在小舟上用划浆往下一触就到底，使我这个从水乡来的弄潮儿大为扫兴。

离开南京的前一天，我们又一同去游中山陵，我们不知道中山陵在哪儿，问路，别人向紫金山那边一指。我上了城墙，从城墙上悠悠向东，一路上南北瞻顾，城里城外景色，尽收眼底。到了太平门，眼看已近山脚，便下得城墙，走出城来寻路要靠近山去。这时已到中午，肚皮饿了，可是除了城墙以外，四顾一片荒野，既无村店，更无人迹，真不信这里也算南京。回去又不甘心，硬硬头皮，继续前进，免得功亏一篑。不知不觉间，我们走进了一片高过头顶的荒草中，抬头不见四野，俯首亦难觅路，不禁提心吊胆，生怕从哪里跳出一只吊睛白额猛虎来；只得加紧脚步，跌跌撞撞认准山脚快些靠过去。几经曲折，总算摸到了一条上山的路，才算松了一口气。哪里晓得，沿着这条路往上爬，越爬越荒凉，一直爬到北坡转弯向南，已经靠近紫金山的山顶了，才豁然开朗。看到东边远处，钟山脚下，有一群建筑，和图画上的中山陵一模一样。两个人你看看我，我看看你，走了大半天，尽是摸瞎，再要赶去，时间已经来不及，加上肚皮饿在背心上，也不是好玩的。只得回头，一路上安慰自己说："虽然没有到，也算看见了。"

我到南京来时，身上带有两支钢笔，一支是旧的，另一支是我姨父为我考大学才送的礼物。到了南京第二天，那支旧的就丢失了，当时就没有弄清是怎样丢失的。另一支新的，我却记得清清楚楚，是离开南京前，上三牌楼搭公共汽车到下关火车站去，在汽车上被扒掉的。

这就是我一九四七年第一次在南京的遭遇。大学没考取，中山陵没有去成，钞票用光，钢笔丢光，真是被剥得光光离开的。

我第二次来南京是一九五三年元旦，这时候我已经是一个人民政府的工作人员了。我们是国家的主人，这"我们"之中自应有我，但想不到我这位主人到了一九五七年又被剥得光光离开。

我记得，这一次离开南京的时间是一九五八年三月十日早晨。

经过了二十一年零十三天，即到了一九七九年三月二十三日早晨七时，我第三次来到了南京。

在这二十一年零十三天中间，虽然我已经忘记了曾经被剥光的次数，但和南京绝无关系，本文无用细谈了。

但是，经过了无数次被剥光的我，终究也觉悟到，无论是什么人，总是光光的来，光光的去的。

所以，人又何必为己。为己也是光，无非多一个臭！

所以，不为己的人，自然更不在乎剥光不剥光。

时代自然不同了，可是毕竟还剩有几个想剥光别人的人在。为此不禁使人叹息，这种人，可怜哪！

一九八二年五月二十九日

（选自《生活的交流》，中国文联出版公司一九八七年版）

“夫子庙大学”

田　原

“乙酉春，流浪白下，在夫子庙摊头喝粥度日，逛旧书肆，见此善本，爱甚，倾囊购之。”

近日偶检书橱，于《散氏盘》册后，见此数句，感慨系之。因之回忆幼年在家乡放牧时，曾得一册上海有正书局金石书法目录，上至甲骨钟鼎，下至清道人、曾熙、于右任，都一一介绍，并在文后附有局部拓片图样。当时穷困得连纸墨皆无，怎能有闲钱买碑帖？但得了“相思病”，一厢情愿地用红笔在喜爱的碑帖目录上画上红圈，意思是：将来长大了，有了钱，这本要买，那本也要买，连睡觉也做过买到碑帖的美梦。

十九岁时，在家乡镇上当了一名小学教员，每月俸米八斗，校长揩油三斗，我只得为五斗米折腰。一家人勒腰过日子，哪里还顾得上买碑帖。有次去上海想考美专，可我一无高中文凭，二无钱，只有望门兴叹。后辗转回乡，过南京，晚上睡在人家灶间稻草地铺上，白天就逛夫子庙。这册《散氏盘》就是当时旧书摊购得的。

解放后，一九五二年起，长期在新华日报社工作，生活安定，并有了点稿费，几乎每个星期天都得逛夫子庙。那时夫子庙明远楼这一带，都是卖旧书画以及瓶瓶罐罐的地摊。东市场和瞻园路也有不少这种店铺。如果一个星期日不去，似乎损失了一笔财富。

我现在所藏的碑帖，绝大部分得之于夫子庙，如：《毛公鼎》、《虢季子白盘》、《盂鼎》、《古砖图》、《广武将军碑》等等。还买到不少画册，如赵之谦、梅瞿山、石涛、板桥、八大、青藤……也有一些是真迹原作。同时又买到不少瓶瓶罐罐，明瓷、青花、铜器、陶罐、汉砖、瓦当、布币、刀币、端砚、陶俑，以及各种民间玩具、日本瓷器等。

在这些地摊、旧书画店铺中，委实得到不少古今中外文化艺术的熏陶，我解放后三十多年在文化艺术上的成长，是和"夫子庙大学"的教育分不开的。

呜呼！"文革"时，明远楼一带的地摊以及东市场、瞻园路的旧书肆、古玩店这些"四旧"，当然是一扫而空。现在，这些地带都变成卖西服、牛仔裤的时装市场了。

其实这些旧书古画，民间瓶瓶罐罐，在某些人家已留之无用，但对搞文化艺术的人来说却是求之不得。让一些人去搜罗、集中，摆出一些地摊，只要不偷税漏税，投机倒把，真是一种功德无量的好事。

夫子庙一带在大力修建，名胜古迹在重现当年。日前听秦淮区一些负责同志说，为了体现六朝古都的文化艺术特色，还将恢复旧书肆、古玩店，以及文化地摊。我听了，真是由衷地高兴！如果真的如此，那我逛夫子庙的老毛病又得发作，少不得一个星期天去逛一次。三十年前是带我的女儿一起去逛，现在可要带我的小孙子去进这个"大学"了！

一九八六年七月十二日

（选自《饭牛闲话》，湖南文艺出版社一九九三年版）

南京旅游录

郑朝宗

……几天后，五个人到了南京。第一天的游程是由南京旅游社安排的。早上八时乘车先往灵谷公园，中途经过闹市，导游的人指着一处说："这是明故宫遗址"，由于车行迅速，什么也看不清。灵谷公园位于南京东郊，其前身是灵谷寺，历史可远溯到六朝。这里以万松参天著名，立有"灵谷深松"的石碑。但更引人兴趣的却是枫树。时值深秋，到处红叶照眼，久居南方，乍睹此景，倍觉眼明。枫叶大小不一，形状也多样，有一种叫作鸡爪枫的，娇小玲珑，最为可爱，老二夫妇忙着从地下捡起一大把，装入锦囊。由于时间限制，五个人不敢在园内多逗留，他们只仔细观看了灵谷塔。这个背负钟山的九层宝塔，高六十多公尺，塔中装有螺旋式扶梯盘旋而上。如果有气力登上最高一层，远近风光便可全收眼底。可惜他们有心无力，只好在塔前合摄一影，聊以自慰。出灵谷寺西行数里路，便抵中山陵。这座占地几千亩的陵园确实壮观。老二记得五十年前在北上途中，曾从远处望着此陵，那时他头脑里还装着"钟山王气"的传说，觉得中山陵上面果然有一层紫气，闪闪作光，与别处不同。这回重来，因天气不甚佳，钟山披着淡淡的云衣，所谓"王气"黯然收矣。整个陵园收拾得干干净净，地上除偶尔发现几个烟头之外，并无其他杂物。园内花

全部建成后的中山陵
（一九三六）

木茂密整齐，显然是出于精心培育。五个人从陵墓正门进去，看见一座石碑上题着“中国国民党葬总理孙中山先生于此”，颜体书法遒劲，无疑是谭延闿的手笔。老二叹气说：“分明是中国人民给革命先行者建的陵墓，为什么只说是中国国民党一家埋葬自己的总理？可知这位进士出身的国民党员头脑里的‘家天下’思想还原封未动！”这话引起了青年医生的共鸣，他接着说：“是啊，中山陵门口牌坊上还镌着中山先生手书‘天下为公’四字呢。中山先生是中国历史上第一个不想当皇帝的民主革命者，所以人们至今还怀念他，崇敬他。”自陵墓口上达祭堂共有三百多级石阶。老大夫妇和老二已瞻仰过中山先生的坐像，这回怕劳累不敢上去，只坐在台阶上看游人和附近的景色。青年医生陪着老二夫人上去巡礼一番，也就下来了。下一个游览点是明孝陵。这座建于六百年前的皇陵，经过多次兵燹，只剩下一些皮骨，虽还不至如孔尚任在《桃花扇·余韵》里所描写的那样残破，但也够衰败的了。惟一足以显示皇家威力的是门前那一大群翁仲和石兽，这些经得起风吹雨打和暴力摧残，至今依然无恙。享殿里挂着明太祖的画像，“五爪金龙”长着一副怪相，导游的人说曾因此杀了两个画师，但也无法改变御容。享殿后面一座叫做独龙阜的小山便是开国皇帝的埋骨之所，现已封闭，不让游人登攀。导游的人说墓室在哪里至今未明，当时造墓和送葬的人全被杀害，共有几万人之多。这些或许都是齐东野语，然而生逞凶虐，死留疑冢，原是千古雄主和权奸的惯技，也无足怪。这一带无甚可观，只有举世闻名的紫金山天文台的露天仪器在远处挺立危峰，引起人们无穷的遐思。午后游览车开往玄武湖，停在五洲之一的樱洲上。这里是南京著名的游览区，到处垂杨，湖波万顷，风景倒也宜人，只是满地的果皮纸屑，狼藉不堪，好像许多天未经打扫似的。更奇怪的是，随地吐痰或乱抛纸屑要罚款二角至五角的揭示牌分明竖在路旁，美丽考究的废物收容器也随处皆有，而人们仿佛视而不见，我行我素，这是由于群众的觉悟特别低呢，还是因为负责管理环境卫生的职工们见怪不怪，习以为常？游览车接着开往莫愁湖，中途经过南京长江大桥，稍停片刻。这座全由中国工程师和工人设计营造的六千七百多米的长桥，真像彩虹似的横跨长江，惟一不足之处是桥上缺乏精美的塑像和雕刻，显得空荡荡地质朴无文。莫愁湖比玄武湖小得多,却较玄武湖更富于园林之美。一进入公园大门,就令人心旷神怡,到处收拾得整整齐齐,一派清新华美的气象扑面而来,往日王公享乐之所,如今成了人民欢聚之地。园内的楼台亭榭以及曲径回廊、山石花木,看去全像画图中物,若要仔细玩赏,至少须费一天工夫。可惜时间已晏,无法勾留,只得匆匆忙忙地登上胜棋楼,俯瞰粼粼湖波在夕照中发着微光,然后下楼参观传说中六朝女子卢莫愁的旧居郁金堂,唐代诗人沈佺期诗中说的“卢家少妇郁金香,海燕双栖玳瑁梁”,指的大约就是此堂吧。

翌日上午,五个人乘公共汽车往游雨花台。南京果然是全国第一大城,汽车在城内跑了一个多钟头方抵南郊。雨花台原是游览胜地,如今改为烈士陵园。入得门来便见路旁业冢累累,坟头石碑上刻着殉难者的姓名。迎面有个平台,台上矗立着一座巨大的烈士塑像,包括五男五女,刻工非常精美,不知出于何人之手。大家观看一会,便沿着台旁小路散步到后面公园去。本来幽美的环境,加上管理认真,益显得整洁迷人。一些挂着“执勤”臂章的工作人员到处巡逻,使得缺乏自觉性的游客不敢随意行动。可见只要严格执行规章,世间并无不可革除的恶习。雨花台以盛产五彩石子著名,老二夫妇在园内小摊上已买了一些,此刻又边走边往路旁土地上捡那些被遗漏的可爱石子。他们想起了几十年前厦门海滨沙滩上,每逢退潮,总留下无数五彩斑斓的贝壳,好像拾不完似的,可是后来忽然都不见了,连最平常的贝壳也难得拾几个。雨花台比海小得多,却经得起千百年来无数的人在这里捡石子,直到今天还没捡完,这是什么道理,他们感到茫然。这样美丽的一个地方,从前竟是统治者屠杀仁人志士的场所。行到一处,老大夫人指着路旁密林后的坑谷说:“这叫‘万人坑’,解放前刽子手把囚犯毙了便往下推!”老大忽然想起方孝孺来。这位因对抗以暴力夺取皇位的燕王棣而惨遭诛灭十族的明朝忠臣,其遗体也埋在雨花台。老大向游客打听他的坟墓所在,许多人都不知道,只有一个老者回答说:“墓在文革中被毁,现正准备修复。”老大不胜感慨地说:“方正学先生的思想固然保守,但他不向暴君低头的气节却是可取的,应该为他修复坟墓。”大家在雨花台留连许久,终于恋恋不舍地转往太平天国历史展览馆。展览馆的前身是太平天国时代东王杨秀清的王府，其前身又是明朝开国元勋魏国公徐达的官邸，营建备极豪华精雅，特别是府内的“瞻园”，可说是尽东南园林之美，其中有假山一座，据说是宋徽宗的遗物。这回轮到老二发感慨，他说：“太平天国的寿命只有十多年，这是可以理解的。革命远未成功，只攻下南京便自满足，贪图享乐，不思有为。一向戎马生涯，忽然变作朱门绣户，锦衣玉食，骨头哪能不酥软？可笑那些历史家只知歌功颂德，全不晓得总结经验教训，以垂鉴戒！”叨唠未休，日已过午，大家上菜馆吃了中饭，便步往夫子庙。这里是秦淮河经流的繁华之地，往日记载何等辉煌，如今目睹也只寻常。秦淮河打从六朝起就声名籍籍，诗人墨客歌颂个没完没了，直到民国以后还有俞平伯、朱自清二公的鸿文大加描写，多么令人心醉啊！然而，几十年来此水早已成为游客掩鼻而过的浊流，国有兴亡，江水亦有兴亡，竟成为一条历史法则。此地没有什么可看的，大家到附近的白鹭洲走了一圈就回去了。当天夜里气象台有消息说，强大的寒潮即将自北而南，为了不触犯寒威，大家决定取消到无锡、苏州游览的计划，明天一早取道扬州回上海。

（选自《海滨感旧录》，厦门大学出版社一九八八年版）

玄武湖的夕令昏黄

彦　火

一

到南京，游览玄武湖成为一个不可或缺的节目。

曾记得，八月初秋，我们一行十余众，抹上一身绚丽的霞彩，通过古色古香的玄武门，来到玄武湖畔，我们为眼前的绮丽景色所着迷。秋水明亮，玄武湖千顷波涛，静得如一个处子，亮得似一面镜子，湖波将天边的残阳，反射出金光粼粼，彩霞似锦。我们都陶醉在这夕照昏黄的美景中。

眺望对岸，一列崭新的建筑物整齐地倒映在水中，与湖畔竖着的大红牌子，构成一幅既有新意境又有富丽的图案。令人在发思古幽情之余，益感今天祖国湖山之壮丽。

二

向导张先生说，玄武湖历史悠久，自东晋以来，便是京都胜迹，古称后湖，又名练湖，后因荒废，以致逐渐淤塞，明太祖奠都南京后，曾加以浚深，并在湖中辟若干个洲，建设一个图书馆，国民党时期，改为“五洲公园”。近年政府将玄武湖加以整修、绿化，并于一九五四年筑一条一千六百米的长堤，穿过湖心，连接湖中数洲，沿堤两岸，栽植杨柳、桃花、杏花，刻意美化，使玄武湖焕发出青春的光彩。

玄武湖于春秋季最美。春天紫金山上嫣红的桃花与雪白的梨花，将湖水填上绚烂缤纷的色彩；秋天，枫红芦白，又是另一番景致，我们来得早，枫叶未红透，芦花也未尽白，虽然这样，却又有清雅恬淡的感觉。

玄武湖的荷花也是驰名的，湖心荷叶田田，随风翻动，宛如一道凝碧流浪，送来缕缕幽香，与临湖摇曳的柳绿，配搭那么谐适、浑然一体！

三

今天的玄武湖，除了著名水产如鱼、藕、莲子等，也是盛产水果的地方，如樱桃、杏等，这是近年才培上的。记得在甫抵南京时，便听到一首歌谣，琅琅上口，歌谣唱道：“长江水山上流，漫山遍野绿油油，果树满山头，行路不小心，果子打到头。”这首歌谣，唱出了长江两岸的好风光，也是今天玄武湖的写照。

我们在玄武湖漫步，近处是如织柳林，远山如黛，湖心芳草萋萋，绿丛中露出红墙绿瓦，湖光山色，如诗似画。我们真想投身湖中，驾一叶扁舟，抹一身残阳，轻棹画桨，穿梭往还于柳弦中，去捕捉湖光水色。可是张先生对我们说，吃晚饭的时间到了，只得无奈踏上归途。

玄武湖之游，虽是匆匆的行色，已足以系人情思哩。

（选自《醉人的旅程》，花城出版社一九八一年版）

忆南京，怀南京

白　杨

我在南京度过的日子不长，只有短短不到一年。这近一年间，有些事是不会淡忘的。特别是前辈的老戏剧家们扶携我开步走向艺术生活道路的种种往事，即使是点点滴滴，也总是铭怀在心，永志难忘。

那是在抗日战争以前，我年纪还小，还不到十六岁，对于世态人情，认识得相当幼稚。只有对于演戏，倒是劲头十足，似乎活着只要有戏演，生活上的一切困苦艰辛，都不在话下。按月领工资是什么滋味呢？没尝过，更谈不上奢望什么安定生活。这之前，我在中国旅行剧团有过一段演员生活。可是那时的穷剧团，只管给碗饭吃，根本就没有什么工资的。一年到头，几乎天天闹穷，但也并不十分苦恼。

后来，我离开中国旅行剧团来到了南京，开始在田汉同志主办的中国舞台协会演话剧，幸运地参加演出了田汉编剧、洪深导演的《回春之曲》，在这个剧中演个一般角色。演过之后，我耳边刮到什么“台风”的词儿。什么叫“台风”呀？我不懂，我只知道演戏，整个人沉到角色里。要把戏演得象样，似乎总是非得这样不可，也许正是在前辈戏剧家的指点下，使我初步领会到这一点基本道理，促使我按着这一点去做。因此，什么畏惧、胆怯、杂念，无形中就从角色中消失了。也许这就叫进入角色吧。我演的这个角色，戏不多，却被导演洪深赏识了，说我有“台风”，于是接着让我在田汉编剧、洪深老夫子导演的独幕剧《黎明之前》中，第一次担任了主角。

我在南京演的第三个话剧是《早餐之前》，这是欧尼尔写的一个独幕剧。全剧只有一个角色，描写一个未老先衰、面容苍白的中年妇女，被生活的重担压迫着，挣扎在饥饿线上。她在早餐之前的家务忙碌中叹苦经，向不出场的丈夫发牢骚……要让剧场里的观众看一个演员在舞台上“干”演半个多小时，这难度是够瞧的。我也不知道当时是怎样吃了豹子胆的，上演了，观众跟着台上的人物静静地看下去了，看来没演砸，因为闭幕后，专家还特意前来跟我握手说好。

不久，上海明星影片公司筹办第二厂，经理周剑云到南京来招兵买马，物色演员，求教于老戏剧家洪深。洪老夫子对周剑云说：你要办二厂，非得找某演员不可。就这样，明星影片公司找到我，订下了三年基本演员的合同。更使我难忘的是阳翰笙同志。当时他在南京，可能还处在被敌人监视之中，可是他对于青年的进步非常热情关心。平时常听到他在谈话中，唤起演员对于国家、民族的责任感。当我即将离开南京去上海的前夕，他特意找我一谈，语重心长地对我说：到上海拍戏，要有选择，要拍有意义的影片。

到了上海，我拍完第一部影片《十字街头》后，公司老板简直想把我当作摇钱树，顿时要我演一部内容无聊、大卖噱头的影片，当即就被我拒绝了，因为我还记得翰老对我说过的话。这在当时确是出乎老板意料之外的事，以为这样可以大出风头的角色都不肯演，真是不可思议。

总之，我在演戏上的起步、思想上的起步，都是由于当时在南京及时地得到了前辈给予我的帮助和指导，使我一步步地成长起来了。在南京的日子，虽然离现在已经是很遥远了，可是它对我却如此亲切，似乎仍在眼前。田汉同志、洪深同志都过早地离开我们了，他们在左翼戏剧电影运动中的功绩已经载入史册，留下永远闪烁的光彩。

阳翰笙同志今年已进入八旬大寿，在我深深感念翰老的思绪中，写下了几句祝寿的诗：

翰老平生我辈师，
长春意志树繁枝。
栽培影剧花多少，
汗马功勋八旬时。

一九八二年六月十九日

（选自《情系金陵》，南京出版社一九九二年版）

白门秋旅

秦瘦鸥

阔别龙蟠虎踞的南京已将三十年，去年十月间故地重游，恰值桔绿橙黄，一年中景色最好的季节。留连七日，畅快已极。

今日的南京给我的第一个印象就是市容整洁，华屋连云，建设的步伐迈得很快。中央门外的新车站，与原来的下关车站分担了吐纳频繁的客货运任务，予人民以很大的方便。贴对着新车站的就是碧波荡漾、绿洲相接的玄武湖，使刚刚下车的旅客，顿觉视界大宽。市内的通衢大道都有四列行道树，靠路边人行道的是高大的法国梧桐。这还平常，而耸立在快车道和慢车道之间的那两列雪松，真说得上仪态万方，几公里几公里的连成一气，就像两条绿色的虬龙凌空欲上。我过去在福州、广州、港澳一带街头见到许多大榕树，已觉非同小可，但跟南京的几十万棵雪松一比，不免就分出高下了。在这里，我由衷地向南京市的园林工人致敬，没有他们长期的艰苦劳动和精心养护，哪能把街景点缀得如此赏心悦目？

从整个南京市来看，也许绿化工作的成绩确是非常突出的。所以我这次涉足的地方，无论市区或郊外，无论是公园、机关、招待所，或者人口比较集中的居民点，树木花草都显得欣欣向荣，生机蓬勃。

因为自己上了些年纪，腰腿都不大好使，所以许多名胜古迹都未一一寻访，只去瞻仰了宏伟壮丽的长江大桥，重谒了中山陵，还有灵谷寺的廖仲恺、何香凝两先生墓，后来又到秦淮河边的夫子庙去怀古一番，都是匆匆来去，走马看花而已。总的印象是各处都维护得很好，没有半点破败荒废的迹象。

我在南京有不少旧友新知，此番原拟一一走访，畅叙契阔，结果却因种种情况的限制，见到的甚少，只得俟诸异日了。

可感的是江苏戏曲学校校长吴石坚同志竟特地腾出了许多宝贵的时间，一再和我长谈，使我对戏曲教育工作的艰巨多少有了些认识。他还让我向戏校各位名师，如李宝樾、陈正薇、冀韵兰、费玉策、何盛清、周传沧、张金龙等一一请教，得到了很大的收获。并在两个晚上先后看了京剧班一年级学生的演出和昆剧班五年级学生的彩排，虽然不论从哪个方面看，小朋友们都还显得很稚嫩，但他们演出时又那么认真，那么的"卯上"，已足够使我老怀大开了。

此行得与京剧著名女艺人新艳秋老师重晤，并连续作了三次长谈，也是一件快事。新老师出生在北京一位赶车老工人的家里，从小生活艰苦，她之所以能踏上舞台，并成为当年京剧四大坤旦之一，可以说大半由于自学(当然也应该提到王瑶卿、梅兰芳、齐如山诸先生对她的教育和掖护)。那样坚韧不拔的精神，在老一辈的演员中也并不多见，而对今天的青年演员来说，更是非常值得借鉴和学习的。去年，她虚龄已七十一岁了，但在上海演出了《窦娥冤》、《春闺梦》两个程派戏，风度竟还是那么娴雅秀美，唱的时候也仍然佳腔迭出，以致使台下观众都惊叹不已，赞佩她的功力深厚。鉴于她目前的健康情况，我并不鼓励她再登台演出，而渴望她多多致力于培养新人，千万要让她的绝艺传下来。

时间过得真快，由宁回沪，不觉已两个多月了，但一想起这次短暂的旅行，仍有醰然如醉之感。多多珍重吧，继续努力吧，美丽的南京市，可尊敬的朋友们，来日方长，后会有期！

一九八二年一月十五日

(选自《晚霞集》，海峡文艺出版社一九八五年版)

清芬浮动莫愁湖

丁 芒

在钟山虎踞、石城龙蟠的南京，莫愁湖亭亭玉立于水西门外，觅渡桥西，清凉山麓，以其纤巧秀丽，给雄伟壮阔的气象，平添了一些柔媚。何况，“乌衣巷口夕阳斜”，秦淮河没有了桨声灯影，六朝粉黛，剩下这半湖烟雨，已足使人留连，如今更是新雨鎏金，时风缀翠，使莫愁湖一洗千年尘封，容光分外焕发。宋以来称莫愁湖为“金陵第一名胜”、“南京第一湖”，清代更列为“金陵四十景之首”。建国之初，我曾慕名来游，只是一湖败荷，两片芦滩，在夕阳斜照下，与几座旧屋相吊而已。怎能和这样的高誉相称呢？而现今游湖归来，给我留下的却是总括了一湖芳菲的玉雕莫愁女的倩影。她亭亭玉立，掩映于水光山色之中，给苍莽雄浑的金陵景观，描上了斑斓的色彩，给流连凭吊的怀古幽情，注满了时代的光影。

因此，莫愁湖象一杯芳香四溢的葡萄美酒，一直在我心中摇漾。

湖是因人而得名的。清人马士图编纂的《莫愁湖志》和江宁府县志都载明：“三山门外昔有卢莫愁家此，故以名湖。”卢莫愁，就是梁武帝所作《河中之水歌》中所写的洛阳女儿。她十三岁能养蚕织绮，并且爱唱歌。当时建康（今南京）有位卢员外，经商路过洛阳，遇莫愁卖身葬父，就把她携回，与自己的儿子成亲，后生一子。不久,边疆发生战事,丈夫戍边多年,“白狼河北音书断,丹凤城南秋狂长”(唐沈佺期句),莫愁虽愁苦不堪,仍不断为穷苦人分忧,以自己的积蓄,救乡邻的贫病,却被卢员外诬为盗窃。莫愁不堪凌辱,投石城湖而死。乡人怀念她,就将湖改名莫愁。

这大概是最古老的也是流传最广的关于莫愁的传说了。所以莫愁湖公园中,主要的建筑群,就是郁金堂。“卢家兰室桂为梁,中有郁金苏合香”,肖衍这样描写了卢家富丽豪华的堂室。“郁金堂”这名称,都是沈佺期给裁定的:“卢家少妇郁金堂,海燕双栖玳瑁梁”,这就成了千年定论。当然,沧桑变迁,现在的房子早非旧物,然而轮奂之美,雕刻之精,家具之贵重,恐怕远非当年的郁金堂所及。堂前廊庑环抱,红栏透窗,有绿柳软影隐约摇曳其间。四壁嵌着历代题咏石刻,以《河中之水歌》为首。最令人注目的却是莫愁提篮采桑的石刻像,传说是清代一个官吏在此梦见莫愁而画下来刻于石上的。证之《莫愁湖志》,原来这官吏就是湖志的编纂者马士图自己。有一篇《补梦》专记此事,但梦后只写到拈韵赋诗,和六年后与表弟解释梦中莫愁的一段言语,朝莫愁画像焚香再拜的事,大概石刻又在其后了。

最使人流连不已的是回廊环抱的荷池,中有凌波独立的莫愁女玉雕像,据说出自北京一位石雕名家之手,线条柔美流畅,仿佛莫愁刚采桑归来,含笑款款移步,神情飞动,倒影在碧水中摇漾,更增添了栩栩如生的感觉。如果说郁金堂是莫愁湖公园的核心建筑,那么这尊雕像就是灵魂了。她是人们心中美好感情的象征,这一园的湖光山色,不都是她洋溢出来的芳香清韵吗?因为有莫愁女的形象以及对于她的故事,伴随着游人,莫愁湖公园的一花一木,都充满着诗一般的魅力,使人一见倾心,不能忘怀。

园中另一著名的建筑就是胜棋楼了。当然它也有个传说:明太祖朱元璋在南京做了皇帝,有一天和中山王徐达在这座楼上对弈,朱元璋输了,就把此楼和整个莫愁湖赐给了徐达。我相信这是真事,但不喜欢这个传说。对这个垄断河山、贪鄙残酷的封建皇帝的虚情笼络手段,何必津津乐道?徐达最后还不是死在他手里的吗?可是胜棋楼还是毁了又起,现在的是清同治十年(一八七一年)复建的,楼上正中放着一张棋桌,还挂着一幅朱、徐对弈图,和“钟阜开基,石城对弈”的对联,这都是好事者附会的做法,人民可不是“闲坐说玄宗”的白发宫女!

但跟着这个传说而来的，却出现了另一个悲剧气氛更浓的莫愁。莫愁湖既为徐达所有，莫愁就成了他家的婢女。徐达偶尔称赞她眼睛长得好，悍妒的徐夫人就把她双眼挖掉；而现在上演的越剧《莫愁女》，则把挖眼睛的凶手归之于徐达的孙媳。不管是谁，莫愁女总之是被挖了双眼，她是夜半在湖心亭自沉了的。《莫愁湖志》中没有这方面的记载，可见这个传说流传不广，或只沉沦于民间，然而却道出了人民对于封建统治者的仇恨，传说把美毁灭了给人看，这悲剧的力量是更能震撼人心的。

相传那座莫愁投湖的湖心亭就在郁金堂西侧，高耸于屋顶上，可以把整个莫愁湖收入眼底。亭子荡漾在粼粼碧波之中，水影映照，晴光闪动，更显得精巧玲珑。每遇淡烟疏雨，恍惚似蓬岛的琼楼玉宇，使人不禁遐想翩翩，风晨月夕，或许竟能看到莫愁临湖徘徊的身影。

莫愁湖中荷花最多，靠近郁金堂西墙一带，一色是田田的翠盖，延伸百米之外。夏天，芙蕖如拳如掌，从碧绿的叶浪中擎出，嫣红一点，含笑却立，露水盈盈，流眄顾盼，风吹荷叶如翠裙翻飞，直使人怀疑竟是美的精魂所钟，使一湖莲花都有如许神韵！

一径沿湖西去，过去是一望荒凉的地方，现在赫然罗列了不少亭阁台榭，有荷香水榭、海棠园、露天剧场，待渡亭等等，游廊蜿蜒相接；又堆山筑路，广栽花木，使这片开阔地变得曲径掩映，更多妙趣。这些大多是近几年来构筑的。在三道桥西台坡上，矗立着一座辛亥革命在南京殉难的粤军烈士冢，有孙中山先生手书“建国成仁”的字碑。前几天，我参观孙先生办公室，曾看到几幅当年粤军敢死队攻取南京的照片，炮火烟尘中，雄姿历历，令人心往。莫愁湖畔埋忠骨，想这里的湖光山色、亮雨香风，是足以代表南王于死地的刀枪剑戟；轻歌曼舞更是倾覆朝廷的妖孽祸水！

拿今天的观点看，把历史的罪过诿之于几个弱女子，这是不公正的。事实上，秦淮河的女子相当节烈，倒让须眉男子退了一箭之地。

以善唱《玉树后庭花》这所谓的靡靡亡国之音的张丽华，在陈亡后，面对晋王的威逼，慷慨赴义！而同陈后游酣赋诗的江总、孔范等狎客却投降了隋朝，当了新朝的权贵。

诗人的偏见是多么不公正！

（选自《中国风景散文三百篇》，华厦出版社一九九二年版）

贡院街之恋(外一篇)

俞　律

一条街而以“贡院”命名,弄的古里古气,才沾得神秘色彩。这几年市府花了一笔大钱。把破旧的沿街楼馆哗啦啦都拆了,我起先颇为担心这是现代化的前奏,这才放下心来。倒不是我嗜古成癖,而是“古”对于任何文化人都是一个介于知与不知之间的怪物,并不比未来明朗多少。不知底细的事物是最诱人的。

我颇想在贡院街的旧貌还不曾变为旧貌的时候,去看一次它东头的四十七号。我从一九五三年起,就生活在这个陈旧的大院里,一共度了十五个春秋。“十五”是个戏剧性的数字,京戏四郎探母不是哭着唱“弟兄们一别十五春”的么?这里头很可以觅到一点创作灵感的。写点什么下来,让后人知道一点个中底细也是好的。然而建筑速度出奇的快。那四十七号已被夷为平地。新的仿古建筑马上就要在这个废墟上簇拥出来。倒又使我不无惆怅了。

这里在一九五二年以前是热闹的秦淮宾馆。两层的楼房,那格局就像演三十年代的故事的电影里的旧式客栈。楼下一个方方的天井,客房密匝匝地围住这块摆布着老人脸上皱纹似的裂缝的洋泥地。大门入门处有一架还算宽敞的木楼梯,走上去便站在有点摇晃的楼板上。楼上客房还是那样围住天井,把蓝色的天也围成一个小方块，看上去也是这个旅馆的一部分呢！

其时交通银行看上了这栋房子，花了一笔钱买下来作办公用房了。过了两年又搬到太平路去办公。这个贡院街四十七号就留给职工们安顿蜂房似的小家庭。

这里坐落在夫子庙最热闹地段的最东头，紧对过是解放电影院，东面就是拥有大光明戏院的平江府，西头嘛，永安商场日夜挤满了人，再朝西乃是横跨在秦淮河上的黄公桥了。

老实说，四十七号本身并没有什么落花流水之恋，他之所以时时引出“死生亦大矣”之感，却在其东头的凤凰舞厅和西头的黄公桥。

说到凤凰舞厅，他不过是个小小的略有点放荡的娱乐场罢了。其址在解放电影院之东，隔街相望。每天晚上，一阵阵舞乐总是蓬蓬拆拆地传到那个四十七号里去。

我虽说是上海洋学生出身，当年在十里洋场却是从来不涉足舞场的，舞厅于我本无任何诱惑力，只是由于初到南京，家眷又不曾带着，难免常有异乡的寂寞感。到了晚上，有时真不知如何措手足，有一次竟被那舞乐引着，踏进凤凰舞厅，看看凤凰到底是种什么鸟。

舞伴相拥，款款然以优雅舞步抒发爱慕，倒真是一种艺术。我平生不入舞池，只得做壁上观了，舞池里的灯光真像水一般的流动着，舞者如鱼，自得其乐；而观舞如观鱼，个中境界，大有庄子的哲理在。

这是秦淮河畔特有的风情，这里的舞者的确比上海的土，但这种土却是秦淮水浇灌的，可以在其中物色到秦淮色彩的诗。

我观舞只是为了读这种诗，本以为这是我独家风范，想不到后来发现，近处又有一位沉默的观舞者。

这是一位约莫二十多岁的青年女子，眉宇间浮动着楚楚动人的秦淮乡土气。我那年实足二十五岁，但遇到的却不是一个罗曼蒂克的故事，我只是逐渐注意到她，而她似乎完全不注意周围的人和事，她的呆滞的眼神自然不会触及我的存在。只有这么一个月光淡淡的春宵。我偶然走进她，她才望了我一眼，摇头说：“我早就不跳了！”当时还弄不清她的意思。后来才从某些知情人口中弄清，她过去是个当舞女的，于是明白过来，她常来此地大概是寻找某种失落吧？

四十七号周围一带原是旧社会吃喝嫖赌场所的集中处，它的南面就是名声很不好的大小石坝街。从北向南穿过黄公桥，马上就进入当年的烟花巷陌了。暗中度神女生涯的，到一九五三年还未绝迹，那时交行有一位干部，就在其地被一位神女拉走，不免落了笑柄，同事们老跟他开风流性质的玩笑。

当然舞女和妓女还隔一层。何况这观舞女郎十分质朴，全然的脂粉不施，绝似良家妇女。至于她失落的究竟是什么，我也无从打听，从年龄判断，也许她失落的是爱情。这可不是别人可以补偿的，故而也就不想找她搭讪。后来却悔了：也许我当时错过了一篇动人小说的情节。

夏天来了，秦淮河泛起草腥味。一天中午黄公桥上有人喊："救人!"原来有个女人翻过木桥栏毫不犹豫地就跳下去了。等我悟到了一点什么，三步两步跑到桥边，一切早已过去。秦淮河依旧静谧地让午风吹起微皱。桥上站着几个木然的男人和女人，扶着拦干向水里瞧。我于是便疑惑跳水的就是在凤凰舞厅彷徨的那个秦淮女郎，晚上竟再也不想观舞去了，怕果真应了我的疑惑，一连多日，虽不得安寝，却也有点轻松感——就似乎可以象征一个时代的消失的。

以后，我经常晚上到黄公桥去看逝水，看水里微微颤动的流不掉的秦淮月，希冀遇到使人喜或愁的事。

黄公桥是木结构的，其时已是年久失修。踏脚上去，似乎都有点心理的摇晃。所以过了几年便被拆光，另建了石桥，连名字也一并换成了"白鹭"。然而，我喜欢"黄公"这个桥名，因为我在这桥上，终于遇到了很喜的事，我就在心理的摇晃中结识的一位沈先生，他是一位奇人，一位象棋高手，尽管"黄公"和"黄石公"完全风马牛，我偏觉得自己充当了年轻的张良这个角色。后来的许多良宵便混迹消匿到夫子庙旁边的象棋摊上去了。

将士象车马炮！坐暖了屁股，输一盘棋只花一分钱，我有时一晚下四、五盘棋，虽然输得多，却也颇学得一点棋艺。

沈先生说，从前夫子庙棋摊出过大杀手万启有，打遍秦淮无敌手，连扬州三侠窦国柱，张锦荣，朱剑秋都不放在他眼里，他收过好些徒弟，沈先生就是其中一个。

在棋摊上混长了，就结识了两个当时南京最辣括的棋手，一个瘦小的高源林，一个壮大的印邦春，那时他俩已入中年。高君在某个纱厂做工，印君则在秦淮河的内桥角上开一片小饭店。

一入局中，便会着迷。我把《橘中秘》、《梅花谱》等一一研究摆布，又到南京文化宫象棋组混混。参加《象棋月刊》编辑，一本正经的为高、印二君和沈先生写文章立了传。

记得是一九五四年春天，黑龙江棋手王嘉良和北京侯君来宁比武，文化宫安排高、印二君应战，人家王嘉良十分的年轻厉害。一阵把高君杀败，印君也输给了侯君，那天我任副裁判。便劝王君再另杀一场。棋迷们又哄起，把沈先生捧上台，我起先以为沈先生年纪大了，斗不过人家东北名将，谁知道他老先生胸有成竹，执黑先行，第一着来了个‘象三进五’，台下交头接耳，议论起来，想是笑沈先生走了软着，殊不知一路杀下去，沈先生竟逼得王君订了城下之盟，那几年我涉足棋坛，看了不少精彩好棋，观棋之乐，比观舞又要深沉得多。

又过了几年，这一切都夹在黄公桥下流水中东去了；然后便是“文革”，贡院街上一片“打倒”之声。又谁知历史是全然打不倒的，这一切不又回到我的笔端来了？

每读《儒林外史》，总是被周进哭贡院的故事弄得忍俊不禁，这周老头儿真是想不开，只想向庙堂之高爬去。其实江湖之上，有的是高人、贤士、奇女、真男，这十里秦淮，真才真艺的是消磨不尽的。我这回信手书来，虽只写了观舞观棋两个平淡无奇的旧事，却也伴得江左烟霞，淮南耆旧，留一段野史哩！

又寻灯影桨声来

这几天南京报纸热腾腾的宣传着秦淮河的新生，十几只画舫像是从遥远的天国归来，成为南京庆祝国庆的珍贵礼物。南京人兴奋起来，潮水般地涌向河边。都说三十余年不睹此景，这回非痛快的玩个够不可，我起先倒有点杞人之忧，以为秦淮河早经污染，臭水一汪，不知画舫如何荡得开去！南京人虽有大萝卜之绰号，在

"玩"字上却是精明,要是玩的不快活,大舌头说话便不好听。就如从前天津人看名角唱戏,若唱坏一句,他们就在座位上喝倒彩,有的还跳到台上扬着当票,拉长声音说一声:"我可是当当来看戏的!"

秦淮区老朱是个热心人,他晓得我心事,就在十月一日当天下午做个雅东,拉我上了岸边渡头的画舫。我一脚上的画舫去,在微微摇摇之间俯身看水,只见水中颤悠悠的一个影子,细看来不是别人,正是我自己的清楚形貌,猛想起"河清难俟"这句老话。这原是说黄河水浊,一千年才清一回,若是真个清了,便是开明政治,升平之兆。这话移到南京,自然应在秦淮河上,南京人盼秦淮河清,早已盼得不耐其烦,谁知十月清风一拂,忽然海晏河清,怎不要以手加额,叹一声好。

这条船名为"古秦淮",一式的红木座椅,红木船棚,船头上高悬着斗大的两盏红灯笼,篆书"古秦淮"三个金字。端的古色古香,不由得心情就逍遥起来。这时有人泡茶送上来,软语绵绵,道一声"请用茶"。猛抬头看去,只见一位导游小姐,身着明时衣饰,分明是五百年前的少女模样。我捧过杯来呷一口,一股茶香沁入五内,想是上好的雨水毛尖,不免感慨系之。原来去年今日,我在此地饭店小饮,平白无故的被服务小姐抢白一通,事过之后,尚有余憾,不想在今日导游小姐"请用"二字的感化中化为乌有。

这位导游小姐原是此地中学毕业生,只因不曾考上大学,便参加了本区导游班的学习。想不到干这行要上解天文,下知地理,历史社会都要面面俱通,未必不比大学毕业有出息。她谈吐清新,彬彬有礼,一味的古时大家闺秀气派,对于秦淮风景,了然于胸,有问必答,答又在理,不免和她多聊些今古人物风流。不觉船已启动,长篙进水,宛如碎珠坠波之声,凭栏送目,万一出了泮池,越文德桥而西,小泊于媚香楼下。

媚香楼既为李香君故居,自然暗藏脂粉气,正是文人爱访之处。今年春天,我曾陪储大泓、公刘、王辽生诸外乡诗人到此吟诗,储公是海上文坛祭酒,题诗云:"旧地重游似梦中,金陵盛会赏心同。秦淮灯影溶溶月,玄武莺啼淡淡风。素练澄江河渚白,绿窗芳草夕阳红。童心不问染霜鬓,觅句寻诗兴未穷。"腹联写景如画,绿窗芳草，风烟实在撩人。如今芳草虽老，却和诸诗人一样，依旧绿的郁郁葱葱。

桥边有楼，是今年新造。和岸上乌衣巷隔楼相接，遂以“来燕”为名。此桥名极是风光，倒动了我的诗兴，须臾得句，击节咏道“旧客断桥秋水恨，金闺不必暗相催。从今此地花长好，赢得四时燕子来”。

推敲之间，船儿已是拨过头来，过了得月台，只见台上游人一齐注目河上。有招手的，有挥帕的，就如亲朋好友送行似的。正热闹着，有人直接嗓子喊一声“来了！”就有一只小舟急靠上前，两个雪白玲珑的女孩子跃过舫来，一个扶筝，一个抱着琵琶。原来是夫子庙小学的学生，大一点的穿着花裙子，笑眯眯的坐定，对着古筝试了一会音，就轻松的拨奏起来。霎时一阵阵清音扶起，犹如行云流水一般，更透出一种生平的闲散乐趣，使人低徊不已，这一曲叫做《渔舟唱晚》。我击节细聆，便觉得自己原是被披蓑渔翁，正在闲挂的渔网边晒夕阳哩！接着那小一点的女孩子半抱琵琶弹起了《平沙落雁》。此曲正应得三秋景色，其声激越，略带点儿节候的凄清，和激荡秋水的篙声相应。我且闭目养神，尽情领略个中秋趣，待到睁开眼来，画舫已越奎光阁，老正兴诸茶楼，滑过长长的翠苑，荡在白鹭桥下了。

白鹭桥遥接白鹭洲，我在桥侧客居过一十五年。此地草本水石一一都是旧时相识，不由得注目两岸。见行人携手搭肩而行，大家面有喜色，西装共旗袍之多彩，白发与红颜而争辉。想当年我居此处，男人一律衣蓝，女人也基本如此。有精神之寒伧，无色彩之缤纷。曾几何时，人与秦淮一朝换了丽装。我心中之喜比行人面上之喜只怕还要透彻些。

正凝想间，老朱说：“你看，又一座新桥！”我忙问桥名，他说还未曾定。有人建议取名“夜泊”，因为杜牧有一首“夜泊秦淮近酒家”的佳作，就在这里写的，将来岸上还要建一座诗词的酒家，追随其意境。我思量这“夜泊”二字果然很好，我却另有一种轻捷的设想：如果叫它“近酒桥”也许更饶有诗趣，而且多一层撩拨人的情绪，游人过此，庶几不饮自醉哩！遂又做了一首诗：“桥上有香缘近酒，舟中无事且衔杯。劝君莫要匆匆醉，留得醒时待月来！”

此时果然已近黄昏，秦淮明月已在云端浮动欲出。这光景古人也曾碰到过。

《儒林外史》写杜少卿、武书荡舟秦淮，正是在这里看见一轮明月升上来的，对此却也没有多少描绘，只说是“照的满船雪亮”罢了。我想天下月亮只有一个，它的价值要在照见美好的事物的时候才能显现。只因秦淮有明水丽舟，月亮才能照出美来。如果它照见的是戈壁滩上的茫茫沙漠，则月亮本身也是荒凉可怖的事。真服吴敬梓会写文章！

老朱又提醒船到尽头，碰橡皮坝转弯回行了。橡皮坝设于桃叶渡头，储水放水都在这个关目上。当然还是现代科学有办法！如今秦淮虽说一味的古代化，而实际内涵却有十分的现代化。诚然不是蓄意复古，而是借古之庄重形体，现代玩乐精神。别看导游小姐爱着古人服装，人家桃叶，桃根在九泉之下，想必热衷于穿现代袒胸露腿的衣裙呢！

回头路上，河上舟上已是光闪闪一齐上灯。这秦淮灯光原有个甲天下的称誉，此时影影绰绰。什么“五蝠蟠寿”，“瓜开见子”，“刘海戏金蟾”之类，果然吉祥如意，使人忘忧于传统的乐趣之中。画舫就在灯影之中回到泮池的“天下文枢”四个大字牌楼下。这四个大字全是颜鲁公体势，在灯光辉映下特别显得气象不凡。老朱见我沉吟不语，便笑道：“这是颜真卿字帖上选出来的字，不是今人写的。”我恍然大悟，也笑着说：“这字太好，要多付颜先生润笔钱啊！”

当下便和老朱别了，心却兀自留在秦淮河上，古人若知我痴情，愿今宵梦中来会，若李香君来，我愿为侯方域；若桃叶来，我也权做王献之了。这个全然没有轻薄之意，只不过圆个历史的虚梦，譬如演唱戏曲，粉墨登场罢了。

从前朱自清、俞平伯在此泛舟，留下传世名篇。我何幸而得步其后尘，不能无诗寄兴，于是捻须而吟道：“秋风几度此徘徊，十月秦淮烟雨开。俟得河清需一笑，又寻灯影桨声来。”

此游正逢十月之始，我做的几首诗遂也一律用“灰”韵。“灰”在诗韵中列平声第十，一来与十月暗合，二来这“十”字乃是完满具足的意思，可算大吉大利。唉！百年易过，千秋事大，愿从今以后，普天之下，和今夜秦淮一样繁华。

（选自《名家笔下的南京》，南京出版社一九九五年版）

雨花台拣石记

贾平凹

在南京住了一些日子，要回去了，总想买些什么东西带给亲人，蓦地记得应该去雨花台拣些石子；同行四位朋友都极响应，便挑个雨后的天气，悠悠地去了。

放迹山水，这本是知识人的怪嗜性儿，况且我们这些弄文的学子，往日里，清高得很，想，有幸得于天下名石了，或列于书案，作文时揣摩，休息时欣赏；或赠于恋人，绿作扇坠，赤作红豆……在繁乱的时光中得以安静，于庸俗的世事中聊作高洁，自是一番雅事呢。

雨花台在城南的山上，说是山，其实没有山的气势，温温柔柔的样子。正是初夏，树木长得很旺，但全不是萎萎缩缩的。树杆撑得很高，向着天空，一劲儿拥挤，绿就像静浮的云，给人一种飘逸之感。走进去，多是不见天日，也不见地面上如水藻交错一般的荫影；透过树外炎炎的烈日，看一丝一缕的升腾得正紧，便觉荫处整个空气都是深而不暗的绿。间或露出一块天来，太阳射下的不是一种红光，白得刺眼，看得见它的边缘，犹如没规没则，顶天立地的白的固体。这景象使我们十分惊奇，喜欢从绿里跑向白里，但必是要眯了眼，三步两步地迅速穿过。

山上没有巉岩怪石，但石子却是多极，又没有什么水流漫过，石子又都小而圆滑。在绿里，觉得是走进了海底，石子或伏在草下，或嵌在花间，晶莹柔软得可爱；看那山弯处涌流下来的石子流道，白光里，却灿灿烁烁，似乎陡然到了宝石世界。一时眼花缭乱，如在南京城里看那少女，都炫目鲜艳，却说不出哪个是好，哪个不好。我们乐得手舞足蹈起来，却不小心，全都滑倒了，就索性躺在石子上，千声万声地惋惜没有带了照像机来。

约摸下午二点，我们分头拣起来，那石子委实精妙。有的发红，长者如枣，小者如豆；有的发黄，深的蛋黄深，浅的桔皮浅；有的发绿，绿得腻腻的，绿得厚厚的；有的则发黑了，叩之泠泠作响；有的紫蓝紫蓝的，如熟透了的桑椹，似乎摸着染色，闻着有香气呢。那石子上更奇的有了线纹：水波形的，流云形的，木质形的，鸟兽形的，花草形的……

我们只知天下石子，雨花台的最好，可如何也想象不出好到这种境界！想这天地万物，本是浊然而生，唯这里的石子，颗颗都是工艺妙品，怪不得谁也无法解释这是天神的珍珠库呢，还是地鬼的玛瑙室，只是这般奇特，这般丰富，叫它是雨花落下而成的石子了。

从前山走到后山，口袋里便装得满满的。我得意得很，觉得是最富有的人了，捧着石子，走一步，看一眼，看一眼，赞一声，每一颗石子，都给我一个形象，一个梦一样颤酥酥的遐想。我忘记了生活一切的烦闷，只是平和，只是安宁，只是崇高的诗和音乐。蹒跚地走到山弯处，朋友们分而聚合了，个个都是孩子般的快活，一起摊开口袋，你看我的，我瞧你的，对着太阳照照，贴在耳边磕磕，滋味是乡下媳妇翻那针线包袱，一遍一遍没个够数。终于有人叫着："口渴了！"大家才发觉真的渴极了，就去湾下的亭子里。

亭子里有卖茶的。喝茶之间，朋友特意买了一碗清水，将石子放了进去，那奇妙的现象又发生了：石子更加晶莹，线纹越发清晰，绿的如了葡萄，手指一掸，便要溅出汁来；那红的犹是了琥珀，明明白白看见了线纹不是在表面，而一直含在里面哩。我一时心切切起来，觉得他们拣的，好的竟比我多，索要了许久，都拒不割爱。我就又提议再找一会儿，大伙也都乐意，便又分头满山跑开去了。

好不容易，在一棵开得极艳的小野花下，发现了一颗很好的红石子，我激动得全身都颤起来了。于是我明白了一个秘诀，那小野花下，必是有好的石子。不知是花的精灵儿所致呢，还是别的神支鬼差，这方法竟使我收获了不少。每得一颗绿的，就倦倦想那黄的，得了那黄的，就又盼那紫的；满足了一种欲望，就又企图更美妙的欲望。但往往使我长时间的苦恼、焦急，骂自己运气不好。终是到了太阳西下的时候了，仍是没有得到那如墨如漆一般的黑石子。

到了最后，朋友们重新在后山头相聚，你有了红的，却缺了绿的、紫的，他有了黄的，却短了白的、蓝的。他们没有的，我全有了，我所缺的，那如墨如漆的黑石子，他们却全都有。这终使我气恼。天黄昏得厉害了，大伙说是回吧，我却不行，还要坚持再去坝子里再拣拣。朋友们就骂我贪得无厌，说我黄红绿蓝紫，样样有了，唯少了个黑的，还这般不知足！但我仍是不肯死心，虽然坐在那里吃着干粮，却唉声叹气，惹得他们又是一顿攻击。

突然间，身后有了说话声，语气很低，但这边却听得十分清楚，回头看时，远近却是无人，声音正从后侧的一丛山字柏树后传来的。只听一个在说："老师，这几年来，越弄越苦恼呢。"另一个说："就是，画出一幅，觉得高兴，但很快就又苦恼了，恨自己弄不出个大名堂来，常常想就地打滚哭一场。"一人又说："瘦猪哼哼，肥猪也哼哼，我们苦恼，你也苦恼？你的画省上、全国都获了奖，又办了个人画展，你还苦恼什么呀?!"前边说话的人便说道："这不是故意说的，确实苦恼得很呢！今日老师来，就盼能点石成金哩。"一个苍老的声音便说道："他说的苦恼，我理解。别说是他，我也苦恼得很呢!"便有三四个声音叫道："你也苦恼?"那苍老声说："可不。愈是画得好，愈是苦恼哩。大千世界，人活着都要有个事儿干的，不想干个事儿的，那不是类似猪一样，便就要无聊地去自杀了；可人心常常没底，欲要贪图更大的成绩。愈是有了大的贪图，愈是苦恼，愈是苦恼，愈要贪图大成绩来满足。以此循环，往复不息，能不是苦恼越来越大吗?"三四个声音就又叫了："那么，要干番事业，就得一辈子苦恼?"苍老声便说道："是的，可乐在其中，谁的苦恼最大，谁的乐趣也最大。"

那边哑了声，我们这边也哑了声，你看着我，我看着你，却无言可言了。

我们站起来，要过去看看那是些什么人物，好好再听听一番教导，那树后一阵响动，便见一行五人起身走过树丛，飘飘下山去了，前边是个老者，后边是四个青年，都夹着画夹。

朋友们齐声叫道："说得有理！"我便又提出再拣一会石子，他们全都默默点头，哈哈笑了一通，分头一直拣到天黑。

这是八一年六月初九的事，同拣石子的，是写诗的李清，写小说的商子，写评论的王琦，还有一个写散文的和青，年且十七，是个秀发女子。

（选自《贾平凹散文全编》，时代文艺出版社二〇一五年版）

媚香楼记

施康强

明末乱世，秦淮河上却是说不尽的风流繁华。旧院名妓，个个色艺双绝，相与的又都是一帮意气风发的贵公子，正所谓“家家夫婿是东林”。嫖妓不忘忧国，忧国不碍宿娼，这是那个时代那个阶层的特殊情形，后人不必苛责前贤。明亡后，名士皆埋骨青山，美人亦栖身黄土。我们只能从余怀的《板桥杂记》抚想当年的鬓香钗影，红巾翠袖。

《板桥杂记》云：“旧院人称曲中，前门对武定桥，后门在钞库街。妓家鳞次，比屋而居，屋宇精洁，花木萧疏，迥非尘境。”又云：“旧院与贡院遥对，仅隔一河。”又：“长板桥在院墙外数十步，旷远芊绵，水烟凝碧，回光鹫峰两寺夹之；中山东花园亘其前，秦淮朱雀桁绕其后。”根据这几段文字的提示，旧院的位置应在今白鹭洲公园（中山东花园原址）以北大、小石坝街一带，与贡院隔河相望。问题出在钞库街和武定桥。今天的钞库街以文德桥南堍为界，与大石坝街对口，武定桥则在钞库街的另外一端。大石坝街想是后来才有的街名。总之，当年那个“红灯区”的范围是相当大的。

李香君的媚香楼在旧院中自然不成问题，具体位于哪个地点，却很难坐实。侯朝宗的《李姬传》只写了半截,没有交代香君的归宿。《桃花扇》的结尾让李香君归隐栖霞山,好事者就在栖霞山造了李香君墓,与原来西湖畔的"宋义士武松之墓"是一样的假货。不过媚香楼总是存在过的。抗战前某年,大石坝街某号发现"媚香楼"界碑,有曲圣之誉的吴梅为此填了一首词,结句为"武定桥边,立尽斜阳"。今天石坝街与武定桥隔着整整一条钞库街,吴梅填词时大概想的是《板桥杂记》,以武定桥泛指旧院,否则是合不拢的。江苏一位作家前几年去那里踏勘过。她的印象,那是一所破旧的大杂院。

又一说,不知起于何时,媚香楼在钞库街三十八号,即今天南京的李香君故居陈列馆馆址。不管是真是假,这所三进两院的清代木结构住宅本身在建筑史、文化史上都是有一定价值的。进大门为一饰有山石花木的小天井。左侧开一圆门,入内有一广庭,庭南、北各建一厅,南为思远堂,北为话雨轩。这一部分建筑归秦淮区老干部局使用,不开放。穿过话雨轩,后进的正宅被认为是李香君的妆楼。楼下东、西厢房展出与《桃花扇》及孔尚任有关的资料,"秦淮八艳"的图赞等等。从堂屋中央的木楼梯上楼,楼上西间是香君的琴房,设一琴及书桌香案等物。东间是卧房,少不了梳妆台和硬木大床。床上叠着仿古的锦被,挂的帐子却是白色罗纱的现代生活用品。其实应该换上绣花帐子,帐额上绣折枝桃花更妙。出琴房的后门为一过道,直通东首卧房的后门。从卧房前门出去,又回到楼梯口。

总之,陈列的内容显得单薄,尤其遗憾的是无一明代的实物。游客下楼,发现堂屋后身还有一间屋子没有涉足。等待他的是一个惊喜:这就是河房,《桃花扇》中丁继筑和《儒林外史》中杜少卿住的那种河房。媚香楼的河房是一个精致的大厅,厅内有大理石桌面的硬木桌子和配套的栗色方凳,卖上好的盖碗茶。游客可以坐下来品茗,也可以推开落地长窗,凭栏观赏秦淮河的流水、岸柳、画舫、桥梁、亭台楼阁在水中的倒影。

河厅右侧是厨房,游客能瞥见一角灶头。这里供应全套的"香君小吃",当然要预订。有博物馆性质的陈列馆兼营饭馆,倒是首创。当年旧院的饮食讲究是有名的,今天夫子庙的小吃更是名闻遐迩。不过正不妨以茶代酒,以风景和历史权当下酒菜，回味将近四百年前，“每当夜凉人定，风清月朗，名士倾城，簪花约鬓，携手闲行，凭栏徙倚”（《板桥杂记》）的盛况。

（选自《都市的茶客》，辽宁教育出版社一九九五年版）

在明孝陵撞见南京的灵魂

苏　童

几年前的一个夏天的傍晚，与一个来自北方的朋友在明孝陵漫步，突然觉得有一件意外的事情正在发生。这意外首先缘自感官对一个地方的特殊气息的敏感，我们在那个炎热的处处流火的日子里，抬手触摸到这座陵墓的石墙，竟然感到了一种浸润的冰凉的寒意，感到石墙在青苔的掩饰下做着一个灰色的梦，这个梦以凤阳花鼓为背景音乐，主题是一个名叫朱元璋的皇帝。我们的鼻孔里钻进了一股浓郁的青草或者树叶默默腐烂的气味，这气味通常要到秋天的野外才能闻到，但在明孝陵，腐烂的同时又是美好的季节提前来到了。

所以我说，那天我在明孝陵突然撞见了南京的灵魂。

十八岁离开家乡之前，我走过的最远的城市就是南京。那是一次特殊的旅行，当时有来自江苏各地的数百名中学生聚集在建业路的党校招待所里，参加一个大规模的中学生作文竞赛。三天时间，一天竞赛，一天游览，一天颁奖。现在我已经忘了那三天的大部分细节了，因为我名落孙山，没有资格品尝少年才俊们光荣的滋味，相反我记得离开南京时闷热的天气，朝天宫如何从车窗外渐渐退去，白下路太平南路上那些大伞般的梧桐树覆盖着寥落的行人和冷清的店铺，这是一座有树阴

明孝陵神道
(一九二二)

的城市。它给我留下了非常美好的印象，后来我们一大群人在火车站前的广场候车，忽然发现广场旁边的一大片水域就是玄武湖。不知是谁开了头，跑到湖边去洗手，大家纷纷效仿，于是一群中学生在玄武湖边一字排开，洗手。当时南京的天空比较蓝，玄武湖的水也比现在满。我记得那十几个同伴洗手时泼水的声音和那些或者天真或者少年老成的笑脸。二十多年过去以后，所以人手上的水滴想必已经了无痕迹，对于我，却是在无意之中把自己的未来融进了一掬湖水之中。除了我，不知道当年那群中学生中还有谁后来生活在南京。

这是一个传说中紫气东来的城市，也是一个虚弱的凄风苦雨的城市，这个城市的光荣与耻辱比肩而行，它的荣耀像露珠一样晶莹而短暂，被宠信与被抛弃的日子总是短暂地交接着，后者尤其漫长。翻开中国历史，这个城市作为一个政权中心，作为一国之都，就像花开花落那么令人猝不及防，怅然若失。这个城市是一本打开的旧书，书页上飘动着六朝故都残破的旗帜，文人墨客读它，江湖奇人也在读它，所有人都感觉到了这个城市尊贵的气息，却不能预先识破它悲剧的心跳。八百年前，一个做过乞丐做过和尚的安徽凤阳人朱元璋，在江湖奋斗多年以后，选择了应天作为大明王朝的首都，南京在沉寂多年后迎来了风华绝代，可惜风华绝代不是这城市的命运，很快明朝将国都迁往北京，将一个未完成的首都框架和一堆王公贵族的墓留在了南京。一百多年前，一个来自广东的“拜上帝会”的不成熟的基督徒洪秀全，忽然拉上一大帮兄弟姐妹揭竿而起，一路从广东杀到南京，他们也非常宿命地把这个城市当作太平天国的目的地，可是这地方也许有太平而无天国，也许有天国就无太平，一个湖南人曾国藩带着来自他家乡的湘军战士征伐南京城，踏平了洪秀全的金銮梦。

迷信的后人有时为明朝感到侥幸，即使是建文帝的冤魂在诅咒叔叔朱棣的不仁不义的同时，也应该感激朱棣的迁都之举，也许这一迁都将朱明江山的历史延长了一百年甚至两百年。

多少皇帝梦在南京灰飞烟灭，这座城市是一个圈套重重的城市，它从来就不属于野心家，野心家们对这王者之地的钟爱结果是自讨苦吃。似乎很难说清楚这城市心仪谁属于谁,但是它不属于谁却是清楚的。

如今我已经在南京生活了多年。选择南京作为居留地是某种人共同的居住理想。这种人所要的城市上空有个灿烂的文明大光环,这光环如今笼罩着十足平民的生活。这城市的大多数角落里,推开北窗可见山水,推开南窗可见历史遗迹。由于不做皇帝梦,不是什么京城,所以城市不大不小为好,在任何时代都可以徒步代车。这一类人不爱繁华喧闹也不爱沉闷闭塞,无法拥有自己的花园但希望不远处便有风景如画的去处。这类人对四周的人群默默地观察,然后对比着自己,得出一个结论,自己智商超群强干,而他们淳朴厚道容易相处。这类人如果是鱼,他们发现这座城市是一条奔流着的却很安宁的河流。无疑地,我就属于这样的人,我身边还有很多朋友,他们的职业几乎都是一种散漫的自我中心的职业,写作,绘画,他们在这里生活得非常自得,这局面似乎是一种不劳而获的胜利,皇帝们无奈放弃的城市,如今成为这类人的乐园。

除了冬夏两季的气候遭到普遍的埋怨,外来者们几乎不忍心用言辞伤害这个城市平淡安祥的心。中山陵在游客的心目中永远处于王者地位。当你登上数百个台阶极目远眺,方圆十里之内一片林海,绿意苍茫,你会承认当年料理孙先生后事的班子是一个“感觉很好”的班子。这是一个最适合伟人灵魂安息的地方。在和平年代里,紫金山与长江不必是御敌的天然屏障,它们因此心情愉快,尽职尽力地使身边的城市受到了山水的孕育,也使这个城市的上空蒸腾着吉祥的氤氲之气。革命与奋斗过后,南京城总是显得很休闲的样子,而东郊的森林好像一只枕头,一个城市靠在这枕头上,以一种自得的姿势开始四季酣畅的午后小憩。午后小憩过后,在南京的街巷里,一些奇怪的烤炉开始在街角生火冒烟。无数的小店主与鸭子展开了遍布全城的战役,他们用铁钩子把一只只光鸭放进炉火之中,到了下午,几乎每条街巷都能闻见烤鸭的香味,黄昏时分,当骑车下班的家庭主妇们在回家途中顺便准备一家的晚餐,那些油光光的烤鸭和先期制好的盐水鸭以及鸭肫鸭头鸭脚之类的,一个庞大的鸭家族已经在各家熟食店的橱窗里恭候他们的挑选了。不知道南京人一年要吃掉多少鸭子,还有鹅。

我记得八四年初到南京，在一所学院工作，我的宿舍后面是河西通往城西干道的一条辅路，每天清晨都能听见鸭群进南京的喧闹声，年复一年的，那么多鸭子顶着霞光来到南京，为一个城市永恒的菜单奉献自己，这也是地球上独一无二的传奇。是鸭的传奇，也是南京人的传奇。我从来无意去探究其中的起源，但无意中读到一个意大利人的小说，写一个没落潦倒的贵族家庭设宴招待一个贵宾，主人所想到的第一道菜便是鸭肉，我不禁会意地笑了，看来鸭子成为这个城市的朋友不是偶然的，勉强也好，自然也好，食物里面确实是可以拉出一条文化的线索的。

世纪末急剧推进的全球化浪潮使每个地方的日常生活趋于雷同，但有时候一只鸭子也能提醒你，一个城市有一个城市的缅怀和梦想。

直到现在，许多朋友提及的南京幽胜之地我还没去过，但一个人如果喜欢自己的居住地，他会耐心地发现这地方的一草一木的美丽。以前还算年轻的时候，每年夏天我会和朋友去紫霞湖或者前湖游泳，是八月将尽的时候，一群朋友骑着自行车闯到了湖边。人在微冷的水中漂浮，抬眼所见是黑蓝色的夜空和满天的星斗，耳边除了水声，便是四周树林在风中沙沙作响的声音，你能听见自己呼吸的声音，似乎也能听见湖边的草木和树叶的呼吸，一颗年轻的心突然便被这城市感动了，多么美好的地方，我生活在这里，多好！

这份感动至今未被岁月抹平，因此我无怨无悔地生活在这个历史书上的凄凉之都，感受一个普通人在这座城市平淡而绚烂的生活。我仍然执着于去发现这座城市——但众所周知，这座城市不必来发现我了。

（选自《读城》，清华大学出版社二〇一〇年版）

南京的城墙

丁　帆

我很喜欢沿着太平门的城墙边散步，一直走到中山门。这一路皆为南京城墙最高最宽之处，当然，玄武门那一段亦是如此。当最后一抹夕阳照耀在从城砖缝里旁枝逸出的小树和灌木以及缕缕苔痕上时，一种油然而生的沧桑感和凝重感便悄悄地爬上心头。尤其是避开了都市的喧嚣，仿佛进入了一个了无时间概念的空灵之境，一瞬间，你的心灵就被锁定在历史的幽静之中。

我去过西安两次，特别留意了西安的城墙。说实话，同是明代所筑的城垣，西安的城墙显得小而整洁，处处流露出着意的人工斧凿之痕，它在西安人的呵护之下，矗立于城池的中心，更具有"古董"的气息。相比之下，南京的城墙却像腾云驾雾的蛟龙，忽隐忽现，断断续续，更贴近自然，更有一种粗犷的风韵。

南京的围城之大是可称世界之最的，且不说宫城、皇城以及外郭三道城垣，仅都城的周长就有三十三点六八公里，城墙最高处二十多米，巍峨之状可见一斑；顶部最宽处有十多米，两辆重型卡车交会绝无问题，小时候玩耍开仗多半是在城墙之上，那里远比书中的"三味书屋"和"百草园"要开阔得多、有趣得多。据说当年朱洪武建造城墙是用了二十八个府一百一十八个县烧制的大城砖，如今每一块城砖上还清晰地留有各府县长官监制和承制工匠的姓名,要知道,倘使稍有一批城砖不合格,可是要立斩不赦的!不比今日“防洪墙”那样不经事,偷工减料,粗制滥造,最多也就批评批评,处分处分而已。城砖的规格是统一的:长是四十至四十五厘米,宽是二十厘米,厚是十厘米。当然,有些城门要津处的城砖是特制的,更大更宽更厚,“文革”时,我们曾用它刻石锁,锻炼膂力,一块偌大的城砖,掏空了近一半,仍有四十斤重。小时候常听老人们说,砌南京的城墙,是用糯米、蛋清与石灰搅拌作黏附材料的,这在三年困难时期里,听起来颇有点童话的味道。难怪南京的城墙虽然是用原始材料砌成的,却比某些现代化的建筑更为坚固,它历经六百多年的沧桑而岿然不动,可见现代高科技的材料再好,只要掺入了充满铜臭的人心欲望,同样是不敌任何风雨侵袭的。

我从小就居住在光华门(正阳门)一带,依稀记得五十年代时城门尚在,如今早已成为杳然黄鹤。其缘由乃是五十年代末“大跃进”号召所为,周边的菜农和工人们为建造房屋拆走了大量的城砖,致使六十年代这里就成了一段“黄土高坡”。终于,这一段饱经历史沧桑的城门消失在南京的版图上,它没有毁在“太平天国”的战火之中就算是极大的幸运了,它也没有在日寇的铁蹄之下毁于一旦,只留下了累累弹痕,可它消失在那个贫困的年代,消失在“一天等于二十年”的大跃进的鼓噪之中。悲夫!

其实,六十年前,在“南京大屠杀”的前夕,就在城东南一带的城垣中展开了一场血腥的“南京保卫战”。虽然时任南京卫戍司令长官的唐生智表示“誓与南京共存亡”,但我始终弄不明白此次战役为何打得如此窝囊。且不说南京外围阻击战的失败,就说依着南京坚固的城墙,我们的守军也不至于兵败如山倒呀。紫金山守不住,孝陵卫也守不住,中山门(朝阳门)总该坚守一阵吧,然而随着总队长桂永清和参谋长邱清泉的溃逃,城门何能不破?倒是激战在光华门与通济门间展开,守军的敢死队和二五七旅、二六一旅的官兵,连同旅长易安华等用血肉之躯为中国士兵竖起了一道精神的铜墙铁壁。雨花台失守!中华门失守!光华门失守!……南京的城墙终于没有阻挡住侵略者的铁蹄,终于没有成为保卫这个城池和这个城池人民的天然屏障。

我们只在纪录片镜头里看到日本军队进入南京时的情景，其实，在历史档案中留下的两帧照片足以使南京人民受用几辈子。其一是人潮如蚁的日本兵站在轰塌的南京城墙斜面上的耀武扬威情形，真是一幅胜利者的狂欢景象；其二是在民国政府的总统府门前。或许，在现代中国人的心目中，定格下来的是中国人民解放军占领南京时留下的那幅士兵们站在总统府门楼上欢呼的照片。然而，历史无情地告诉我们，第一次站在总统府门楼上欢呼雀跃的却是日本兵！我想，在蒋委员长一生心灵中最为至痛的两帧照片，莫过于这一九三七年底和一九四九年四月的总统府门前的两帧留影了。

如今，南京的城墙在历代的战火和劫难中已成为断断续续的轮廓，近年来市政府拟重修城墙，我倒不以为然，每一断处不正是一段南京城墙的痛史吗？台城贮满的是情和爱的历史，而诸多城垣埋葬着的则是耻辱和仇恨的历史！这一切都是历史的自然造化，与其将南京的城墙当作人文景观来细读，还不如将它作为一个自然景观来远眺。只有在自然的揣摩中才能体悟出历史的深邃来。

蹀躞于这高大的城垣之下，我仿佛置身于历史的硝烟之中；可是我还是想回到自然造化的城墙之中，因为我恐怕如今物质欲望下的疯狂又植入这绵延的城墙之中，成为南京城墙新的一段痛史！

（选自《人间风景》，译林出版社二〇一七年版）

金陵书肆记

秋　禾

金陵三山街和夫子庙地区，是明清以来在江南乃至全国都有影响的图书集散之地，也是数百年间藏书家们喜爱的淘书之地。

金陵三山书肆街位于今南京市区三山街一带，原系明代中国四大书业中心之一。胡应麟说："今海内书，凡聚之地有四：燕市也，金陵也，阊阖也，临安也。"而金陵不仅"擅名文献，刻本至多，巨帙类书，咸荟萃焉"；而且其书肆"多在三山街及太学前"（《少室山房笔丛·经籍会通四》）。

所谓聚书之地，即各地刊本荟萃之地。外埠本地书贾将刊印之书贩至此地，再由该处批发给各个书肆销售，而金陵一带的刻书和批发业务则集中在三山街。南京市面上这些包括书贾在内的手艺人行风甚好，"甘与文人为知己，不肯向富贵家乞怜"。据续刊《江宁府志》卷十五所引陈毅（古渔）之《金陵闻见录》中语："往年金陵市上，有一材一技自负者：或修琴，或补镠，或作竹扇，或鬻古书，或装字画，或刻木石、墨迹……"下迄清末，此地的书肆分布仍很密集，如"世德堂"、"继志斋"等，书业活动也颇活跃。直至清末，废传统科举，兴新式学堂，三山街书肆的线装书刊刻和营销业务才日益萧条，终趋衰落。但继之而起了南京花牌楼书店街。

南京夫子庙书肆区位于秦淮河畔贡院——孔庙(俗称“夫子庙”)附近。夫子庙地区泮宫内外和状元境、贡院西街一带的书肆书坊,不仅是明清两代金陵书业中心的一个重要组成部分,而且名播国中,与三山书肆街一起成为士人们所喜踪迹之地。先后开业的知名一时的文林山房、天禄阁、鸿雪山房、瀛州书馆、文渊阁、宏文书店、同文山房等书肆多达三十余家,它们经营着诸子百家、四书五经、方志史乘、诗赋词集、历书时艺一类图书。

其中创业于清初的以刊刻蒙书如《三字经》、《百家姓》、《千字文》、《幼学琼林》、《龙文鞭影》等私塾用书闻名东南的李光明书庄,生意甚隆,后毁于兵火。创办于清同治二年(一八六三年)的金陵官书局,以刊刻史著、经籍和集部书著名,具有本善、刊精、价廉的特点,至光绪初年改称“江南官书局”,于二十世纪三十年代初停业。据甘熙《白下琐言》卷二记载:“书坊皆在状元境,比屋而居有二十余家,大半皆江右人。虽通行坊本,然琳琅满架,亦殊可观。廿余年来,为浙人开设绸庄,书坊悉变市肆,不过一二存者,可见世之逐末者多矣。”

夫子庙一带的旧书肆在民国年间多为小本生意,以出售线装旧书为多。科举考试制度终结以后,陆续出现新旧小说租售活动。

数百年来,凡是游南京的文化人,一般都会到夫子庙东侧的旧时贡院流连一番。明永乐年间重建的贡院,比现在保留下来的宽大得多。在科举取士的明清两代,这里是江苏、安徽两省读书人前途所系之处。按制,每隔三年为“大比”(指选拔举人的乡试)之年,到此地应试的两省秀才往往多达二万余人。

由于读书人汇集一时一地,所以这里早就发育成为一个特殊的集市。据记载,该集市与“大比”之年同步,范围从东牌楼沿秦淮河东岸展开,北抵学宫贡院,南达下江考棚。每当“大比”之年,各地商贩云集。凡是考试所需物品,如书籍、笔墨、纸砚、文玩乃至土特产品,都有摊位出售。集市经营的时间大抵从该年冬春开始。虽然士子们参加考试的时间是从农历八月初九至九月中旬,只有一个月略多一点,但提前来南京的却很多。所以,南京人特称这里为“考市”。

清初著名的浙江文人吕留良(一六二九—一六八三)就曾经在“大比”之年的四

五月间，专程坐船赶此“考市”，把在浙江老家预先印刷好的“时文程墨”等考试用书运到这里发售。他还留下了这样的记载：

> 此间北客陆续有到者，要等全场会墨出，方买书。而金陵、姑苏近地买者甚众，气色殊噪也。吾所最快者，得黄俞邰、周雪客两家书甚富，而恨不能尽抄耳！

所谓“北客”，大概是指苏北、皖北来赶场应试的秀才们。

清光绪二十八年（一九〇二年）七月，有一位年轻的秀才夏颂莱（名清贻，笔名公奴，生平事迹不详）应长辈要求，从上海到南京应考。由于他家开着开明书店，他就同伙伴们一起，顺便选择一些他们认为年轻读书人可能感兴趣的图书，到此地边备试边卖书，旨在流传文化、开启新风。没想到，此番生意做下来，出乎意料之外的事太多了。回到上海以后，他便写下了一篇长文，这就是颇有文献价值的《金陵卖书记》。这篇文章后来被张静庐（一八九八—一九六九）选入《中国现代出版史料》甲编。

当时上海受西方文明的影响最直接，所以文化观念较南京等内地要开放。此次开明书店选出供应南京考市的图书是：历史类三十八种，销出八百九十三部；地理类十九种，销出三百三十七部；政法类二十七种，销出五百三十三部；经济类六种，销出一百六十八部；教育类七种，销出九十四部；科学类二十八种，销出四百二十七种；报章五种，销出一百八十九册；文编类九种，销出二百八十二部；科举辅导书五种，销出四十六部。作者的《金陵卖书记》，就是根据营销实况分析来南京赶考的考生购书心理的市场报告。

历来图书的销售，同时尚和考试的导向大有关系。此番开明书店南京临时门市所销图书以历史书为最多。据公奴分析，这有两个原因：一是“史皆事实，故译笔率皆畅达，便于省览”；二是“此次科场，兼问各国政事，故（考生）不得不略求其端绪”。从公奴的文章来看，他是一位很有头脑的新型读书人。他指出：“盖销书之数，即输入文明之数，至无疑义也”，“试思书果不销，人何由见其书，又何所用？”他进而指出当时人们的购书心理：

> 内地人购书，第一先择版式，洋装大字，朗若列星，则书之善否不暇问也。其次问价值，版即不良，价在一元内而裒然三四册，则其他亦不问矣。其稍有辨别力者，则视译笔，明白了解，无所留难，则其说之果当与否，亦所不计矣。若夫有用无用，盖视科场为衡。苟科场所不需，则虽佳亦从缓。能越此范围，殆百不及一。

《金陵卖书记》的下半部分，是谈考生百态的。其中谈及南京有“金陵书社”，系“彼都人士所创以广见闻者也。主其事者，见解颇高，顾披寻阅书之人，寥落乃若晨星。现在藏书未富，动人自难，然渺此种子，将来必鲜巨大之结果”。

关于一九二七年以前的南京书肆业态，我从《中华图书馆协会会报》第二卷第四期上，发现了一份题为刘纯所撰的《南京书肆调查表》，他按当日书店名称的首字笔画多少为序，将南京书店的名称、店址、经理名称、经营方向、卖书种类、有无营业书目、买书有无折扣、创办时间一一作了调查，并列表公布。

在《南京书肆调查表》的“前言”和“后记”中，刘纯先生分别有两段说明文字：

> 南京素为文物中枢，书业向称发达，就其性质可分新、旧两种。凡售石印、铅印或西籍、教科等书者，皆属新书业。所谓旧书业者，即专售木版书籍，此种书贾大都贩卖性质。其能全售自刊之书者，在官局方面，仅有江南、淮南、江楚三局，今已归并江南书局矣。商店方面，亦只李光明、汤明林二书铺，近汤明林已改营石印，所有版片大都为李光明吸收。此外自刊善书者，则有一得斋善书局。关于佛学者，则有金陵刻经处、佛经流通所、支那内学院三处。余皆随收随卖，毫无定准。纵有一二书肆印有署名，因系贩卖贩买，故恒有目无书，有书无目，学者欲购何书，势非挨铺搜

求，难期必获。然木版旧书，又非在此中觅取不可。今依作者见闻所及，将南京书肆列为一表如左(从略)。

按右表书肆之中心，旧书业荟萃于状元境，新书业集中于花牌楼。考其历史所在，因清季科试场，邻近状元境，故业旧书者咸以其地邻近贡院，又有“状元”之名，投一班学子之所好，故群众书店均荟萃于此。嗣虽停科，而因历史之关系，至今仍以该境为旧书之窠巢。至新书业，始创于清季光、宣之间，民国以来日渐发达，花牌楼一带本为北城之大市，各种学校大都偏近于北城，业新书者，为营业便利起见，故皆集中于此。

总之，欲购旧书者，必至状元境；欲买新书者，须赴花牌楼。至善本书籍，无论何种书肆均不易见。另有专作书贩一业者，代人买卖，必须经若辈经手，较易搜求。

现将刘氏在《南京书肆调查表》中的书店，按其创办历史先后，兼以区域所在，重新分类排比如次。将此项资料与纪庸的《白门买书记》的记载相对照，足以了解二十世纪前叶初南京书业的盛衰兴废。

“欲购旧书者，必至状元境。”清末同在状元境的书铺，有清光绪二年创办的时由康祝三经理的“渊海书局”，专营经、史、子、集四部旧书；光绪二十六年创办的“天禄山房”，由刘信成经理之，专营四部旧书；同年，由朱俊之经理的“奎照楼”开业，专营木版、石印旧书，书目、折扣皆无。光绪三十年创办的“同文书局”，时由钱仁美经理，专营木版、石印旧书。这一带书铺的共同特点是都没有书目，顾客购书也没有折扣优惠。

宣统元年(一九〇九年)创办于此的由姚永福经理的“文奎阁”，主营旧书，兼售自刊童蒙读本和石印书籍；同年创办的“昌明书局”，由沈泽山担任经理，主销旧书、石印书；宣统二年创办的由朱甸清经理的“萃文书局”，主营四部旧书，该书局与上述数家书店不同，它备有营销书目，常年六折优惠淘书客。

民国元年(一九一一年)设在状元境的书店，有冯培基任主持的“文海山房”，经销木版、石印旧书；同年设址于此的“学海书局”，则由杨开鹏任经理，该书局，经销的是木版、石印旧书；民国八年（一九一九年）创设的傅氏“华荫堂”，营销石印旧书等；一九二二年创办的葛氏“集古书局”，主销木版、石印旧书。以上书店既无营销书目，也无折扣。

一九二五年设址于此的由王仁权经理的“保文堂”，主要经销四部旧书，有书目，照价九折优惠顾客；同年开设于此地的“聚雅书局”，则由刘少卿任经理，经销碑帖杂书等。次年开业的以洋版石印旧书为营销对象的“聚珍书局”，则既无书目，也不设折扣。此外，还有一家附设在渊海书局内的“一得斋”，亦设址于状元境，时任经理为康祝三，主要经营劝世善书，备有书目，但顾客购书没有折扣优惠。

位于贡院街的“江南官书局”（清咸丰五年设立的“淮南官书局”、光绪二十五年同地设立的“江楚编译官书局”，时已均并入此），时任经理为李士涛，主要经销自刊自印旧书，编有书目，但无折扣。一九一七年创办于贡院西街的“文苑阁”，由王成之担任经理，经销木版、石印旧书；同年创办于此的“萃古山房”，由刘雨亭担任经理，经销四部旧书。这两家书店均无书目，亦无折扣。

“欲买新书者，须赴花牌楼。”所谓“花牌楼”，大抵是指今日太平南路以杨公井为中心的南北地段。作为新崛起的书店街，一度鳞次栉比，衡宇相望。不仅私家书铺前仆后继，集中于此，而且国内各大出版单位也在此竞设门市部或分店，挂牌经营。则有清光绪二十年（一八九四年）创办的时由王成章经理的“商务印书馆（南京分馆）”，专营自刊中、西文书籍，有书目，有统一折扣；同年，设址于此的有唐德元经理“国学书社”，专营木版、石印旧书，无书目，无折扣。宣统元年开设的史久成经理的“共和书局”，主要经销自刊新书和外版书刊，有书目，折扣划一，顾客不得还价。

民国元年设立的“中华书局（南京分店）”，时任经理为沈仲约，专售自刊中西文书籍。编有书目。一九二一年在此一带开设的“世界书局（南京分店）”的经理为史久成，主营自刊书籍，兼及其他新书，亦有书目；一九二三年，由陈子青任经理的“南洋书局”开业于此，该书局专销新书；次年，由冯伯揆任经理的“中国图书公司”挂牌营业，主销中西文新书和石印教科书，编有书目，但折扣时有时无；这一年，还有赵南宫担任经理的“泰东书局”开业，经销自刊新书和外版书籍。

一九二五年，先后开店的有钱长美任经理的“合作书店”和由吕镜清任经理的“华东书局”，前者经销木版、石印旧书，后者专售新书，两家均无书目，无折扣。同年开设在花牌楼的，还有魏兆明任经理的“交通图书馆”，专售石印书籍；还有黄挺生任经理的“南京书店”，专售新印书籍，折扣不一。一九二六年与中华图书馆协会联合发行由知名学者刘国钧先生（一八九九—一九八〇）任编辑主任的《图书馆学季刊》。

除了“旧书业荟萃于状元境，新书业集中于花牌楼”以外，在南京城区的其他一些地方，当年还有一些名不见经传的新旧书店，如总店设在秦状元巷、分店在状元境的“李光明书铺”，创立于清同治初年（一八六二年后），时由李仰超经理自刊旧书；光绪二十六年（一九〇〇年）开设在黑廊的“汤明林”书铺，时由汤承斌经理，主销自有刊本，时已不常刷印。两家书业“老字号”皆有营业书目，对顾客并无折扣优惠。自民国以后，新文化大兴，在相当长一段时期内，几乎每年都有书店在南京开业。

如民国初年开设在奇望街的周绍堂“有正书局”，主营碑帖、金石；一九一六年开设在益仁巷的杜仁记“幼海书局”，由沈仲约任经理，经销木版、石印旧书，无书目，无折扣；次年开设在五马街的“崇古山房”，由葛子珍经理，主销木版、石印旧书。这几家书店都没有营销书目，也没有折扣。

一九一九年创办于四象桥的杨老四“蕴古斋”，营销木版、石印旧书；次年创办的蔡氏“天一书局”设在成贤街，营销铅印、石印新书和教科书等，有书目，顾客购书无折扣；一九二二年开设在龙门街的孟子卿所办“怀仁书局”，主销木版、石印旧书。

一九二四年开设在北门桥的“教育图书馆”，由麦穗岐负责，经理伊文思图书；同年开设在北门桥的“光天书局”，则主销文具、课本；一九二五年开设在龙门街的丁氏“松鹤山房”，主销木版、石印旧书；同年开设在唱经楼的应书华“华美书局”，主营新书买卖，同年开设在龙门街的丁氏“松鹤山房”，主销木版、石印旧书；与之营销范围相同的有一九二六年设址在马府街的“庆福书局”，由谢衍甫经理；同年设址在此地的“金陵图书馆”，则专售新书。

此外，清光绪年间创办于延龄巷的“金陵刻经处”，时任经理为萧屏阁经理；也在光绪间设址在羊皮巷的“佛经流通所”，时由妙莲和尚主理；一九一八年创办的设在大中桥的“支那内学院”，时由欧阳渐经营，三家均销自刊佛经佛书，编辑有书目，是当日南京和周边地区人员购买佛经的主要去处，但均标实价，没有折扣优惠。

以上大致是晚清以迄二十世纪二十年代后期南京书肆废兴变迁的一个梗概。经抗战初期战火延烧、日寇践踏以后，南京作为当日全国的一个重要书业中心日益毁坏。以至于当纪庸在四十年代初提笔写作《白门买书记》时，十分感慨系之，以至于张口就说出这一篇令人丧志的话来：“金陵非文物之区，自经丧乱，更精华消尽；徒见诗人咏讽六朝，惓怀风雅，实则秦淮污浊，清凉废墟，莫愁寥落，玄武凋零！售书之肆，惟以旧货居奇，市侩结习，与五洋米面之肆将毋同若南涧所亟亟称道之五柳老陶、延庆老韦、文粹老谢，徒供人憧憬耳……”，这与刘纯在一九二七年撰写的《南京书肆调查表》前言中所自豪道出的“南京素为文物中枢，书业向称发达”一语何其大相径庭！由此益见证日寇戕害文化金陵之深重矣。

（选自《书房文影》，江苏教育出版社二〇〇一年版）

六朝人物与南京大萝卜

叶兆言

一

一个城市，怎么样才能适合居住，并没有什么一定之规。大致的标准，无非物价低一些，气候好一些，人情和民风纯朴一些。过去曾有“上有天堂，下有苏杭”之说。其实这也不过是为了说着押韵，念起来顺口，苏杭并不一定特指苏州和杭州。苏杭显然是一个大概念，它代表富庶的长江下游地区，也就是我们现在常说的江浙沪三角洲。

南京在历史上，显然是一个适合居住的城市。浙江钱塘人袁枚在南京住了下来，他的理由很简单，“爱住金陵为六朝”。他亲自设计了随园，并写诗把随园的来历、特色以及名声都加了注：

买得青山号小仓，一丘一壑自平章。
梅花绕屋香成海，修竹排云绿过墙。
嵌壁玻璃添世界，张灯星斗落池塘。
上公误听园林好，来画庐鸿旧草堂。

袁枚是大才子，进士出身，做过几任县太爷。三十三岁时，突然厌倦了官场，急流勇退，在南京小仓山买了一大块地方，修了随园，从此过着“谈笑皆鸿儒、往来无白丁”的名士生活。袁枚自称：“不作公卿，非无福命只缘懒；难成仙佛，又爱文章又恋花。”这是一个会享乐、也确实享到乐的旧式文人。《白下琐言》中对随园做了这样的描述：“门外竹径柴篱，引人入胜，山环水抱，楼阁参差，处处有画图之妙。城中名园，无出其右。”

随园的名气实在太大了，结果乾隆皇帝下江南，竟然专门派了人去画随园图，以备修皇家花园时参考。当时南京有许多漂亮的私家花园，随园是其中的佼佼者。

袁枚不是六朝人物，却向往着过一种六朝人物的生活。六朝人物晚唐诗，这是中国许多文人的精神寄托。袁枚处在清朝的盛世，却享受着没落时代的闲情逸致。他少年得志，中年辞官，潜心著作。写诗，成为当时的诗坛盟主，写散文骈文，皆取得不太差的成就，有《小仓山房集》、《随园诗话》、《子不语》等。袁枚最引起人们议论的，除了一大帮姨太太之外，还有一大群跟他学写诗的女弟子。“素女三千人，乱笑含春风”，何等气派。

直到已成为八十衰翁，袁枚还为某太守要禁秦淮娼妓，跳起来打抱不平。他写了一首让人不得不笑的诗：

> 綮戟横排太守衙，威行八县唤民爷。
> 如何济世安民略，只管河阳几树花。

好一位风流老人，似乎一眼就看透了官家的把戏，无非是想通过禁娼，捞点银子用用，所谓“官分买笑金”是也。清朝的文字狱说起来让人害怕，好在只要不是犯上，只要不反对皇上，骂骂当官的，也没什么大不了。袁枚是大名士，大名士皆是掌握尺度的高人，知道该怎么骂。他写这样的诗，果然没有引起任何祸端。

二

南京历史上，像袁枚这样的名士，绝非个别现象。作为一个适合居住的城市，南京的优势在于它能够拥有、并能欣赏这样的名士。南京是一个理想的养老之地，有无数可以效仿的先贤，在这里做雅人或者做俗人都合适。中国人讲究叶落归根，可是事实上，那些来自于农村的做官人，并没有回到老家去寿终正寝。许多人恰恰都选择在南京养老送终，这是一个充满了暮气的城市。这里的怀古气氛，对老人来说是一个很好的安慰。

王安石选择了南京为结束自己生命的地方，类似的例子很多。王安石为自己的隐居之地，取名为"半山园"，而另一位清朝的扫叶楼主人龚贤，则将自己的住所，以"半亩园"命名。自古江南出才子，才子们更多的是喜欢以南京为他们的活动场所。六朝在国运上并不强盛，但是对于文化人来说，六朝人物却始终是大家乐意效法的。清末四大公子之一的陈三立，也就是著名学者陈寅恪的父亲，因参与戊戌变法，被革职永不录用，他老人家晚年就长居南京，在中正街筑散原精舍打算颐养天年。陈三立的诗艰涩奇崛，为风流一时的同光体诗坛盟主。他定居南京的时候，门人后辈以诗文请益者，络绎不绝。

和其他城市有所不同的，南京从来不以土著的名人为荣。很难找到像南京这样没有地方主义思想作怪的大城市。六朝人物并不意味着一种籍贯，而是代表了一种精神，代表了一种文化上的认同。富贵不能淫，贫贱不能移，威武不能屈，六朝人物究其实质来说，是一种精神上的贵族。

大家都知道南京现代有一位著名的书法家林散之，但是知道林散之老人有一位好朋友邵子退的人一定很少。邵子退是安徽和县乌江镇人，如果看一下地图，就会注意到和县虽然属于安徽，其实紧挨着南京市，历史上，乌江镇隶属南京管辖，其民风以及语音与南京很接近。邵子退生于清末民初，既未应举，又没有进新式学堂，因为其家境比较富裕，一肚子的学问，全靠家教和自学。他钻研古文诗词，尤爱书法艺术，并因此和林散之成为密友。

邵子退逝世以后，林散之当即作《哀子退》一首："从今不作诗，诗写无人看，风雨故人归，掩卷发长叹。"林散之以书法闻名，但是对诗自视甚高，也像齐白石老人一样，觉得自己的诗比字还好。老朋友逝世，林散之竟以不再写诗为誓，而且整整一个冬天和书法绝缘。一次他甚至对求书者说:“你如能把邵子退救活,我就写!”由此可见两人之交情。

邵子退曾一度执教乌江小学,学校要填报履历表,邵慨然叹曰:“余乃布衣之士,无可报填!”其实邵子退结交的,皆是高明之辈。以他的经历,无论从商,还是从政,都会有一番作为,但是他却成了当代陶渊明,小学老师当不了就不当,秉祖宗之遗训,以耕读为家风,自得其乐。与老友闲话,为老妪作诗,不以文人自居,也不屑与俗吏交往,终生布衣,不改其乐。

我初次接触到关于邵子退的文字时,就好像读到了一些神话故事。邵逝世于一九八四年,当我看到他写的诗,画的画,还有那些书法作品,以及他对林散之老人书法的评沦,吃惊程度难以想象。在我看来,六朝人物早就是过去,早成为无法模仿的历史,但是邵子退的故事,似乎正在说明,即使到了今天,只要我们修身养性,古迹仍然可以追寻,时光仍然可以倒流。如果我们细心去找,六朝人物不仅可以在郊区寻觅,甚至可以在闹市中发现。

三

抗战胜利以后,一帮社会名流被召集到了一起,征选南京的市花。于是各抒己见,有人提议梅花,有人提议海棠,还有人提出了樱花。意见没有得到统一,人们互相攻击,尤其是对提议樱花者攻击最凶。樱花是日本的国花,而日本和中国的旧恨未消,岂可以樱花做市花。征选市花最终不了了之。一位名人打岔说南京的代表不是什么花,而应该是大萝卜。

很多人谈起南京人的愚蠢时,都忍不住要摇头称南京人为大萝卜。南京大萝卜无所谓褒贬,它纯属是纪实。用大萝卜来形容南京人,再合适也不过。南京人永远也谈不上精明。没人说得清楚这个典故从何而来,虽然有人考证历史上的南京的确出过大萝卜,但是从食用的角度来说,南京人爱吃的,无论过去还是现在,都是一种很小的杨花萝卜。

南京大萝卜是对南京人一种善意的讥笑。《金陵晚报》和东南大学正态调查中心联合发放了一百八十份调查试卷，回收有效答卷一百七十一份。在南京大萝卜这个话题上，最集中的三种看法是“淳朴”、“热情”和“保守”，这三个特征从三个方面，确证了南京大萝卜是“实心眼”的特点。这次调查的结论有几点耐人寻味，对于南京大萝卜的回答，被调查者是南京人的，对于南京人的评价，远没有不是南京人的人评价高。也就是说，南京大萝卜的形象，在外地人眼里，要比在南京人自己的眼里可爱得多。情人眼里出西施，南京人眼里的西施不是自己身边的人。

南京大萝卜在某种意义上来说，是六朝人物精神在民间的残留，也就是所谓“菜佣酒保，都有六朝烟水气”。自由散漫，做事不紧不慢，这点悠闲，是老祖宗留下来的。有时候，一些词语上细微的变化，却代表了不同的文化。譬如说“六朝金粉”，所谓金粉，其实就是脂粉，但是从来不说六朝脂粉，南京从来就不是一个有脂粉气的城市。同样，“六朝烟水气”，就其本质，烟水和烟火也没什么区别，可是若说南京有“烟火气”，那就太俗气了。

（选自《南京人》，南京大学出版社二〇一六年版）

砥石(外一篇)

冯亦同

“山不在高,有仙则名。”海拔不足四百五十米的紫金山自古就是一座名山,到了近代,更因为一位名号中带“仙”字的伟人而赢得了举世景仰,也让南京人倍感自豪与亲近。

去年冬天,第七届国际华文诗人笔会在南京召开,我陪同旅居荷兰的华侨女诗人池莲子去登中山陵,同去的还有她的两个只有一半中国血统的男孩:十六岁的中伟、十岁的华来思——兄弟俩的名字合起来正好是“中华”。两位不会说一句汉语的荷兰中、小学生,却知道南京有个中山陵,那里安息着推翻了两千年封建帝制的革命先行者孙逸仙博士。中伟还向班级同学许诺,要拍摄一部中山陵的录像片带回去给大家欣赏,因为他们都从课本上读过这位中国伟人的故事。在去东郊的路上,小兄弟俩就向我这个临时导游发问了:“孙逸仙为什么要葬在南京?”“蒋介石又葬在哪里呢?”“南京在中国历史上做过几个朝代的首都?”问得开出租车的女司机都很惊奇,特地在经过明孝陵时将车停下来,好让我们的小摄像师拍一拍神道上的石翁仲,领略一下金陵古都的风采。

那天恰逢圣诞节,到了中山陵,雪霁初晴,银装素裹的满山松柏将直薄云天的花岗石阶和陵墓建筑映衬得格外壮丽。中伟兴奋地端着数码摄像机边走边拍,华来思也不住地呵着冻红的小手,挤在络绎的人群中用一只袖珍相机寻找合适的角度。池莲子笑着告诉我:"欧洲人最喜欢圣诞节下雪,称为'白色圣诞',犹如我们的'瑞雪兆丰年',想不到在南京也过上了一个白色圣诞!"女诗人说这话的时候,我们正站在陵寝的最高处,琼楼玉宇的世界尽收眼底。我为他们母子仨在雪地留影,望着取景屏中的池莲子和小哥俩,心里突然涌起一阵"古莲开花"似的激动:他们是来自圣诞老人乘着鹿拉雪撬滑过的遥远天边啊,却将"中华"二字如此真切、充满亲情地送回到了故国温暖的怀抱!如果中山先生泉下有知,也会为眼前这幅动人的画面而欣慰的吧?

正是这位"天下为公"的民国缔造者,还为紫金山留下了另一处胜迹——紫金山天文台。我早就听在那里工作的朋友说,创建这座被誉为"中国现代天文科学摇篮"的神州第一台,也是同孙中山的名字联系在一起的。他在南京担任临时大总统期间,政务繁忙,百废待举,为除旧布新所颁发的第一批训令中,就明确提出要在"首善之区"的钟山之上建立一座洞察宇宙奥秘的观象台和研究机构,让国民"抬头可见"而生"崇尚科学之心"……在南京生活了数十个寒暑的我,每当仰望天文台的银盔在紫色山岚中灼灼闪亮时,总会想起中山先生这句高瞻远瞩又意味深长的话,神往之情油然而生:那高耸入云的圆屋顶下,有多少双智慧的眼睛在昼夜不停地观测浩瀚的星海;那林荫覆盖的陈列台上,有多少件精美绝伦的古代青铜观象仪至今仍令世界倾倒——它们无不印证着一个文明古国曾经对于人类的杰出贡献,以及她在百年沉沦之后又重新崛起的勃勃雄心。

不知是时代的进步,还是历史的必然,如今成千上万的南京老百姓同这座蕴涵丰富的千秋名山,实现了亲密无间的"零距离";年逾花甲的我和老伴在退休以后,也成了他们中间的一员。每天清晨,当市区的街灯还在刚刚撩起的夜幕下揉着惺忪睡眼,城外东北角的山林里已响起嚓嚓的脚步声——从樱驼村那条由石块砌成的一千〇九二级登山道,到太平门外整齐又宽阔、可通汽车的盘山公路,一直到坡陡林密处那些年深月久由山民和行人踩出的、雨水冲出的、裸露着树根和岩石的羊肠小径……方圆几十里的紫金山麓，豁然敞开了一幅当代金陵市井生活中最为壮观、充满朝气的“全民登山健身图”：上至古稀老人，下至三岁稚童；有策杖而行的，有跑步或蹬车而上的（那是体校学生和专业运动员在进行晨练）；有在山林高处集体歌咏、翩翩起舞的；有在陀头岭上迎接日出、欣然留影的。最令人感佩的，是那些手提垃圾袋，一路登山、一路“你丢我捡”的环保志愿者。在好几处登山路口，我都看到了园林管理局竖立的公告牌，表扬一位七十八岁的名叫柴乾岳的老人。患有风湿痛的他，五年如一日在紫金山上用拐杖头挑拣废弃物，为保护“南京城的绿肺”而默默奉献。你想想看，每天有数万人在这紧挨繁华都会的“玉簪螺髻”似的江南秀峰间进行大运动量的活动，别说他们可能会随手丢下的杂物需要清理，就连他们的一举一动，用两千年前左思在金陵写下的《吴都赋》中的名句来形容：“挥袖风飘而红尘昼昏，流汗霢霂而中逵泥泞”（挥袖扬起的尘土遮住了太阳，汗如雨下竟使道路泥泞）也不为过份。今日紫金山风景区内的资源保护、环境管理乃至生态平衡课题方面的任务之繁重和刻不容缓，已是不言而喻的了。

所幸在南京，像柴乾岳这样的热心人士还有许多，我认识的一位王医生、一位赵记者，前几年就开始为“拯救我们的母亲山”奔走呼吁，我在他们的影响下亦曾在市政协写过为紫金山“减负”的提案，引起了有关方面的重视。然而直到今天，当我汗流浃背地走在登山路上，既陶醉于登临之乐，又怵目于公害之严重，内心里才有了更深的憬悟：任何一种“高度”的实现，都离不开脚踏实地的行动和坚持不懈的努力。因此，当我看到一队队系着红领巾、穿着校服的孩子们在老师带领下，一边锻炼身体、放松心情、学习大自然的知识，一边拿着保洁袋、挥着小旗子，在紫金山道上设卡、放哨、做义工，我想这该是眼前的宝山上最喜人的一片风景了。

是的，紫金山是我们身边的一座丰碑，也是我们头顶的一颗星辰；更是造化赐予南京人的一块与日月同辉、跟时间赛跑的生命之砥石。如果说昨天，它曾以开拓者的艰辛和勇毅，磨练和锻造出我们这座城市不屈不挠的性格和敢为天下先的荣耀的话；那么今天，它则以一种质朴与平凡、坚韧与持久，在砥砺我们脚力与意志的同时，也净化着我们的心灵、提升着我们的生活质量与精神境界。南京人，珍惜和宝爱龙蟠虎踞中这片葱茏天地吧，它是属于我们每一个人的！只有当它在所有登临者的呵护下，被完整无缺地移交到“明天”手中的时候，我们才能毫无愧色地告慰前贤、期待来者——因为到那时，我们自己也将同不老的钟山融为一体，在大自然的王国里焕发着石头城永葆的青春！

抚摸六朝

古罗马没有离开罗马，庞贝城还在庞贝。一千五百年前就璀璨过人类文明史的六朝都城建康，到哪里去了？对今天的中国和世界来说，恐怕都还是个“问题”。上世纪末，金陵东郊紫霞湖后山发现据称是“六朝祭坛”的几处石堆，被专家们解读为“填补了六朝都城地面文化遗存的空白”，荣登当年全国“十大考古发现”榜首，成了轰动一时的新闻。我曾充满好奇地去探访过，说实话，隐现在荒崖蔓草中的星星点点，在我这个外行人的眼里，难以捉摸得犹如面对“天书”。

两年前，南京地铁开通，靠我家最近的鼓楼站内，簇新的浮雕墙上刻有“东吴、东晋、宋、齐、梁、陈”一排古气盎然的篆体大字，仿佛在提醒来去匆匆的过客，你是穿行在古都地下的时空走廊里，会不会跟同样是“过客”的某个朝代意外相逢，像科幻电影似地“擦肩而过”或“撞个满怀”呢？没多久，现实还真地给了我一个让人屏息与心跳的“答案”。

那是去年冬天的午后，我同友人去长江路南看刚刚落成开放的南京图书馆新馆。吸引我们的并非是美轮美奂、堪称南京文化“新地标”的宏伟大厦，而是坦露在它底楼地下展厅里的“六朝宫城遗址”——为唐诗宋词吟咏了千百年的“六代豪华”、那生长“台城柳”和“吴宫花草”之所在；为谪仙李太白“一生低首”的南朝诗人谢朓所描写的“飞甍夹驰道，垂杨荫御沟”的古都形貌；与真正的“胭脂井”同时代、为它提供最可靠佐证的老井和瓦当……全都在我们脚下隔着一层透明玻璃的灼灼黄土中，活脱脱地“现身”了！

一条千真万确的“东风辇路”(语出萨都剌词)，斜斜地划过三百平方米的地下保护层，将我们的视线引向历史的深处。无数块青灰色古砖早被岁月磨光的峰棱，又细又密地重迭在一起，铺砌出历尽沧桑的坚固、平坦与整齐，像一册打开的诗简、一卷长长的帛画，让熟悉《入朝曲》的南京人顿生“金陵帝王州、江南佳丽地”的许多想像：朱楼迢递，车水马龙；朝觐的藩王、远来的使臣、讲经的高僧、窈窕的仕女……正是由于这“高等级”路面和周边宫墙、城濠的出土，这块宫苑禁地的显赫身份才得到确认，海内外学者苦苦追寻了多少年的“台城”（建康宫城）方位之谜，也揭开了神秘的“盖头”。展厅一侧的文物墙上，以照片和文字、壁画和图表生动地介绍着这一切。让我兴奋又觉得不可思议的是，古都历史文脉的重大发现，竟如此“投缘”地楔入了兴建南图新馆这样一桩造福全民的当代文化盛事：既为它“奠基”又为它“剪彩”，真像一出千载难逢的“古今楼台会”，也名副其实地应上了“无巧不成书”的那句老话。

从图书馆天棚上泻下的阳光，和煦地映照在似乎还带着几分寒气出土的“御道”上。我和友人俯下身去，细细地端详它，静静地聆听它，不知有多少光阴的丝缕曾在这些伸手可及的古老砖缝间穿梭，带走了历史的烽烟和王朝的末日，留下的却是“承汉启唐”的风流与荣耀，是王羲之、祖冲之、范缜、刘勰这些不朽的名字，是“落花如雨”、“画龙点睛”这样优美动人的传说……“流水青山送六朝”——谁说“六朝”已经远去？它还在我们身边、就在你我的脚下：这星星点点如同古老汉字的横、竖、撇、捺，挥洒和展示在现代钢材与玻璃结构的广厦纪念册上的，不就是它向我们招手和问好的“神来之笔”吗！

（选自《金陵心记》，南京出版社二〇一二年版）

海陵洲(外一篇)

薛　冰

一九五〇年，我两岁，随父母来南京定居。

初到南京的几年，我们住在外婆家，下关热河路一百二十八号。那房子以前是外婆开酒店的店堂，因政府实行烟酒专卖，遂歇了业，隔成几间，一大家人住在一起。除了我们家，还有几位姨妈。迎门的堂屋仍然很大。我对南京的最初印象，就是那间大堂屋，可以让表兄弟、表姊妹们尽情奔跑嬉闹。

堂屋贴后墙放着一张八仙桌，是大人们闲坐说话的地方，应该也是一家人吃饭的地方。有趣的是我对吃饭的情形全无记忆，却能清楚地记得，外婆坐在桌边吃下昼儿，掰给我一角金刚脐。所以二〇一四年写《饥不择食》时，会以金刚脐开篇。

稍大一些，就会趁大人不注意，溜出大门外去玩。门前是一条小巷，到热河路有一二十米，两边都是简陋的小平房，显得外婆家的房子特别高大。热河路南北走向，所以这房子坐东朝西，北侧便是热河路与建宁路相交处的旧菜场，人多杂乱，孩子们是不许去的。我的兴趣是门旁来来往往的挑水人。当时南京自来水还不普及，外婆家因为开酒店，早就有自来水。好像是二姨父的主意，接了一个水龙头到墙外，就成了个供水站。附近人家时常提了铁皮桶来接一桶水，交一根水筹。也有专门的挑水工，给人家送水，一根扁担两只大木桶，接满了水，弓腰上肩，桑木扁担颤悠悠，桶里的水面也晃悠悠，但是很少有水溅出来。尤其是早晨，等水的人会排成队，二姨就站在门旁招呼，一边收水筹，举手抬足真是气派。那龙头上套了个小木盒，开个活门，平时用一把小锁锁着。过了旺市，偶尔有人来买水，大表姐也会从房里摸出钥匙，开龙头放水，然后收人家一根水筹，看得我十分羡慕。

水筹是毛竹片做的，妈妈有时也帮着做水筹，我就在一边看，一指宽的竹片，有的长些，有的短些，刮磨得平滑了，再由二姨父用烧红的炉钩烙上不同的记号，就可以用来换水了。当时我并不知道别人要花钱来买这水筹，也不知道外婆要向自来水公司交水费，只是对自制的水筹可以换水感到神奇，这可以算是我对商品交换的最早思考吧。

印象中旧菜场只去过一次，有天傍晚，听父亲说渔民捕到一只江猪，两个人用扁担抬着，尾巴还在地上拖，足有一人高，正朝旧菜场来了。大家都要去看，结果是几个大人领着一帮孩子赶了去。江猪已经横躺在大案板上，被劈得鲜血淋漓！我只看了一眼，就躲到别人后面不敢再看，一辈子都受不了这种血腥场面。十几年后在农村插队，生产队过年杀猪派我看着，因为血先放掉了，开膛破肚就不像那样恐怖。

下关最热闹的地方，是热河路广场，东北角是下关商场，街对面是工人俱乐部，一天到晚熙熙攘攘。当时下关的铁路工人和码头工人，收入相对较高，年轻人也很活跃。晚上下了班，男男女女在广场边跳交谊舞，都穿着彩色花格布的衬衫。妈妈说那是“苏联大花布”。忽然有一天，街上变得一片死寂，只剩下街头大喇叭里，一个人带着哭腔不停地说些听不懂的话。我恍惚记得，外婆养了十年的一只老猫被汽车压死那天，家里就是这种气氛。后来爸爸告诉我是苏联的斯大林死掉了。我最初的苏联印象，就是这样反差强烈的两极。

我对逛商场没有兴趣，但喜欢跟着大人去旧菜场旁边的小戏园子看戏。吃过晚饭，外婆说一声，去看扬州戏啊，母亲和姨妈们会陪着去。其实四五岁的孩子，看戏就是图个热闹。有一回是演锡剧《双推磨》，一男一女在台上抱着磨棍推来推去，大人们不断轰笑,我觉得就跟街边豆腐店里做豆腐一个样,有什么好笑!居然睡着了。印象更深的是工人俱乐部里演木偶戏,不是街头能看到的手彩木偶,而是跟人一样大的提线木偶。头一晚看的是《火焰山》,孙悟空在天上飞来飞去,像真的一样,晚上兴奋得睡不着。第二天闹着再去,结果是《蚂蚁搬家》,人高马大的蚂蚁们,围着舞台中心的圆柱转圈圈,搬来搬去还搬不完!我数了好一会,总也数不清,想起白天看小蚂蚁搬家,数不胜数,也就放弃了。

我们家搬离下关是一九五四年。那年雨水多,到了七月里,几乎天天下雨,就是出着太阳也还是在下雨。爸爸每晚下班回来,总是念叨哪里哪里又淹了。外婆就说,当年造这房子时地基打得高,她在这住了一辈子,屋里从没进过水。七月中旬,气象预报说台风要来。大人们都不去单位上班了,轮流上江堤抗洪。邻居们一家家忙着在门前砌小坝,有的人家已经在用木瓢朝外舀水。外婆照旧笃笃定定,坐在八仙桌旁吃下昼儿。

到傍晚,街面上的水,齐我们家的地面了。

这下一家人慌了神。二姨父不知从哪弄来一袋黄沙,可找不到水泥,只好先拿黄沙在门槛外堆出一道小坝,坝上又压上一排旧砖。父亲回来看见,说这不管用,水会从沙里渗过来。于是改用三条长凳横卧在门内,凳外排砖,缝隙用旧衣服塞严实了,看起来够坚固。然而到吃晚饭时,水就进家了,薄薄的平平的,在灯光下闪亮,像是青砖地面上铺了层玻璃。我和表兄弟们穿着靸板儿,兴高采烈地在堂屋里跑,把水溅得到处都是。

大人们决定让我们上床睡觉,不要影响他们商讨防涝大计。妈妈提出疑问,眼看水还在涨,夜里下床会不会滑跌倒?还有水里会不会藏着什么东西咬了我们的脚巴丫?爸爸主意多,把五斗橱、写字台的抽屉取下,反扣在地上,连成了一座“桥”。我立时就要尝试,在“桥”上走了几个来回,证明此法切实可行,这才安心去睡。

半夜里做梦,梦见自己在水里跑,不小心摔了个仰八叉,怎么也爬不起来,背上全被水浸湿了,冰冰凉。正挣扎着,醒了,发现真的睡在了水中,是水漫到床上来了。大呼小叫地喊妈妈，妈妈开了灯，只觉得房子一下矮了许多。抽屉和靸板浮在水面上，“桥”变成了“船”。爸爸把我抱上大床，大床比我的小床高几厘米，床面离水也已不远。我坐在床边上，用两只脚划水，大“船”小“船”飘来荡去，逗得弟弟妹妹十分开心。

被惊起的大人们赶紧收拾东西，把怕受潮的衣物尽量朝高处放。其实谁也不知道水究竟会涨到多高，只是图个心安罢了。外婆担心是长江决堤，爸爸和姨父都说不像，决堤的水势会凶猛得多，恐怕还是内涝。长江水位太高，堤坝内的水几天前就排不出去了。

忙乱之间，天亮了。然而灰蒙蒙的天空似乎触手可及，说不定什么时候就会化为大雨倾泻。大人们乱糟糟商议应对之策，二姨父决定把放杂物的阁楼收拾出来暂住。妈妈和外婆盘算，舅舅家住在鼓楼，那里地势高，不至于被淹，不如到舅舅家暂避几天，再作打算。

吃过早饭，我们一家带着简单的换洗衣服，涉水出门，去热河路边的公共汽车站。台风如约而至，湿漉漉地拍在人身上，很有份量，雨却像是被吹散了。妈妈抱着刚满周岁的弟弟，爸爸一手拐着包袱，一手抱着妹妹，三姨搀着小脚的外婆，一边招呼着我。我拖着双靸板儿，跋涉在齐膝深的水中，颇有雄纠纠气昂昂的感觉。候车的人不多，可往来的车更少，等了许久，好容易来了辆车，居然还有空座位。

汽车在水里慢慢地爬行，车后拖着长长的尾波。进了挹江门，爸爸叹了口气，好像说总算安全了。然而没到三牌楼，车竟熄火抛了锚。司机把车门打开，可是没人下车，也没人讲话。一车人静悄悄地坐着，似乎在等待什么奇迹发生。奇迹没有来，来了另一辆公共汽车，司机答应把我们转驳过去。有人先下了车，马上惊呼，这里的水比下关还深！娃儿们不能下来！司机想了个办法，让两辆车尽量靠紧，把孩子从车窗中递过去。爸爸托着我，递给对面车上的一个壮实男人，我平安地穿过两道车窗，可是脚上的一只靸板儿却落到了水里。眼看着那只靸板儿在浑浊的水面上漂荡，我大声叫唤，可是没人理我。司机稳稳地发动了车子，大人们齐声叫好。只有外婆悄悄安慰我，说下车为我买新靸板儿。

车外的水越来越浅,车速也越来越快。我们在鼓楼医院门前下车,地上只有淡淡的湿意,路边法国梧桐的大叶片上,偶或滴下一点半点水。我光着一只脚,呆呆地望着鼓楼坡上半人高的荒草,浓绿的草叶渐渐亮堂起来。一回头,一缕久违的阳光,划破云层,明晃晃地照花了我的眼睛。

大水退后,我们一家已经在城里找到了住处,就没有再回下关。

外婆家的房子,在一九五八年的私房改造中,三分之二以上被政府征收,用来开了家国营粮站,就是当时颇有影响的“三八粮站”。外婆后来一直跟舅舅一家住在城里,留守的二姨一家,住在仅剩的北厢和阁楼中。我们有时候去下关走亲戚,感觉热河路广场的繁华并不亚于新街口。因为下关是津浦线与沪宁线的交汇点,又是长江航运的重要港口,南北过江的必经之地,正是这一交通枢纽的地位,保证了下关的兴盛。就连挹江门外的绣球公园,也还要算南京的一个知名景点,可以同莫愁湖比肩。那个“马娘娘的大脚印”,更是常挂在老人的嘴边。

那时我感到奇怪的,是这路名的由来,热河路西邻惠民河,东邻绣球公园的双湖,双湖实际上是护城河,附近并没有一条“热”的河。直到三十年后,我同几位朋友一起编《南京大观》,看到《首都干道定名图》,才知道热河路得名于热河省。南京城西北片的规划道路,是以当时的省及特别市命名的。此后对于洋务运动与下关城区现代化渐有认识,才明白大马路、商埠街、惠民桥、下关火车站、中山码头这些当年常挂在大人嘴边的地名,都有着非同一般的意义。

因为同治、光绪年间,先后任两江总督的曾国藩、李鸿章、刘坤一、左宗棠、曾国荃、张之洞等,都是洋务运动的重要骨干人物,使南京在发展现代交通、引进新兴工业、实施新式教育、建设新型城市等方面,都能得风气之先。同时,西方列强迫使江宁开埠,中国官方民间积极应对,使下关地区成为重要的空间节点,沿江一带迅速形成新的交通与商贸中心,下关地区也成为南京最早进入现代城市的区域。下关现代化的特殊意义,在于它没有像其他开埠城市一样,沦为西方列强的租界,它的繁荣是在维护主权、对外开放基础上,中国人与西方人共同建设的结果,这在中国近代史上可以说是唯一的。

一九六八年我到苏北农村插队，八年后回城，再到下关时，意外地发现下关一片萧条，热河路广场周围冷冷清清，下关商场门可罗雀。渡江胜利纪念碑落成后，就更像一个政治性广场了。究其原因，一九六九年长江大桥通车，是一个转折点，火车、汽车都从盐仓桥上大桥过江，下关便成了一个被从交通干线上甩下去的死角。二十世纪八十年代，我只有去武汉、重庆，才会从中山码头上客轮。还记得返程时沿江而下，远远望见下关电厂的大烟囱，南京人就都涌到甲板上来看，相互招呼："南京到了！"随着长江航运的衰落，下关几乎就淡出了南京人的记忆。

二十世纪末，静海寺、天妃宫的扩建，仪凤门的重建，也只能算给下关打开了一个窗口。一街之隔的旧菜场，只有沿街新建了一排店铺，内里的破败难以形容。近几年政府有意打造南京"外滩"，未立先破，下关地区大量近现代历史建筑、尤其是工业遗产建筑被无情毁弃。作为南京地标百余年的电厂大烟囱竟在二〇一五年被拆除。值得庆幸的是，下关地区近现代建筑的重要性，终于成为社会共识，此后规划局审议和记洋行地块、大马路地块的复兴规划时，都把历史文化遗产保护放在了第一位，并据此提出了建设性的方案。

外婆家的老宅，遭征收的大部，在二〇〇一年被粮食局拍卖，当时还曾作为一项政绩进行宣传。二〇一六年旧菜场地块也在拆迁，我想该与老宅告个别，可十二月二十八号赶去时，那里已被拆成一片瓦砾。

站在那块废墟上，我暗暗揣想当年外公外婆选择这块土地时的心情。虽然坐东朝西不是建房的好朝向，但东面背靠狮子山，西面正对惠民河，也能算做生意的好风水吧。而这一块土地的开发，正是清末民初下关崛起的一种见证。仪凤门外护城河与惠民河之间，原本是江滩演化而成的湿地。随着下关开埠，土地需求大增，海陵门打开后，这一带被称作海陵洲，因为地处两条交通干道之间，优势明显，遂被打围排水，填为平地，迅速成为商市区。这就是热河路的前身。

海陵门早已易名为挹江门。海陵洲这个名字，只怕也没什么人知道了吧。

盐水鸭·咸板鸭

盐水鸭如今成了南京的“城市名片”。南京的街头巷尾难得看不到鸭子店,南京的鸭子店前难得没有人排队。十年前来了外地客人,南京人热情推荐盐水鸭,如今则是客人主动要求品尝盐水鸭,真正是“无鸭不成席”。

然而,三十年前,盐水鸭的声望远没有这么高,那时的南京名产还是板鸭。如一九八四年出版的《南京市场大观》中,明确地说“南京板鸭是名扬中外的著名特产”,而“盐水鸭是南京有名的地方特产”,其差距不言而喻。

板鸭从何时成为南京特产,似已难以考据,清代即有“六朝风味,白门佳品”之誉。夏仁虎《岁华忆语》中说:“金陵人喜食鸭,此已见于《南史》,由来久矣。”然江南水乡,养鸭供食,应更早于南朝。而板鸭的制作,通常的说法是肇端于明末清初。可是清朝乾隆年间,定居南京的袁枚作《随园食单》,列举鸭馔十种,有烧鸭,“用雏鸭上叉烧之”,有卤鸭、挂卤鸭,却没有提到盐水鸭和板鸭。时隔八十余年,光绪三年刊印的夏曾传《随园食单补证》中,增入“板鸭”一条:“南京谓之盐水鸭,宜以笋煨之。予家向日自制酱鸭、板鸭,皆非市肆所可及。”夏曾传也是杭州人,他家虽会制板鸭,却弄不清板鸭与盐水鸭的区别;“宜以笋煨之”的可以肯定是板鸭而非盐水鸭。

当然板鸭的出现,也不至于晚至此际。南京曾流传过一首阐扬本地风物的民谣:“大脚仙,咸板鸭,玄色缎子琉璃塔。”大脚仙是对某种妇人的谑称;玄色缎子指云锦,云锦织造在清代乾隆、嘉庆年间达到极盛,太平天国盘踞南京后一蹶不振;琉璃塔即大报恩寺九层八面五彩琉璃宝塔,在“天京事变”中被韦昌辉炸毁。民谣中既以咸板鸭和云锦、琉璃塔并举,可见咸板鸭的成名,至迟不能晚于嘉庆、道光年间;而其技术的成熟、品质的提高也须有一个过程,其制作之始,或即在清初。

陈作霖在光绪末年刊印的《金陵物产风土志》中,对南京人的吃鸭经作了明晰的阐述,也说清了盐水鸭与咸板鸭的区别:“鸭非金陵所产也,率于邵伯、高邮间取之；么凫稚鹜，千百成群，渡江而南。阑池塘以畜之，约以十旬，肥美可食。杀而去其毛，生鬻诸市，谓之水晶鸭；举叉火炙，皮红不焦，谓之烧鸭；涂酱于肤，煮使味透，谓之酱鸭；而皆不及盐水鸭之为无上品也，淡而旨，肥而不醲；至冬则盐渍日久，呼为板鸭，远方人喜购之以为馈献。”

鸭子是种食量很大的家禽，过去有俗话道，“家有万担粮，不养扁嘴王”。苏北水乡高邮、邵伯养鸭，春、夏、秋三季，鸭子可在湖泊、田野间觅食，饲养者只须补充些饲料，通常五十到七十天就可以长成仔鸭，运往南京。鸭子的运输方式也很有趣，并不需要车载船装，鸭农们利用鸭子善凫水的特点，驾小船执长竿指挥鸭群，循运河、越大江，一路放养而来。鸭们自行赶路，沿途自行觅食，千百成群，蔚为风景。到了秋深冬至，鸭子完全要靠饲料喂养，成本太高，鸭农就休息一季。而南京的鸭店，也就与此同步，一年做三季盐水鸭，在农历十月底到十二月间，则将收下的鸭子全部做成板鸭。

盐水鸭虽然鲜美无与伦比，但在当时的条件下，只能现买现吃，无法保存与携带；所以远销各地或作为礼品的，只有板鸭。官员绅商逢年过节互访，多喜欢以板鸭为礼品，遂有了“官礼板鸭”之称，据说且曾被用作进贡皇帝的“贡鸭”。确切无疑的是，一九一〇年的南洋劝业会上，南京韩复兴鸭店生产的板鸭获得了一等奖和金质奖章，从此声名远播，畅销海内外。据统计，抗日战争爆发之前，南京板鸭的年销量，曾高达二百六十万只。此后因战乱绵延，下降到三十万只；一九五〇年代又迅速回升到百万只以上。后韩复兴与魏洪兴两家老店合营，生产雪花牌咸板鸭，亦名重一时，南京人都晓得“要吃鸭子韩复兴”。韩复兴门前的屋檐下，自秋后到仲春，总是吊挂着一排板鸭。直到一九八〇年代初，板鸭还是著名的土特产，南京人去外地探亲访友，都时兴以咸板鸭作礼物，年产量在三十万只左右。

为了保证板鸭和盐水鸭的品质，店家对于鸭子的选择十分严格，要求无病无伤，体宽身长，肌肉发达，羽毛平滑，行动活泼。夏仁虎《岁华忆语》中说，“鸭蓄之水塘，听自谋食，故胜于北方填鸭之痴肥。桂花开后，丰腴适口，故谓桂花鸭”。旧时不少店家都有池塘场地，买下仔鸭后，还要精心喂养数周，待其肥壮再宰杀。

所以陈作霖说鸭子的养成大约一百天。肥育期间的主饲料,首选稻谷,可使鸭子皮色白晰,肌肉紧实而鲜嫩,且脂肪熔点较高,做成的板鸭到次年初夏也不易走油变味。如果喂玉米、米糠等,则易变形变味。倘使吃小鱼小虾过多,也会使鸭肉微带腥味。

所以,盐水鸭的香嫩,以稻谷初熟的农历八月为最佳,民国年间,张通之仿《随园食单》著《白门食谱》,说“金陵八月时期,盐水鸭最著名,人以为肉内有桂花香也”,俗称“桂花鸭”,做得最好的,是“七家湾西小巷内王厨”,其肥而嫩,为外间所不及。有趣的是,生产获奖板鸭的韩复兴,即在相距不远的仓巷。两处皆近水西门,因为当年水西门是南京最重要的水陆码头,主要的鸭市就在水西门一带。

张通之也写到“仓巷韩复兴咸板鸭”:“韩复兴之板鸭,肥而且香,亦久闻名于外。盖其鸭之肥,喂以食料,待其养成;至其肉之香而嫩,亦腌之适宜,有一定之盐,与一定时;又闻食时,其煮之火候,亦有一定。予家曾在该铺购一肥咸鸭,煮熟时,味之不香,与肉之不嫩,比之该铺所售者,大不相同。问店主,彼曰,此即煮之时太过也。”

煮板鸭是须得懂其技巧的,弄不好又咸又老,不堪入口。以张通之这样的饕餮客,尚且煮不好板鸭,可见此事之难。我曾请教过行家,才知道板鸭不是煮熟的,可说是烫熟的。煮前先用清水浸泡半天到一天,泡时要用空心竹管插进鸭肛门,使鸭肚里的盐水能渡出来,才不至于太咸;而入水烧煮时,鸭体内外的温度也易于平衡。煮时先将葱、姜、八角等佐料随冷水下锅煮沸,停火止沸后才能将鸭放入,再以茅草文火烧至锅边水冒小泡,俗称“抽丝水”,也就是煮蚕茧抽丝的水温,将鸭提出,倒掉鸭肚里的咸汤;稍添冷水,煮二十分钟后,停火二十分钟,再提鸭倒汤;然后再以文火煮二十分钟即熟,待鸭冷却、脂肪凝结后,便可切来吃了。倘若认真去煮,无论猛火文火,都是越煮越老,再也啃不动。正因为其烹调技术难以把握,近年盐水鸭的真空包装保鲜问题一解决,板鸭便几乎完全退出了市场。

南京的鸭子店里,如今主要供应的,是盐水鸭和烧鸭。南京人吃鸭子的劲头,确是令人没法不佩服,记得报纸上公布过统计数字,说一天就要吃掉若干万只!如今的鸭子都是合成饲料喂养，一年四季，随时供应，不必专待桂花时节。我曾在苏北参观过几处饲养场，据介绍仔鸭孵出，三十八天就能长足一斤半。那鸭子长相怪异，没有大毛，遍体绒毛；腿软站不直，只能在地上扭，更不会游水。说白了，它只生长人类所需要的鸭绒和鸭肉。我惊问这样的鸭子卖给谁吃，回答很明确：就是给你们南京做盐水鸭的啊！

（选自《漂泊在故乡》，南京师范大学出版社二〇一八年版；《饥不择食》，中国青年出版社二〇一五年版）

南京话

余　斌

几十年前，我对南京的态度很愤青。所谓“愤青”的态度或立场，一言以蔽之，便是“生活在别处”。既然生为南京人，讨厌南京似乎是无须理由的，就像有几分愤青的人注定会不满他身在其中的家庭一样。但也不是全无理由，其中最具体的一条，是不喜欢南京话。

各地的方言，有好听又好懂的，有好听而不好懂的，也有好懂而不好听的，当然也有的是既难听又不好懂。我以为南京话应属第三类，易懂而难听，不算是数罪并发，总还有可取之处。但“愤青”是倾向于彻底否定不能一分为二的，所以我眼中的南京话一无是处。首先是“土”。“土”是个只可意会不可言传的概念，是因为认定南京“土”遂判定南京话“土”，抑或是相反，我也闹不清楚。反正听在耳里就是土，甚至它的好懂也成为罪状，不好懂的方言因其难懂，似尚有所遮掩，南京话的好懂则似乎令其“土”一览无遗，大白于天下。第二条似乎理性一点，是南京话没有抑扬顿挫，字念出来都是去声，每个句子则都是降调，朝下，朝下，扔石头似的。或者是一下一下杵过来，邦硬邦硬。四川话湖南话之类，倒也不能说它“洋”，但是顿宕有致，领导人说起来，自有它的气派。一句“中国人民站起来了”，换了南京话，我看要

“站起来”就不易，手势都难配合。没气势，也没情致。有次一帮朋友在一起拿南京话开涮，有人用地道的南京话给《简·爱》结尾男女主人公重逢的一段配音，双目失明的罗切斯特道：“是哪一个啊，——噢，是简噢！”一屋子人都笑翻了。我据此断定，用南京话根本就没法谈情说爱。南京话的罪状还包括直来直去、不够从容，等等，等等。

其实南京话的可笑处许多方言亦不免，不说其它，即以表达浪漫的情感而论，不择何种方言，试试看，恐怕都有喜剧效果。但那时是思不及此的，只觉南京话属最最难听的语言之列。大学外地同学模仿到南京后学到的第一句本地话，是在电影院门前兜票：“啊有票啊？”可怜巴巴的样子。我马上就想到北京人的作派，同样是兜票，“有富余票吗？”——调子扬上去，好听，不失身份，还透着洒脱。有年暑假外出远游，两个月未见半个南京人，有那么点思乡的意思了，坐火车回来，一路归心似箭。车到龙潭，就听附近几个南京女孩高喉大嗓在说笑，直不隆通，间或还带些脏字。这就是我的“乡音”？当时的反应，差点没夸张地把耳朵捂上，那份羞愤难当，就像是要替全南京人害臊。

近读毕飞宇小说《平原》，里面不止一次写到王家庄人艳羡南京话的“好听”，令我想起昔日的深恶痛绝。虽是小说，这里料必不是虚构。南京话怎么会让人觉着“好听”呢？想来一是苏北方言的确不比南京话更悦耳，此外更重要的因素，也许是对于王家庄的年轻人，南京话象征着“别处”，是大城市的一种隐喻吧？港台腔一度甚嚣尘上，甚至能操几句粤语还被人羡慕，那可是属于“南蛮鴃舌”之类，忽被追捧，也是因为那里的“发达”。

向往“别处”而终于身未离南京，也许是日久生情，也许是志气消磨，对南京早已渐生情愫，南京话亦早已心平气和地面对了，但我还是固执地认定南京话难听，——虽然多数时间操的是南京话，而且碰到南京人在一起的场合，不来上几句还觉不过瘾。

（选自《旧时勾当》，生活·读书·新知三联书店二〇一四年版）

黄裳重游金陵散记

子　聪

黄裳先生上一次游金陵是在一九八三年的深秋，一晃十七八年过去了，黄先生重游金陵的心愿一直萦绕在心头。当凤凰台饭店发出邀请后，已八十一岁高龄的黄先生十分愉快地接受了邀请。二〇〇〇年十一月十日傍晚时分，黄先生踏上了为期五天的重游金陵之旅，我则有缘陪同黄先生度过了几天愉快的时光，并记下了这几天黄先生所言所感，以为纪念耳。

十一月十日　阴雨

早七时，经溧阳转道去上海接黄裳先生，由于对道路不熟悉，辗转至下午五时许，方才在沈建中的引领下来到陕西南路黄裳先生家。黄先生已在家等候了一整天，简单说了一下，即上车返宁。

在车上，沈建中问黄先生解放前在南京老虎桥监狱采访周作人是哪一年，黄先生说，是一九四七年吧。沈又问：您当时怎么进得监狱的？黄先生说，我有记者卡片就可以了，那天是将周作人叫到接待室来的，我说要去看看他的屋子，于是就进去了。房子很小的，里面住两三个人，打着地铺。快上沪宁高速公路之前，沈建中下车，我们一行四人，黄先生、她的女儿容仪、我、司机侯广元上高速回返南京。

在车子上，我问黄先生在南京还有哪些故友，他说南京现在只有一两位故交可以相聚了。以前，胡小石先生是熟悉的，程千帆先生也不在了，很可惜。我说现在的故交只有杨苡、宋词两人，他说是的。忆起上次来南京的情形，黄先生说，南京饭店的菜很好吃，特别是咸水鸭好吃。从一上车到晚十一点抵宁，黄先生一直坐在车子的前排司机右边的位子上，一点睡意都没有。我问他来过南京几次，他说来过好几次，上一次是一九八三年来的，也是十一月份的时候。我问黄先生现在文章写得多不多，他说不多了，以前写得多。我问是否年龄大了，写得少了，他说也不是的，现在好像没什么可写的了，并不是年龄大了写不出来。

黄先生说他解放前就开始在《文汇报》工作，现在老一辈的人越来越少了，那时《文汇报》记者是拿工资的，可是并不高，写稿子可以拿稿费。晚十一时许，我们一行抵凤凰台，蔡总已安排好了夜宵，吃过已是十一点多了，送黄先生回 2511 房休息。

十一月十一日　阴　较冷

上午九时许，与黄裳先生去朝天宫旧书摊。大约在朝天宫转了半个多小时。黄裳先生说，没有好东西。他女儿指着地摊上的古董说这里的东西真多。黄先生说：全是假古董。当黄先生看到地摊上一块血红的石头时说：这是鸡血石，这么红的鸡血，如果是真的，可不得了。又指着另一块石头说，这是田黄。快离开时遇薛冰，于是介绍他认识黄先生，薛冰说，我读过您很多书，可一直没见过您。

从朝天宫转道去中华门城堡，黄先生兴致颇高地登城北望秦淮河。约半小时后经城东干道，转至玄武湖环湖路返饭店。

下午两点半钟，在细雨濛濛中去明孝陵。在路上，黄先生说明孝陵是南京最好的风景。进明孝陵前，黄先生说，朱元璋就葬在这里，孙权葬在梅花山，朱元璋曾说过，孙权也是一条好汉，帮我守大门，不错。黄先生说完，哈哈地笑了起来。四时左右，车返回，先至我之“癖斯居”，我拿出收藏的十多本黄先生的书，请他一一签名留念。之后取出宣纸，请黄先生留下墨宝，黄先生提笔蘸浓墨写下“琅嬛福地”四个字，此前我拿出几本册页请先生观赏，黄先生说写的人真不少，好！

五时许，去接宋词。将黄先生、宋词送回饭店后，我再去接杨苡先生及高马得、陈汝勤夫妇至凤凰台二楼餐厅。晚餐者有黄裳、杨苡、高马得、陈汝勤、宋词、蔡玉洗、容仪与我八人。

约八时，餐毕。同至五楼开有益斋，工作人员拿出已准备好的十余册黄先生的《清代版刻一隅》（齐鲁书社一九九二年一月版）、《金陵五记》（江苏古籍出版社二〇〇〇年九月版）、《来燕榭书跋》（上海古籍出版社一九九九年五月版）等书，在每册书的扉页上都让黄先生留下题于凤凰台饭店的字迹。题毕，拿出册页请黄先生为开有益斋题词，黄先生说，我没词，还是那四个字，于是挥笔写下“琅嬛福地　庚辰晚秋重游金陵为凤凰台题”。写完后，请马得题词。马得说，我不行，大作家的字在前，我写糟蹋了这本子。经大家促之，陈汝勤说看来不写不行。马得转过脸对蔡玉洗说，你是搞出版的，给想个词。蔡说，就写“有朋自远方来，不亦乐乎”。于是马得先生就写下了这句话。册页转至杨苡手上，杨苡连声说我不会写字，从来未用过毛笔，大家说就用硬笔吧，又有人说，写一句英文吧，或用英文翻译马得“有朋自远方来，不亦乐乎”，杨苡拗不过，写上“Silence is gold”。一写完，蔡玉洗就说：“沉默是金，好！”这时蔡拿出一把茶壶，介绍饭店是如何想起请名人写茶壶的缘由，说完后请大家每人写几个字。黄先生写了四个字“一片冰心”。马得画了一张画，一个人坐在地上喝茶，对面还有一个空茶杯，说：“常忆故人来。”杨苡写下“呼啸山庄”四个字，宋词写下“孤霞一少年”。随后，蔡玉洗又请黄先生题了“凤凰台国际华文写作中心”几个字。九时过后，我说今天天色已晚，大家在“开有益斋”前合个影留念。在黄先生签名时，我将第二版《金陵五记》递上请黄先生再写几个字，黄先生写下“为宁文先生题此丁卯刊本于金陵庚辰晚秋”几个字。其间蔡又送每人一册《南京情调》，杨苡拿到后对黄裳说，你要在这上面写几个字，于是黄先生提笔写下：“庚辰晚秋冷雨中重游金陵，遇杨苡兄于酒次，得此册，苡兄嘱写数言以为念，因借花献佛，缀此数语。”

十一月十二日　晴

由于车胎爆了，在修理厂折腾了一个多小时，直到上午近十一时才赶到栖霞山。黄裳先生说以前来过两次。中午十二时许在栖霞寺内的一家素菜馆吃饭，买了一个套餐，四菜一汤，一个烧茄子，一盘玉米，还有一个菜忘了，一个鸡蛋炒西红柿，青菜笋片汤。晚上回到饭店吃饭时，黄先生说肚子饿了，中午没吃饱，看来是菜不合胃口。简单地吃完午饭后从小路爬至舍利塔，因是不曾走过的小路，极难走。一百余米的路走走停停，在舍利塔前照了两张相后返回。

在回来的路上，黄先生说应该去看一看路边的六朝石刻。因近年重修了公路，原先从太平门至栖霞山的小路已不易找到，沿途问了数人，均告知不知有什么石刻。黄先生感慨道：这么多人不知道六朝石刻，实为憾事。

在《金陵五记》的后记中，黄先生写道："在过去叫花林村现在是十月村路边的稻田里，隔了田埂相对的是萧景墓址残存的一只华表和一座石兽。这是真正的六朝遗物，使人惊心动魄的古代雕刻巨制。尤为难得的是依旧保存得大致完好。我们只走近去看了华表，那座石辟邪则只能遥望。也许只有遥望才能充分领略那神态之美。这只辟邪不是静止地站在那里，右前足做势向前跨出，是守护着陵墓，随时准备出击的姿态。大张开的嘴里吐出一直垂到颌下的长舌。从田埂上侧望，辟邪身边的双翼平贴肩下，它无意飞腾，但却有高翔搏击的能力。一千三百多年前的无名匠师，选用高达三米的巨大的石材，充分发挥艺术想像，雕成如此壮丽的作品，是不能不使人惊叹的。"由此，不难看出黄先生对六朝石刻的钟爱之情。

晚六点约张昌华来陪黄先生吃饭，席间张昌华拿出《你画我写——文化人肖像集》请黄先生在他的画像旁签名。黄先生说这个比较有意思，张昌华一一指出这本画册上戈宝权、丁聪、黄宗英、冯亦代等人的签名给黄先生看。

晚七点半，我将黄先生引至五楼英语沙龙，饭桌上我告诉黄先生有一些读书人想拜见先生，人已在五楼等候。他说不去了。他女儿说，人家已在等了，不去不好的。于是我说只停留短暂的时间无妨的。

来英语沙龙与黄先生见面的人有:蔡玉洗、薛冰、徐雁平、王一心、江树濂、李庆凯、焦强、董宁平、郝晓东等人。黄先生说:“我藏有《南陵六朝石刻考》,商务印书馆印的,还有《金陵名胜古迹图考》,这些书可以重印的。下午,我们一路上问了那么多人,都不知去栖霞的路上有南朝的石刻。南京人应该加强文物古迹方面的教育,现在上海古旧书店有些旧书,可书只是陈列,不卖。现在书价飞涨,苏州也是这样。我最近有一本书叫《来燕榭读书记》要出,由辽宁教育社出,与《来燕榭书跋》一样,全是题跋,大都是新写的。文革中我被抄去的书后来还了一部分,主要存放在图书馆,所以没多少损失,当时是有清单的。我的文章写得长的不多。”

有人问解放后很多人想写《梅兰芳传》,可都因一些原因而没写成,这里面的原因您以为是什么。黄先生说:“梅早年的很多朋友以后都变化了,黄秋岳、齐如山等都是很好的朋友,像齐如山,过去不好写,现在却好写了。这还与梅年轻时的身世有关,像跟孟小冬的那一段就不好写。梅一生接触了很多人,政界、财界、文化界的都有。”

问及黄先生此行重游金陵有何感想,黄先生说现在变化太大了,南京不认识了,高楼林立。有人问起康生,黄先生说:康生也有本事的,字画都很好,古籍鉴定水平很高,但是品德很坏。有人问黄先生是否见过傅斯年,他说曾想采访傅斯年,可那一次很不愉快。当时曾去与傅的秘书约过,去时,他的秘书一会儿说傅不在,一会儿说不见。最后,黄先生在办公室突然撞见了,一见到,就说这不是傅胖子吗?(笑)可没采访成功。

座谈大约持续了半个多小时,我提议今天到此为止,于是薛冰、王振羽、张昌华、郝晓东等人拿出黄先生的书请他签名,徐雁平大约带来了五六本书,黄先生都一一签了名,李庆凯还请黄先生为《经济早报》题词,黄先生题道:“希望南京读书风气越来越盛。”最后众人分别与黄先生合影留念。

十一月十三日　晴

黄先生来南京之前就说想去看扫叶楼,直到离宁前一天的下午,黄先生才登上了扫叶楼。上午，在张昌华的陪同下，黄先生去了鸡鸣寺，本想寻访胭脂井的，可是因为通往胭脂井的山坡十分陡峭，不易上去，只好作罢。在豁蒙楼上，黄先生应张昌华之请写下这样的几句话，从中不难看出黄先生此次重游金陵的心境："庚辰冬日重游金陵，访鸡鸣寺，啜茗于豁蒙楼，筋力不胜。承昌华先生扶掖，自笑如老伶工登场，点到而已，书此以当一笑。"

十一月十四日　大雾且下了一整天的雨

早近九时到达饭店，先请黄先生下到五楼开有益斋，为蔡玉洗写一幅字留念，黄先生写道："凤凰台已逝去千年，金陵今有重建，此乃盛事也。"

九时十分左右，即与蔡玉洗一道送黄先生及女儿回上海。约十二点半抵上海江苏饭店，旋即在饭店吃了午饭。餐间，黄先生说，他被打成"右派"后下乡劳动，那时他能挑一百五十斤的稻子与农民一道交公粮。后来在《文汇报》，什么都干过。记者、编辑、校对、食堂洗盘子、送报纸、拖卷纸，还曾被卷筒纸砸过，骨折后休息了好长一段时间。黄先生说他在粉碎"四人帮"后就不上班了，每天都在家，看看报，看看信，读读书，写些东西，有时有人来访，聊聊天，生活很有规律。在农村干农活时，他是写日记的，一般每天都写，可写得比较简单。蔡玉洗说如果想出版，我们可以出，他说没价值的。我问黄先生是否练过书法，他说没练过。

约三时许，将黄先生送至家中。上楼时，他扔下拐杖，上楼的速度很快。在他家中请他为几幅在南京留下的墨迹盖章，他找出一方印章一一盖好，并说这枚印章是邓散木刻的。临走前，黄先生送了两本签名本给我，一本是《黄裳散文选集》（百花文艺出版社一九九七年二月版），另一本是《书林一枝》（山西古籍出版社、山西教育出版社一九九八年一月版）。最后，黄先生还为我写了七个字："为书辛苦为书忙。"

晚七时半抵南京。

（选自《人缘与书缘》，东南大学出版社二〇〇三年版）

编后记

蔡玉洗

二十年前，我从译林出版社社长任上被抽调去当酒店总经理，很多人不理解，一个读书人熟悉的工作干得好好的，年龄也老大不小了，为啥要去一个不熟悉的行业折腾呢？我不能说，干酒店自己是完全处在被动状态，从某种角度来看，当初我也是愿意去干酒店的。我自小就有一种不服输的心理，越是不容易做的事越有兴趣，也就越来劲。这样子也有干成功的，也有干得不尽如人意的。当时那个酒店叫云湖大厦，是个半拉子工程，也可以说是烂尾楼。很多人特别是朋友们为我捏了一把汗，怕我也烂在那栋楼里。还好我把那栋楼搞起来了。把云湖大厦改名为凤凰台饭店，定位成全国第一家书香文化酒店，办了一个读书刊物《开卷》，编了一套丛书，开了一个书吧。把我在出版和文化方面的优势融入酒店产品的打造中，这就是我的一点和纯做酒店人间的差异。在差异化方面做文章，使自己的产品和别人不一样。

为了帮助来南京的客人更好地认知南京，我们当时集合一群了解南京文化的朋友编了一本书：《南京情调》。我们没有选民国前的文言文，也没有选一九四九年后的当代作品，就把民国时期作家写南京的文章编了一本。这本书出版后，我们就放到酒店每间客房的小书架上，客人可以随意翻看，如果喜欢也可以随身带走。没想到我们一个不经意的做法却得到客人们一致的好评。很多客人住了一次就记住了我们酒店，对我们的感情也由此而生。这本书在文化界、读书界也产生了广泛热烈的反响，再版多次。先锋书店的钱小华先生就是在书店的销售中发现这本书的。他发现这本《南京情调》长销不衰，他也多次添货，但常常脱销。先锋书店不但是南京的文化地标，也是南京文化人的家园，一张南京叫得响的文化名片，钱小华也因为先锋书店成了南京的文化名人。南京各级政府、宣传文化部门对所在区域的文化产业和生态有兴趣，就找钱小华，请他帮助出主意，很多文化街区和古迹名胜景点请他去开书店。这些景点有很多游客，他们在看名胜古迹景点的同时，很想了解这些景点的前世今生，景点导游说的往往文不对题，很多都是民间故事或随意编造出来的，有水平的客人还是要从文化名人的文章中全面了解南京。所以钱小华多次向我建议再编一本有关南京的书，风格和特色就像《南京情调》。他还建议把当代作家写南京的文章也包括在内，他说原来的那本太厚，不适合一般游客阅读，有些文章内容也重复，可删掉一些，把当代作家的文章补充进去。我觉得他的意见很好，就和原来主导编选此书的董宁文商议一起完成重编工作，先锋书店的黄健明也帮助做了不少工作。书名最终确定为《最忆是金陵》。

这本书与《南京情调》有何不同呢？我觉得有两点值得读者关注：一是这本书比《南京情调》精粹，现在写南京的书较多，绝大多数都是求全。文章大而全，良莠不分，缺乏选择，一般读者很难区分辨别。《最忆是金陵》属于精编精选，好中选好，对于一般读者可以省时省力，看完此书，对南京的人文历史就会有较为清晰的了解。二是增加了当代作家的作品。以前的选本，不是古代的就是近代的作家作品，对于南京当代的风物人文缺少描绘，而一九四九年后，特别是改革开放以来，南京已非历史上的南京，当代作家的文章正好真实地记录了南京一九四九年后的变迁，让读者了解一个全景透视的南京。我想这两点也就大体上表明了《最忆是金陵》这本小书的出生是合适的及时的。

二〇一八年三月二十三日写于南京

图书在版编目(CIP)数据

最忆是金陵 / 蔡玉洗编. --南京：南京师范大学出版社，2018.6
(城市文化丛书)
ISBN 978-7-5651-3739-6

Ⅰ. ①最… Ⅱ. ①蔡… Ⅲ. ①散文集—中国—近现代 Ⅳ. ①I265

中国版本图书馆 CIP 数据核字(2018)第 104999 号

书　　名	最忆是金陵
丛 书 名	城市文化丛书
编　　者	蔡玉洗
责任编辑	王昕犁　丁亚芳
特约编辑	董宁文
出版发行	南京师范大学出版社
地　　址	江苏省南京市玄武区后宰门西村 9 号(邮编:210016)
电　　话	(025)83598919(总编办)　83598412(营销部) 83598297(邮购部)
网　　址	http://www.njnup.com
电子信箱	nspzbb@163.com
照　　排	南京理工大学资产经营有限公司
印　　刷	南通印刷总厂有限公司
开　　本	787 毫米×960 毫米　1/16
印　　张	19
字　　数	290 千
版　　次	2018 年 6 月第 1 版　2018 年 6 月第 1 次印刷
书　　号	ISBN 978-7-5651-3739-6
定　　价	48.00 元
出 版 人	彭志斌